RÉQUIEM
PARA CÉZANNE

BERTRAND PUARD

RÉQUIEM PARA CÉZANNE

Tradução
Izabela Leal

Copyright © 2006, Belfond, uma editora do grupo Place des Éditeurs

Título original: *Requiem pour Cézanne*

Capa: Raul Fernandes

Editoração: DFL
Foto do autor: Frédéric Hébuterne

2009
Impresso no Brasil
Printed in Brazil

CIP-Brasil. Catalogação na fonte
Sindicato Nacional dos Editores de Livros, RJ

P97r	Puard, Bertrand, 1977- 　　Réquiem para Cézanne/Bertrand Puard; tradução Izabela Leal. — Rio de Janeiro: Bertrand Brasil, 2009. 　　252p. 　　Tradução de: Requiem pour Cézanne 　　ISBN 978-85-286-1399-5 　　1. Romance francês. I. Leal, Izabela. II. Título.
09-3582	CDD – 843 CDU – 821.133.1-3

Todos os direitos reservados pela:
EDITORA BERTRAND BRASIL LTDA.
Rua Argentina, 171 — 2ª andar — São Cristóvão
20921-380 — Rio de Janeiro — RJ
Tel.: (0xx21) 2585-2070 — Fax: (0xx21) 2585-2087

Não é permitida a reprodução total ou parcial desta obra, por
quaisquer meios, sem a prévia autorização por escrito da Editora.

Atendemos pelo Reembolso Postal.

Para a minha avó, Jeannine.

*"Ah, estivesse Zola aqui e agora, eu faria
a minha obra-prima."*

Paul Cézanne, em ocasião da morte de
seu amigo de infância, 1902.

Dans une terre grasse et pleine d'escargots,
Je veux creuser moi-même une fosse profonde,
Où je puisse à loisir étaler mes vieux os
Et dormir dans l'oubli comme un requin dans l'onde.

"Le Mort joyeux", *Les Fleurs du Mal*
Charles BAUDELAIRE

Na planície em que o lento caracol vagueia,
Quero eu mesmo cavar um buraco bem fundo,
Onde possam meus ossos repousar na areia,
Como o esqualo a dormir no pélago profundo.

"O morto alegre", *As flores do mal*
(Tradução de Ivan Junqueira)

Parte Um

A sombra do Panthéon em breve recobriria a imensa multidão.
Quatro de junho de 1908. A fachada do monumento ostenta três gigantescos brasões violeta. Acima, foram bordadas a ouro as iniciais E.Z., superpostas de modo a formar um emblema, o emblema da verdade e da justiça.

O dia está esplêndido. Émile Zola é enterrado pela segunda vez. Não é mais apenas o cortejo daquele povo orgulhoso que seguia o caixão seis anos antes em Paris até o cemitério de Montmartre, as delegações de mineiros do Pas-de-Calais gritando "Germinal!", não são mais os operários saídos diretamente d'*A taberna*[1], d'*O ventre de Paris*[2], mas uma torrente de homens e mulheres que vieram simplesmente agradecer.

No interior do edifício, no centro da nave, uma alta pirâmide de veludo violeta com franjas de ouro sustenta o ataúde do escritor, cercado por cortinas tricolores. Todas as autoridades da França concentram-se em torno do catafalco. A pátria enfim reconhece o grande homem.

Ao fim da rua Soufflot, os veículos abrem caminho com dificuldade para chegar à cerimônia. Os presidentes das Câmaras, os ministros, o corpo diplomático, o Estado-maior do governador de Paris, como também os juízes de paz e as delegações das escolas já estão lá. O capitão

---
[1] *L'Assommoir*, romance escrito por Émile Zola em 1876. (N.T.)
[2] *Le ventre de Paris*, outro romance de Zola, de 1873. (N.T.)

Dreyfus, de semblante grave, posicionou-se perto da sra. Zola. Georges Clemenceau lhe dá um franco aperto de mão antes de ir em direção ao seu lugar. Aguarda-se apenas o presidente da República, Armand Fallières, para iniciar a cerimônia. E eis que ele chega. Guardas municipais em trajes de gala, com o sabre à vista, formam a fileira de honra que se estende da fachada do Panthéon à nave.

Mais abaixo ainda, alguns grupelhos antidreyfusistas vomitam sua raiva e distribuem socos a esmo. Eles empunham orgulhosamente o *Le Gaulois* do dia, no qual Maurice Barrès se insurge contra a cerimônia, essa "ignóbil lição dada solenemente à juventude francesa em pleno Quartier Latin", enquanto Victorien Sardou, membro da Academia Francesa, que tantas vezes recusara Zola, exclama: "O Panthéon tornou-se um hotel!"

Aos gritos de insulto dos militantes da extrema direita, a multidão opõe o silêncio como o mais severo dos opróbrios. *A Marselhesa* enfim começa, seguida por uma peça de Bruneau e pela marcha fúnebre da *Sinfonia heroica*, de Beethoven. Doumergue, ministro da Instrução Pública e das Belas Artes, inicia seu discurso. Ele não tem a verve de um Anatole France e, sob a cúpula do Panthéon, sua oração não tem a mesma força que a do acadêmico à beira da sepultura, em Montmartre. Será preciso esperar o final da *Sinfonia coral* de Beethoven para que a solenidade dê lugar à emoção.

Do lado de fora, a multidão aguarda. Somente os mais afortunados conseguem ouvir alguns ecos da cerimônia, mas pouco importa! Ah! O que o escritor pensaria dessa cerimônia, ele que enterrava os artistas, esse mundo à parte, com um cortejo de uma dezena de pessoas no máximo. É preciso reler o último capítulo d'*A obra*[3], em que Sandoz, o alter ego de Zola, soluçando, fala assim de Lantier, seu amigo pintor que acaba de se enforcar: "Apenas nós o conhecíamos... E nada mais, nem mesmo um nome."

— Viva Zola! — grita a multidão, enquanto o presidente da República avança em direção ao peristilo e cumprimenta o governador de Paris.

---

[3] *L'œuvre*, romance de Zola de 1886. (N.T.)

Subitamente, duas explosões ocorrem. Há gritos, a multidão se movimenta em pânico. Alguns guardas cercam Fallières para protegê-lo. Os tiros vêm do interior. Célestin Hennion, o comissário principal, joga-se ao pé da tribuna, Clemenceau segue-lhe os passos. O comandante Dreyfus, o rosto pálido como mármore, mantém o antebraço cruzado contra o peito. Seu belo uniforme está manchado de sangue. Clemenceau posiciona-se ao lado de sra. Zola para protegê-la. Mathieu, irmão do comandante, detém o culpado, logo dominado por alguns guardas. É um homem pequeno, um anão cujo rosto não passa de um ricto, uma espécie de chaga aberta de onde supuram ódio e xenofobia. Ele é arrastado em direção a uma porta lateral enquanto médicos e amigos de Dreyfus conduzem o comandante discretamente para fora.

São quase onze horas da manhã. A cerimônia terminou e a multidão se dispersa calmamente. Ouvem-se ainda alguns gritos dos opositores, mas sem grande veemência. A polícia permanece de vigia.

Alexandrine Zola, por sua vez, sai do Panthéon, vira-se e abraça a fachada majestosa pensando no marido. Ah! Quantas vezes o jovem praticante das letras, sem um centavo, havia percorrido esse lugar lançando um olhar invejoso em direção ao edifício!

Cézanne, seu colega de colégio, também sonhava em conquistar Paris. Quando vinha à capital, Émile e ele divertiam-se até não poder mais. "Qual de nós entrará primeiro lá dentro, entre titio Voltaire e papai Hugo?" Todas as páginas, as personagens de papel, as histórias, todos os artigos engajados no cuidado constante com a justiça haviam-no conduzido a esse lugar.

Duas horas depois, quando o céu ficou mais pesado, anunciando uma tempestade, a praça do Panthéon se esvaziou. Apenas os brasões bordados a ouro vibrando sob a brisa fazem lembrar que, nessa manhã, foi feita homenagem a um dos mais ilustres romancistas do nosso tempo.

A tempestade veio com a noite, uma chuva cortante e fabulosos trovões. Grandes relâmpagos iluminam momentaneamente a deserta rua Soufflot e seus velhos edifícios enfileirados ao longo da calçada, cujas janelas se alumiam a cada descarga. Uma caleche passa a toda velocidade.

Um vendedor de jornais incapaz de gritar, tão rouquenha estava a sua voz, lança os dois exemplares restantes na sarjeta.

Um velho surge da rua Valette. Usando um sobretudo preto grande demais para ele e um chapéu-coco, carrega um quadro debaixo do braço. Uma barbicha branca prolonga-se em direção ao pescoço. Ele correu desde a estação de Lyon, não quis utilizar um veículo. É preciso sofrer quando se empreende uma peregrinação. E ele sofre, ofegando como nunca, o peito em fogo, o torso suado. Ele, sempre pronto a amaldiçoar-se, não encontra nem mesmo forças para se injuriar por ter empreendido aquele périplo imbecil.

O homem para na sombra, longe do lampadário, para retomar o fôlego. As gotas, grandes e espessas, fustigam-lhe as espáduas. Mais alguns metros... Apressa-se, impaciente para atingir o alvo de suas penas. Que gesto conclusivo! Que estúpidos rancores apagaria ao depositar aquele simples pacote diante do Panthéon... E ninguém além dele conheceria a amplitude desse gesto, ninguém...

Um casal passa sem ao menos notá-lo. O homem de preto atravessa a praça e, trêmulo de emoção, deposita o pacote numa pequena guarita vazia, protegido da chuva. Permanece de pé, corajosamente. Um raio cai perto dele, fazendo-o vacilar. Durante alguns segundos, a fachada do monumento adquire uma coloração violácea, como as representações de templos misteriosos nos quadros de El Greco.

Depois há uma autêntica sequência de iluminações. O céu de Paris estoura por todos os lados, dando a impressão de que a capital é incendiada aqui e acolá. Um novo raio cega-o e, dessa vez, os jardins de Luxemburgo situados logo abaixo rompem a obscuridade numa explosão de verde. É um borrão de clorofila, como um mar que se abrisse diante dele para engolir os tetos cinzentos do Senado antes de desaparecer imediatamente.

O homem esfrega os olhos com a manga da camisa, ganhando a calçada oposta. Seu casaco está ensopado. A chuva varre o pavimento com mais força ainda, as sarjetas enchem-se como torrentes na primavera. Lança um último olhar para o pacote.

Alguns instantes depois, ao descer a rua Cujas, uma sombra o arrebata e ele desaparece.

I

Como todos os marionetistas, sonhava um dia apresentar-se num palco só para ele, no Jardim das Tulherias ou no de Buttes-Chaumont, um palco de cores vibrantes, decorado com cortinas suntuosas nas quais estariam gravados seu nome e o título do espetáculo. Secretamente, esperava um reconhecimento semelhante ao de Laurent Mourguet, criador do célebre Guignol, que trabalhava arrancando dentes e atraía as vítimas com marionetes deploráveis antes de passar à posteridade graças às pequenas personagens de madeira.

Sim, estava cansado de percorrer as ruas daquela Paris miserável, recolhendo aqui e ali alguns francos que não lhe permitiam alugar um quarto mobiliado ou mesmo pagar uma refeição malfeita numa espelunca do Quartier Latin. Sem contar os policiais que o caçavam sem interrupção nos abrigos improvisados quando chegava a noite. Ainda na semana anterior, um desses tiras havia quebrado o nariz de Harpino, sua principal marionete, esmagando-a violentamente contra o chão. Não encontrara nenhum marceneiro para restaurá-la, e agora, para explicar a perda do órgão, inventava a história mirabolante do vilão Scrognon, o tabelião, que o fizera tropeçar e cair pelas escadas.

Chovera durante toda a noite, mas no momento a calçada estava seca e a garotada sentava-se nela. Hubert escolheu seu lugar favorito, na rua Clotaire, diante do café, não muito distante da pensão Vauquier, onde a Assistência Pública alojava algumas vezes as crianças à espera de uma família. Na primavera, por volta das dez horas, o Panthéon deixava a rua banhada de sol e todos os meninos do bairro brincavam de bola nas sarjetas. O homem desdobrava o teatro de bolso sobre o qual seu nome se inscrevia com letras que o tempo e a chuva haviam desbotado. Imediatamente, o proprietário do café veio apertar-lhe a mão. Era um bom sujeito, proveniente de Auvergne, que deixava Hubert instalar-se ali apesar das repreensões da mulher. Para a patroa, as crianças não eram pagantes e o espetáculo não trazia nenhum outro tipo de clientela.

— E o que ele vai representar para nós hoje de manhã, a Sarah Bernhardt de cordas?

Hubert desembaraçava os fios das marionetes com uma precaução infinita. Começara a carreira com treze anos nas ladeiras da Croix-Rousse, em Lyon, sua cidade natal. Sua tia tinha uma barraca de frutas e legumes da época na feira, e ele se divertia distraindo os clientes com dois polichinelos desengonçados que não podiam movimentar um braço sem rebolar grotescamente. Em sete anos ele progredira. Um colega marceneiro confeccionou-lhe belas marionetes, que uma amiga tecelã tratou logo de vestir. E, ao aprender o manejo complexo das marionetes, compôs textos com variações de gênero: tragédias para os burgueses e as cocotas, comédias para os asilos, acrobacias para as crianças, e até mesmo histórias picantes para as tardes de sábado dos operários. Por vezes, usava a atualidade como pano de fundo. Assim, rendera homenagem a Alfred Jarry, pai de Ubu, morto no ano anterior, e zombou dos governantes ingleses e franceses, excêntricos a ponto de propor a construção de um túnel entre a ilha e o continente.

Um frequentador do café encontrou o proprietário na soleira da porta enquanto as crianças se reuniam diante do palco.

— Eu também quero ver! Isso lembra a minha juventude no parque Tête-d'Or. O fantoche e o gosto do açúcar de cevada dos domingos com mamãe...

Escolheu um caminho e sentou-se no chão entre duas crianças brincalhonas. Hubert sacudiu as roupas, depois posicionou seus atores atrás da cortina, notando a presença inabitual de uma jovem que parecia esperar o início do espetáculo. Os cabelos ruivos enquadravam belamente o rosto fino, pontuado por sardas. Dirigiu-lhe um sorriso antes de bater com o pé no chão. Algumas pancadas breves, depois três longas.

Imediatamente, as crianças fizeram silêncio. Então Hubert começou em tom de gracejo:

— Vozês zouviram falar do zenhor Scrognon, o tabelião da cidade, alcoólatra comprovado, tão feio quanto mau.

O tal tabelião entrou em cena, titubeando.

— Ops! Ops! Eu sou Scrognon e detesto todos vocês, sim, vocês, os jovens e os menos jovens, eu não gosto de vocês porque vocês não gostam de mim!

Em três minutos, expunha o enredo. Uma vaga história de herança, uma pobre viúva e seus filhos, antagonistas do infame privilegiado, desabado preguiçosamente na cadeira atrás da caixa de fósforos que lhe servia de escrivaninha. Reuniu todos os atores, Harpino tomava a frente. Era, de longe, sua mais bela marionete, uma realização perfeita, se não fosse o nariz que agora lhe faltava. O boneco vestia um terno de losangos vermelhos e pretos arrematado por uma gola violeta, trazia sobre o braço uma bengala branca e segurava na mão um par de luvas pretas. Na cabeça, um tricórnio branco.

O herói colocou-se diante do tabelião, defendendo com veemência a herança da bela viúva. Mas Scrognon não dava a mínima.

— Ladrão! — berrava o velho para o público. — Tabelião imundo!

Não faltava mais nada para que nosso arlequim brandisse a bengala e batesse com dureza no homem da lei. Os dedos de Hubert faziam maravilhas, parecia que o marionetista tocava uma sonata ao piano.

Então houve uma cascata de risos. Os garotos riam e espalmavam os joelhos, alguns chegavam a enxugar as lágrimas no punho das mangas. A bela ruiva sorria e, na soleira da porta, o dono do café ria tanto que sua mulher ficou com medo que ele deslocasse o maxilar.

— Mais! Mais! — pedia o público.

E Harpino empunhava novamente a bengala para descê-la com força sobre o tabelião.

— Vocês não gostam de mim porque eu sou rico! — gritava Scrognon entre dois golpes.

A cortina do pequeno teatro baixou, os aplausos irromperam. Encorajaram Hubert a continuar, a contar uma segunda história, mas ele tinha por regra nunca representar dois espetáculos para o mesmo público.

Como sempre, não se deu ao trabalho de passar o chapéu e contentou-se com as simpáticas palmadinhas nas costas recebidas da garotada como único pagamento. Um louro pequenino até lhe perguntou se queria trocar Harpino por uma grande bola de gude de dez pontos.

O dono do café, refeito das emoções, ofereceu-lhe um copo de vinho.

— Vamos! Ainda não é hoje que você ficará rico!

Mal terminara a frase, foi atingido no crânio por uma moeda de cinquenta centavos. No terceiro andar, uma avó, acompanhada dos dois netos, aplaudia fervorosamente.

— Venha com frequência à nossa rua, meu jovem! Em nosso balcão, somos verdadeiras crianças do paraíso!

Hubert esvaziou de um só gole o copo de vinho, depois colocou o pequeno teatro nas costas. A bela dama não estava mais lá. Partia com os bolsos vazios. Por que deixara Lyon para tentar a aventura parisiense? Nem um dia se passava sem que se censurasse por ter abandonado sua cidade natal, a casa confortável da tia e a amizade dos camaradas. Por que os artistas como ele se sentiam obrigados a fazer carreira na capital? Não havia outro meio de se projetar? Seria necessário percorrer as ruas parisienses contra todos os outros? Que árduo combate! A vitória era dura, mas a sua seria bela! Sim, havia feito uma promessa, triunfaria de uma forma ou de outra. E, quando voltasse a Lyon, percorreria o cais do Rhône e do Saône numa magnífica caleche em companhia da pobre tia, e lhe compraria um esplêndido hotel particular no bairro des Brotteaux, perto do parque Tête-d'Or, que também compraria, mesmo que não estivesse à venda!

Seus sonhos acompanharam-no durante a subida ao Panthéon. Descansou alguns instantes, apoiado numa guarita. Na véspera, o bairro tinha sido fechado pelas forças policiais para a transferência das cinzas de Zola; desviara-se para o outro lado do Luxemburgo, rua d'Assas, sem muito sucesso.

Hubert ia partir quando notou um pacote na guarita, um retângulo embrulhado num papel com manchas de umidade, certamente um quadro decorativo destinado à cerimônia que um dos encarregados da organização do evento esquecera por lá. Curioso por natureza, o marionetista decidiu desembrulhar o objeto. Talvez pudesse render-lhe alguns francos no mercado das pulgas de Saint-Ouen... Olhou em volta e não viu ninguém. Com um gesto, rasgou o embrulho malfeito. Tratava-se do retrato de um homem idoso, pintado grosseiramente. Traços de guache feitos à mão esboçavam o rosto, a barbicha e a grande fronte luminosa. Hubert reconheceu Zola.

Mas na obra havia um toque particular, um estilo vigoroso, uma potência manifesta que contrastava com os retratos hagiográficos das vigílias fúnebres. Uma assinatura minúscula figurava no canto direito da tela. Hubert inclinou-se a fim de decifrá-la. Um P, certamente, depois duas letras ilegíveis, um C, sim, um Z, mais adiante...

— Paul Cézanne! — riu o marionetista, — mas é isso mesmo! Estou rico!

Mesmo não sendo um grande amante de pintura, conhecia a reputação daquele pintor. Desde a grande retrospectiva do ano anterior, seu valor começava a ser reconhecido e os jornais agora concordavam em escrever sobre ele. Então, claro, não era mais possível carregar as telas do mestre pelas ruas!

Voltou rapidamente ao café, o quadro embaixo do braço. Ah! Imaginava a cara do dono do estabelecimento quando lhe mostrasse o Cézanne. E a de sua mulher, aquela dondoca! Sim, uma verdadeira piada por vir!

— Ei, vocês — gritou, empurrando a porta —, acabo de achar um Cézanne na praça do Panthéon. Vou conseguir dois mil francos com ele!

E brandiu a pintura acima da cabeça, o rosto radiante.

— Começou o falatório! — respondeu o patrão, sem ao menos levantar a cabeça da pia.

— Mas que imbecil! — acrescentou a mulher, cuja menção à grande soma em dinheiro a arrancara de seu torpor.

Um cliente, entretanto, aproximou-se a alguns metros do quadro, fez um gesto de desprezo.

— Ah! Deve ter sido um garoto da pensão que se livrou dele, com medo de sofrer gozações. Você pode recuperar a moldura e vender a um daqueles pintores medíocres do cais.

A patroa não desistiu.

— O garoto que desenhasse isso sobre uma lousa deveria apanhar.

Num canto escuro do café, enterrado num banco, um homem cujo rosto não era possível distinguir observava a cena com atenção. Apenas a ponta incandescente do cigarro testemunhava a sua presença. Quando o jovem marionetista entrou com o quadro, acompanhado da fanfarronada em torno do nome de Cézanne, o homem teve um sobressalto nervoso.

Hubert pôs a tela sobre o balcão e aproximou-se novamente da assinatura indecifrável.

— Há realmente este P e este Z, mas o resto...

O homem de Auvergne decidiu-se por fim a deixar a louça de lado.

— Mas você não vai deixar esse bagulho aqui, está tapando o sol!

Apelou para o homem com o cigarro.

— Senhor funcionário, poderia dizer a meu amigo que as telas dos grandes pintores não brotam nas calçadas.

O homem deixou escapar uma voluta de fumaça como única resposta.

— Senhor Durabot! — continuou o dono do café. — Aproxime-se! O senhor é um conhecedor de pintura.

E, inclinando-se na direção de Hubert, acrescentou, cochichando:

— Esse senhor é um alto funcionário do Ministério da Instrução e das Belas Artes, em outras palavras, o braço direito de Doumergue.

Durabot chegava ao fim do cigarro matutino. Sentia o calor da cinza na ponta dos dedos e achava que era hora de sair do café. Não gostava nem um pouco daquele ambiente proletário, mas descansava dos tormentos do ministério e do cortejo de burocratas, cada um mais medíocre que o outro. Pelo menos, as pessoas do café não procuravam parecer inteligentes, assumiam a burrice. Era um ponto a favor delas.

O funcionário apressou-se em deixar o bistrô sem ao menos pôr os olhos sobre o quadro. Que continuem a divertir-se com ele. Pelo menos, durante esse tempo, não reivindicariam nada importante. Quanto a ele, não teria de suportar a tolice nojenta sobre o aumento do custo de vida e a eterna maracutaia dos políticos.

Entretanto, no momento de fazer uma vaga saudação àquelas pessoas, não conseguiu deixar de olhar a tela. Encontrava-se face a face com o retrato de Zola, o Zola do caso Dreyfus que tanto ocupara a primeira página dos jornais até a morte do escritor, o Zola da plenitude literária, com aquela expressão sábia que gostava de adotar nas fotografias. Durabot não levou muito tempo para decifrar a assinatura:

P. CÉZANNE

Teve novamente um sobressalto nervoso e seu rosto retesou-se. Não, não podia tratar-se de um original! Talvez uma imitação de um estudante de Belas Artes um pouco mais talentoso... Cézanne não poderia ter pintado o retrato de Zola na velhice. Nenhum figurava no catálogo do artista organizado por Ambroise Vollard, o *marchand* de quadros, e por Paul Cézanne Filho. Aliás, era realmente impossível. O pintor, que sempre fazia os retratos a partir do modelo, se havia indisposto gravemente com o escritor após a publicação d'*A obra*, por volta de 1890.

Entretanto, aquele traço! As marcas de dedos que davam forma oval ao rosto...

O patrão notou o mal-estar do alto funcionário.

— Há alguma coisa errada, senhor Durabot? Posso servir-lhe uma dose de conhaque?

Um inédito, mas seria mesmo possível? Talvez pudesse existir um em Aix, apesar de Vollard ter batido em todas as portas da cidade e dos arredores para encontrá-los. Mas aqui, em Paris, numa guarita de madeira... Durabot concentrou-se novamente, fixou o escritor nos olhos, duas bolsas de uma espessa massa negra, característica do traço grosseiro do pintor no início da carreira. Era preciso autenticar o quadro o mais depressa possível. Mas não se podia transportar a tela assim. Seu olho treinado já notava rachaduras nos cantos do quadro e, no centro, uma mancha recente, resultado, certamente, da tempestade da noite.

— Não saia daqui, senhor — balbuciou ele. — Eu voltarei, permaneça onde está. Sobretudo, não se vá.

E saiu, dando início a uma louca corrida sem tempo para respirar. O Louvre! O Louvre! Chegar rapidamente ao Louvre, chamar um fiacre no bulevar Saint-Michel para conduzi-lo à casa de seu amigo Madinier, que confirmaria a descoberta. Que perspectiva de comoção para o mundo das Belas Artes!

Virou e desceu a rua Soufflot em três tempos. Um inédito de Paul Cézanne! E fora aquele marionetista quem pusera as mãos nele!

Abaixo, perto do Luxemburgo, teve que se introduzir no meio de uma pequena multidão. Na calçada, diante da porta do Petit Marmiton, policiais continham os curiosos. O alto funcionário não lançou nem mesmo um olhar sobre a fachada do restaurante e continuou seu caminho. Coincidentemente, um cocheiro descia o bulevar em direção ao Châtelet. Durabot, com um gesto imperioso, fez-lhe sinal e saltou dentro da caleche sem ao menos esperar que parasse. Depois, deu ordem ao cocheiro para fustigar os animais até sangrar, caso fosse necessário. Concedeu-se meia hora para voltar em companhia de Madinier.

Os agentes de polícia logo suspenderam a circulação na esquina do bulevar Saint-Michel com a rua Soufflot. Os veículos ficaram retidos atrás de uma barreira, com exceção do que transportava o comissário Francillon e seu jovem auxiliar, Levroux.

— Curioso...

— Você se refere àquele sujeito que acaba de saltar da caleche?

O comissário balançou a cabeça e apontou para o céu.

— Não, eu falo do tempo. Um sol escaldante essa manhã, depois do temporal da noite. Quem nos avisou desse triplo assassinato?

— Foi a prefeitura, senhor. Uma chamada do Quai des Orfèvres. O proprietário do restaurante comunicou a descoberta à delegacia do bairro. Hennion insistiu para que nos encarregássemos do caso.

— Espero apenas que os municipais não tenham tocado em nada.

Desceram do veículo. Um agente logo veio ao encontro deles.

— Comissário, esperamos seu consentimento para a remoção dos corpos. Seja breve, uma das vítimas ainda está viva.

Francillon franziu as sobrancelhas.

— Permito-me supor que você tenha chamado um médico para ela.

— O Dr. Brion está a caminho para prestar-lhe os primeiros socorros, mas seu estado requer uma hospitalização de urgência.

— Onde está o proprietário do restaurante? — perguntou Levroux.

— No escritório. Está particularmente chocado; assim, tomei a liberdade...

O comissário interrompeu-o com um gesto brusco.

— Não percamos tempo. Conduza-me ao local.

— É no subsolo, num salão privativo. Cuidado com a cabeça.

Francillon desceu a escada fazendo caretas. Sua perna fazia-o sofrer atrozmente e a bengala não ajudava em nada. Não gostava daquele restaurante sofisticado onde os artistas festeiros do bairro se encontram. Sobretudo, a decoração feita de bibelôs japoneses e para-ventos chineses era particularmente carregada, de um mau gosto burguês que se pretendia boêmio. Por ocasião da sua chegada a Paris, um amigo de negócios, apaixonado pelo teatro e pelas atrizes, tinha-o convidado a ir ali para um jantar. Os molhos tinham-se revelado tão pesados quanto a conta.

— É aqui...

O agente mostrou-lhe uma pequena porta forrada com um veludo vermelho sangue. Dois homens de uniforme guardavam a entrada. Levroux precedeu seu superior. Imediatamente, o médico saudou-os com um grunhido surdo.

— Apressemo-nos, por favor. A ferida causada pela bala impede, no estado em que se encontra, qualquer compressão torácica. É preciso conter a hemorragia antes da falência cardíaca, pois não se poderá realizar nenhuma massagem sobre o corpo.

— Os padioleiros aguardam o sinal — avisou o agente. — Estão prontos para descer.

Francillon concordou. Só precisaria de alguns segundos para observar o local e apreender os detalhes singulares. Era célebre na brigada pelo olhar minucioso, dom que conservava dos anos de juventude, quando frequentara a Academia suíça e copiava telas do Louvre.

Três corpos. Uma mulher idosa estendida sobre o solo, respirando com dificuldade. Um homem e uma mulher jovem, afundados nas cadeiras, mortos. Manchas de sangue sobre o espesso carpete, na vertical dos cadáveres. Feridas de bala: ele, no coração; ela, na têmpora. Restos de uma refeição sobre a mesa. Um cachimbo branco mergulhado numa sopa fria. No cabide, um impermeável, uma jaqueta e um casaco de lã. Ao fundo, no canto direito, um móvel virado, um vaso quebrado, cravos espalhados pelo chão. Mais adiante, um guarda-chuva partido no meio perto de uma garrafa quebrada. E, por toda parte, cartas de baralho. Um dez de paus equilibrado sobre o chapéu do morto, um ás de espadas preso nos longos cabelos castanhos da jovem. O valete de copas, empoleirado sobre o quadrante rachado do relógio, dominava a cena, como uma testemunha muda. E o oito de ouros aos pés de Francillon.

— Está bom, Brion. Remova a vítima.

O agente dava ordens em um tom seco. A mulher idosa foi deitada numa maca. O médico supervisionava a manobra.

— Cuidado com a escada em caracol. Um movimento brusco e não respondo mais por ela.

Um homem juntou-se a eles. Levroux reteve-o antes de encontrar o proprietário do estabelecimento, o sr. Bordenave.

— Não percam tempo por aí! Passem pela cozinha, assim evitarão a escada e chegarão a um pequeno pátio que dá para a rua Gay-Lussac.

— Vou avisar ao motorista da ambulância — disse o médico.

A pobre mulher foi retirada sob o olhar alucinado do proprietário.

— Ah! Que desgraça! Que escândalo para um estabelecimento como o meu. Sim, que bela ideia a de alugar os salões privados para completos desconhecidos. E de entregar-lhes as chaves. É que fechamos cedo ontem à noite, devido ao falecimento do tio de minha mulher.

Bordenave estava deplorável no papel de pobre patrão desolado. O comissário não podia suportar pessoas sem educação e tacanhas, entretanto, ricas como grandes senhores. Ah, esses mortos não o incomodavam, não, mas que duro golpe para o comércio! Alguns bons títulos do tesouro seriam perdidos, seguramente! Seu cofre reclamaria dos modestos recursos.

— A que horas as vítimas chegaram? Estavam acompanhadas? — perguntou o jovem inspetor.

O três de ouros estava mergulhado numa poça de vinho, perto do aparador.

— Não sei. Aqui, a discrição é conveniente. Não vigiamos as idas e vindas dos clientes dos salões privados. Nossa clientela é séria.

— Isso nós veremos.

— Levroux, siga o seu caminho — disse o comissário. — Continuaremos mais tarde. Ocupe-se da condução dos corpos ao necrotério e faça com que Brion proceda à identificação das vítimas o mais depressa possível.

Virou-se para o proprietário, que não parava de se queixar.

— Quanto a você, Bordenave... É evidente que o estabelecimento permanecerá fechado. Pedirei para isolá-lo com a faixa de segurança. Você será igualmente amável em apresentar-se em meu escritório, rua des Saussaies, às dezesseis horas em ponto.

Então, enquanto os interlocutores subiam a escada em pequenos passos, Francillon lançou um último olhar aos jogadores de cartas e foi-se embora pelo pátio.

II

— Um romance sobre um pintor? Mas que ideia idiota!

Archibald Paquemant tinha por hábito não medir as palavras. Aliás, quando lhe faziam essa observação, retrucava incansavelmente com a mesma insolência:

— Eu não meço as palavras, certamente não. Eu as publico!

Sentia um certo prazer ao preparar boas réplicas. Diante dele, os autores tinham apenas que se comportar bem. Aliás, não os temia, conhecia-os bem, aquele bando de bestas. Antes de abrir sua própria editora, Paquemant embalava as obras destinadas à imprensa na Charpentier. Sempre amara a literatura.

— Não, não, você... Seu Cézanne não vale nada, nem um centavo! Se a senhorita me propusesse alguma coisa a respeito de Leonardo da Vinci, alguma coisa em torno da Gioconda, bem, poderia ser... Mas Cézanne!

Lalie, a senhorita em questão, não desistiu. Viera naquela manhã seguindo os conselhos de Haineureux, seu mentor de sempre. Arranjara-lhe um encontro com o fundador da editora Paquemant para que apresentasse sua obra em andamento, a vida romanceada de Paul Cézanne, o pintor morto há quase dois anos. Eram onze horas da manhã, um horário estranho para uma entrevista literária. O editor recebeu-a no escritório, no terceiro andar de um prédio particular na rua de L'Éperon. Um agradável odor de fumo para cachimbo e de velhos papéis perfumava o ambiente.

— Tenho esta carta de recomendação... — retrucou Lalie.

Seu interlocutor cortou-a imediatamente.

— Sim, sim, eu sei, Haineureux! Para começar, não tinha me dito que você era mulher.

De todo modo, pegou o envelope, quase com enfado.

— Não digo que uma mulher não possa ter sucesso, não, claro que não, não sou contra *a priori*. Mas que seja sob pseudônimo, sim, é isso, sob pseudônimo.

— É uma carta de Colette, a romancista. Ela aprecia minhas obras anteriores e me dá conselhos preciosos.

Paquemant lançou-lhe um olhar zombeteiro antes de pôr os óculos. Percorreu a carta rapidamente; uma linha a cada duas, era tempo suficiente para gastar com a tal Colette, mulherzinha arrogante, e com sua famosa Claudine. Ele era dos que não acreditavam nem um pouco nas narrativas fantásticas daquela dançarina de *music-hall*. Desde que se divorciou, divulgava na imprensa uma história mirabolante de que o marido a sequestrara durante vários dias para que escrevesse romances que ele em seguida assinava. Mas então por que não escrevera uma linha desde a separação, preferindo abandonar a pena do tinteiro para sacudir as do cabaré? Um maldito golpe de publicidade para o seu espetáculo, isso sim! Ah! O imbecil do Ollendorff devia estar bem chateado agora com os livrinhos sem sequência escritos por uma animadora de teatro de revista. Isso é que é ter faro!

O editor pôs a carta diante de si, suspendeu os óculos e esfregou os olhos.

— Sinceramente, senhorita, por que abandonar as comédias policiais para lançar-se à grande literatura?

Lalie tinha preparado o seu discurso.

— Tenho a oportunidade de conversar com o filho do pintor — explicou Lalie — o que me permite dar uma veracidade inédita ao romance. Quem já escreveu sobre esse pintor genial? Talvez você não obtenha um sucesso imediato com a minha obra, mas é uma aposta para o futuro.

— O futuro, o futuro! O futuro é promissor! Mas não é com ele que pagarei os empregados e alimentarei minha família. Veja, aqui está uma das minhas últimas apostas para o futuro...

Apontou para o alvo do delito com o indicador trêmulo, uma pilha de uns cinquenta livros com capa vermelho sangue, a cor das edições Paquemant.

— Esse Proust! Um presunçoso de trinta anos, autor de um livro de poesia de má qualidade e de algumas traduções... Um tipo estranho que usa mocassins em todos os salões de Paris... Um sujeito que fala bem, recomendado por um de meus amigos que se vendeu à concorrência, tenho certeza. É tão ruim que nem ouso colocá-lo à venda! Ah, senhorita, se soubesse a crise de consciência que me atravessa o espírito até mesmo durante o sono... Não, é tudo muito simples, se o trabalho continuar a me devorar, mudo de ideia e viro banqueiro!

Enfim, terminou com um grunhido surdo, o rosto vermelho, apoplético:

— A literatura terá sempre para o comerciante um gosto final de falência!

Lalie não se levantou, e bravamente continuou:

— No ano passado foi feita uma grande retrospectiva sobre Cézanne no Salão de Outono. Foi um sucesso considerável.

Haineureux o tinha prevenido da obstinação da pobre jovem. O mentor também não acreditava naquele projeto insensato. Que ideia absurda a monografia sobre um artista cujas pinturas mal haviam secado!

— Você só tem de recebê-la e explicar-lhe. Já gastei toda a minha saliva para fazê-la compreender que o público não quer isso!

Um editor nunca recusava serviço ao grande Haineureux, sobretudo quando este estava disposto a rubricar um contrato com a sua editora. Oito tomos! A epopeia de um carcereiro que se tornara médium e depois feiticeiro na Nova Inglaterra, seguindo a grande tradição de Eugène Sue e Ponson du Terrail. Se o montante de vendas dessas obras permanecia confidencial, o autor beneficiava-se de uma aura considerável diante dos aficionados pelo romance popular. Paquemant conhecia alguns diretores de jornais que aceitariam trocar metade de sua redação por uma colaboração com o escritor.

Roubar Haineureux da concorrência! Sempre sonhava com o grande golpe que o transformaria no editor que a Paris das letras venera, não mais o antigo funcionário que se tornara alguém graças a uma herança suspeita. Suportava com dificuldade os olhares dos colegas nos salões, os olhares subentendidos a respeito de suas mãos grossas marcadas por cordas e fios. Para eles, para os herdeiros nascidos com uma edição original de velino puro nas mãos, ele seria sempre uma percalina sem talento, saído da sombra dos depósitos para a luz dos lambris por meio de algumas baixezas inomináveis. Agora podiam olhá-lo de través, esnobá-lo como um porco, mas amanhã... Ah, sim, amanhã só falariam dele! Paris vibraria apenas com o seu nome, e nenhum jantar na cidade seria concluído sem que um dos convivas tivesse feito o elogio da última obra que acabara de publicar. Então os faria calar com um gesto de suas mãos calejadas ou com uma tirada bem-feita. Sim, sua hora chegaria, sempre procurava aquele que seria o seu autor. Charpentier, seu empregador de outrora, tinha encontrado o seu com Zola. E se Haineureux fosse o escolhido?

— Não, decididamente, senhorita, não faremos negócio com o seu Cézanne.

Levantou-se bruscamente da poltrona, os olhos brilhantes. Seu plano de batalha revigorava-o. Lançou um olhar cheio de desdém para a pilha de livros vermelhos, saboreando antecipadamente a vitória.

— Volte com os seus mistérios, é um gênero que convém melhor às mulheres...

Lalie levantou-se. Em seu íntimo, a decepção rivalizava com a raiva. Começava a conhecer os editores e as boas razões que tinham para não publicar sua próxima obra. Para cada homem, a sua exposição tinha sempre o mesmo resultado. Paquemant acompanhou-a educadamente até a escada, desejou-lhe um muito bom dia e voltou ao escritório assobiando.

A escritora segurou o corrimão com força para chegar ao térreo, as pernas trêmulas diante de tanta arrogância. Embaixo, encontrou Haineureux, estendido sobre o canapé da entrada, o nariz literalmente mergulhado num livro. Cumprimentou-o, sem saber exatamente o que pensar de sua presença na editora Paquemant.

— Ah! Minha querida! — disse, atirando o livro sobre a mesa baixa como se fosse um dejeto, antes de dar-lhe um abraço. — E então? Como foi o encontro com Archibald?

Ela apertou os lábios. Imediatamente, Haineureux enfiou a cartola na cabeça calva e pegou-a pelo braço.

— Venha, estaremos melhor lá fora.

Inclinou-se em direção a ela, a barba espessa roçou o rosto da jovem.

— Este lugar cheira a velharia.

Foram para a rua de L'Éperon. Ainda sob o efeito da emoção, Lalie se deixou guiar pelo mentor através dos pequenos grupos de alunos que conversavam diante do liceu Fénelon. Perguntava-se qual seria o motivo da presença de Haineureux na editora. Ele a teria precedido no escritório de Paquemant? Mas por quê? Teria acabado de assinar um contrato com a editora?

— Aposto que aquele grosseirão a aconselhou a continuar com os mistérios e a renunciar ao seu projeto — disparou o autor de sucesso.

Viraram na rua Saint-André-des-Arts que fervilhava de camelôs que ofereciam braceletes e colares aos transeuntes. Haineureux considerou o silêncio de Lalie como uma resposta e elevou o punho em direção ao céu.

— Em se tratando da ocupação com os livros, Paquemant é tão prendado quanto um piromaníaco. Teria inventado o auto-de-fé antes mesmo da guerra do fogo!

— Não é mais idiota que os outros — disparou Lalie.

— Sim, você tem razão. Sobretudo, é rico, e, como todos os emergentes, não sabe administrar o dinheiro. Paquemant é uma mina de ouro para pessoas como eu. Você ainda é jovem demais, dócil demais, quanto a mim, ele vai comer na minha mão.

Conduziu Lalie à fonte Saint-Michel puxando-a pelo braço.

— Olha, eu posso lhe contar... Ele me propôs um contrato, oito romances, pagos rigorosamente com um único cheque, por um valor que teria feito babar o maldito Zola! Ah! Que se revire na sepultura, lá embaixo, no Panthéon! Creio que aceitarei. Isso reergueria o nível de sua produção.

Lalie recobrou o ânimo pouco a pouco. O mentor não intercedera a seu favor diante de Paquemant. Ocupara-se de seus próprios interesses e aconselhara-a por hábito, por pena, talvez.

Há alguns meses, ela sentia uma espécie de afrouxamento de sua relação com Haineureux, que datava do encontro com Paul Cézanne, filho do pintor. Quando o escritor soube da ligação, vigiou-a severamente, argumentando que não era possível fazer uma obra séria em dupla, que o sacerdócio do autor era tão ou mais exigente que o do padre. Ele vivia só no apartamento de Passy. Em cinco anos, Lalie nunca fora lá. Ninguém o visitava. "Para meu maior prazer", dizia. Se Haineureux era misantropo por natureza, esse traço de caráter acentuava-se dia após dia. O homem era um dicionário da execração, uma enciclopédia em que cada palavra era uma entrada que remetia a "Imbecil" e a seus numerosos sinônimos. Uma única escapava a essa regra: "Eu", em que todos os elogios do mundo não bastavam para a felicidade do mais experiente lexicógrafo.

Conhecera Lalie há cinco anos numa editora comum. Na época, a moça publicava o primeiro romance da série "Crônica das Brumas", a história de um grupo de adolescentes às voltas com inimigos fantásticos na Paris da Revolução Francesa. Haineureux, autor consagrado, talvez adulado, tomou-a a seus cuidados, concedendo-lhe conselhos preciosos durante almoços intermináveis nos quais, com um tom sempre sentencioso, relatava seus trinta anos de edição, remontando até a infância sórdida e os anos de adolescência, quando trabalhava como estivador durante a noite para comprar tinta e pão. A atmosfera que ele emanava fascinava-a e não permitira a ele, em nenhum momento, ter cautela em relação ao personagem. Ela era seu principal público. Sobretudo, ele culpava os burgueses, os que habitavam o imóvel de sua mãe em Passy. Nunca havia palavras duras o bastante para acusá-los, ele que apanhara guimbas na rua para enrolar cigarros e trocá-los na queijaria por duzentos e cinquenta gramas de manteiga. E, quando o frio chegava, as mulheres vestiam grossos casacos de pele, enquanto sua mãe perdia um dedo a cada nevasca... Uma vida digna de fazer a pequena Cosette passar pela princesa de Clèves.

Nos primeiros romances, quando condenava a onipotência burguesa, fazia-se ao mesmo tempo de juiz e promotor, deixando a algumas personagens sem importância o papel de advogado de defesa. Um potente sopro de ódio reaquecia aquele tribunal imaginário, invisível, onde todas as ideias eram aproveitadas para falar mal dos burgueses e seus numerosos vassalos. Toda a humanidade passava pelas longas diatribes mal articuladas em que às vezes uma ou duas ideias se mantinham coerentes. O estilo direto, sem firulas, seduzira um jovem editor que proporcionara ao homem as condições necessárias para obter sucesso com o romance popular. Haineureux adquiriu rapidamente a reputação de um escritor eficaz e de imaginação fértil, que denunciava nos fascículos baratos as derivas de uma sociedade gangrenada pelo dinheiro e a aparência. Depois veio o dia em que anunciou ao editor que valia bem mais que uma "ópera d'Offenbach" e que abandonaria o popular para lançar-se à grande literatura, a autêntica. Compôs obras ambiciosas, romances históricos refinados que desestabilizaram o público. O fracasso foi devastador e os editores obrigaram-no a continuar com os folhetins. Depois de tentar em vão atacar a burguesia nos livros, passou para o seu lado. — Compreenda — dizia a Lalie — eu queria fazer como Zola... O pobre italiano compreendera tudo. Faz do operário objeto de riso, ridiculariza-o, zomba dele para agradar aos burgueses. Assim vende caro os seus livros. Mas talvez eu seja honesto demais para isso.

Se Lalie admirava a força criadora do seu mentor, ela não partilhava de modo nenhum seu ódio inesgotável contra o gênero humano. Desde esse fracasso, Haineureux perdera a fé e escrevia apenas para enriquecer, para juntar muito dinheiro do alto de seu pedestal, produzindo o vazio em torno de si para que ninguém o importunasse. Então reanimava as velhas intrigas, repetia os mesmos pratos até não poder mais, oferecendo aos leitores a mesma refeição, sem que os editores percebessem que já estava fria. Para que suar novamente? Por que lutar com aquela droga de inspiração que suga a sua saúde enquanto o público se satisfaz com um nada?

Desembocaram na Praça Saint-Michel. O sol tardio refletia-se na fonte, onde crianças brincavam de bola, as calças erguidas até o joelho. Tranquilizada, Lalie respirou o ar doce da primavera enquanto o escritor, que ainda a segurava firmemente, conduzia-a em direção ao cais. Suas considerações a respeito de Paquemant não se esgotavam, mas Lalie não escutava mais, sentindo-se apenas feliz por estar ali. Não queriam o seu romance sobre Cézanne? Grande coisa! Continuaria a escrevê-lo por ela e por Paul, o filho do pintor, seu companheiro, que tinha lhe mostrado a correspondência do pai. Tivera poucas dúvidas, sobretudo coragem, muito trabalho e obstinação. Para cada linha em que o artista se enfurecia contra os contemporâneos, apaziguava-se mais adiante, graças à fé indefectível no próprio talento. Nunca esteve em questão desviar-se de seus projetos, ceder às tentações da facilidade, aquiescer ao gosto do público. À maneira de Ingres, Cézanne achava que o tempo o vingaria. Não estava completamente enganado.

De repente, o braço de Haineureux queimou-a. Sorrindo, livrou-se dele.

— Deixe-me, então! As pessoas pensarão que temos um caso. Sua reputação será afetada.

— Pouco me importo com isso! — sussurrou ele.

Retornaram ao cais em direção à Notre-Dame. Abaixo, sobre a orla pavimentada, operários munidos de pás carregavam areia para uma canoa larga, enquanto um guindaste a vapor apanhava grandes blocos de gesso para depositá-los na construção. Diante deles, sobre a Île de la Cité, conjuntos de árvores fremiam e suas sombras animavam as fachadas dos edifícios. As ardósias dos imóveis refletiam a luminosidade do rio sob o sol. Milagrosamente, Haineureux calara-se. Paris era agora a única companheira de viagem da moça. Ela imobilizou seu olhar por muito tempo sobre a flecha elegante da Saint-Chapelle, admiravelmente enquadrada por pequenas nuvens, depois, mais adiante, sobre as duas torres majestosas da Notre-Dame, que sustentavam o céu para que ele nunca esmagasse a cidade.

Lalie só começava a trabalhar no café no começo da tarde, restavam-lhe ainda algumas horas de divagação. Não almoçaria hoje com Paul, ele partira na noite anterior para a casa de um rico industrial apreciador de Cézanne, em Rouen.

Na altura da ponte au Double, a comporta que retinha o fel do escritor cedeu novamente.

— Voltando ao seu romance, você não deveria lutar por ele. Seu pintor ainda não é muito conhecido, apenas os amadores falam dele, e ainda por cima... nem todos! Não, não, não siga o meu exemplo, você bem viu o que ele fez comigo! Contente-se com o que o público quer de você, não o decepcione somente para satisfazer o seu orgulho. Escrever por prazer é uma coisa bela, mas devemos deixá-la aos que vivem de renda.

Lalie não respondeu. Buscava uma forma hábil de se afastar do escritor.

— Aliás, andei falando a respeito de seu projeto. Ele não convence ninguém, mesmo na fina flor da arte. Veja Oliver Metcalf, por exemplo, você deve conhecer-lhe o nome, Paul deve ter falado dele. Pode-se dizer que os gostos desse americano são confiáveis. Bem, seu romance sobre Cézanne...

Interrompeu-se.

— Ah! Veja só... Como vai você, meu amigo?

Por um conjunto de circunstâncias das quais só Paris poderia ser palco, Oliver Metcalf encontrava-se sobre a soleira da porta da galeria Saint-Julien, na rua de la Bûcherie, num esplêndido terno lustroso, em companhia de uma mulher miúda vestida com tecidos velhos e rasgados.

— Muito bem, Haineureux.

Estendeu-lhe a mão.

— Estávamos justamente falando de você.

— Mas não é a encantadora Lalie? — perguntou Metcalf.

A jovem recebeu um beijo na mão.

— Você conhece a minha protegida? — espantou-se Haineureux.

— Frequentamos o mesmo café em Montmartre.

O escritor encarou a pobre moça, que fez um brusco movimento de recuo. Metcalf sorriu.

— Você conhece La Esmeralda. Sempre tão arisca! Se sua voz fosse tão firme quanto o seu olhar, triunfaria no Scala de 1º de janeiro a 31 de dezembro!

O escritor resmungou alguma coisa, desejando não cumprimentar a mendiga que Metcalf tomara a seus cuidados desde que chegara a Paris. A velha percorria as calçadas à procura de um pintor de rua que fosse realmente um artista, um desses caricaturistas dos quais os burgueses evitam o estilo original. O rico americano desejava abrir suas galerias à juventude, sabendo que ganharia com isso um atestado de mecenas.

Certamente, expunha os grandes, mas que risco corria ao envernizar as telas de um Delacroix ou de um Courbet? Então, buscava incansavelmente, ao longo das margens do Sena, um artista vigoroso, tal como um garimpeiro no fundo do Klondike que meses inteiros de exploração não conseguiam desencorajar. Depois, diante daquele trabalho colossal, engajou La Esmeralda na busca das pepitas. Metcalf batizara-a sob a proteção da Notre-Dame. Havia descoberto aquela mendiga na inauguração de sua galeria, na rua de la Bûcherie. Ela passava dias inteiros contemplando as telas na vitrine, algumas vezes com lágrimas nos olhos. Muda e analfabeta, relatava-lhe as descobertas analisando os motivos nas pinturas expostas. Seus dedos artríticos designavam uma cor, um traço, e o que era um turbilhão, para o comum dos mortais, organizava-se numa linguagem secreta e tornava-se imagem.

— Esmeralda encontrou um garoto perto do Instituto — entusiasmou-se Metcalf. — Falava-me dele agora. Uma paleta clara, um traço espesso que certamente vai afinar-se, mas que frescor! Parece que os transeuntes já zombam de suas pinturas. É um ótimo começo. Irei vê-lo em breve.

Deslizou algumas moedas na mão de La Esmeralda. A velha partiu em direção ao cais imediatamente.

— Mas entrem! Venham... Acabo de receber uma das sete maravilhas do mundo!

— E como vai seu projeto de exposição? — indagou Haineureux ao entrar na galeria. — Na época de nosso último encontro, você não parava de falar nisso, mas eu não consegui arrancar-lhe a menor informação precisa. Entretanto, você nos prometia algo original...

Metcalf voltou-se a ele, o bigode delgado tremia de excitação.

— E você não saberá nada além disso. Guardo o mistério, mas fará um grande barulho; sim, será comentado até em Nova Guiné, pode ter certeza!

Depois, toda a energia desapareceu-lhe do rosto.

— Mas tantos obstáculos permanecem no meu caminho...

— Ah! Quando lhe digo que você tem uma alma de artista, meu caro Metcalf! Não se desencoraje! Se eu me desse ouvido, teria dado um tiro na cabeça há trinta anos. Siga o seu caminho. Quantas distâncias percorridas até agora, desde a sua chegada a Paris; cinco galerias reconhecidas e um nome!

Lalie notou a deferência e as adulações do mentor diante de Metcalf. Sua fortuna colossal fazia Paris estremecer.

Os três chegaram ao escritório do mecenas. Um quadro estava no chão apoiado numa poltrona. Um Cézanne. Lalie ajoelhou-se.

— Eis a minha pequena maravilha... Ainda não tive tempo de pendurá-lo.

— *La Montagne Sainte-Victoire vue des Lauves* (A montanha Sainte-Victoire vista de Lauves) — murmurou a jovem.

— Ah, ainda esse Cézanne! Decididamente — cacarejou Haineureux — ele nos persegue essa manhã!

— Por que diz isso?

— Lalie apaixonou-se pelo filho dele e escreve um livro sobre o pai — riu Haineureux.

A jovem não apreciou nem um pouco aquela apresentação. Os olhos perdidos nas cores, não respondeu nada. A tela atraía-lhe o olhar. Primeiro a montanha esboçada, traços entre o branco da tela e as nuvens azuis e verdes do céu, delineada para ter a força de dominar a extensão do campo, com as árvores, os bosques, a charneca e tantas manchas magnéticas verdes, amarelas e negras. E o caminho à direita, único traço do homem. Lalie encontrava-se ali no momento. O mistral soprava docemente, carregando consigo um odor de tomilho e alecrim.

— É um projeto de livro interessante — constatou o americano.

— Mas, acredite, sem grande interesse para os editores!

Metcalf recusou-se à polêmica, surpreso ao descobrir talentos literários naquela jovem que julgava uma simples garçonete. É bem verdade que tinha ouvido algumas conversas nesse sentido, mas ignorava suas ligações com Haineureux.

Lalie não conseguia afastar-se da tela. Entretanto levantou-se, trêmula de emoção.

— De quem você a comprou? — perguntou ela.

Não se lembrava de tê-la visto nas mãos de Paul nem na galeria de Ambroise Vollard, o habitual *marchand* de quadros do pintor.

O mecenas inclinou-se em sua direção.

— É um segredo — cochichou.

O escritor, por sua vez, curvara-se sobre a obra.

— Em todo caso, devo admitir, que temperamento!

Lalie sufocava dentro do escritório. Precisava sair, ficar sozinha, não suportava mais a voz de falsete do mentor e suas reflexões insensatas. Pediu desculpas a Metcalf.

— Mas então você não quer jantar comigo? — espantou-se o escritor.

Lalie desculpou-se outra vez e saiu, talvez um pouco precipitadamente. A descoberta do quadro perturbou-a mais do que deveria. Experimentava sempre a mesma emoção quando vislumbrava um quadro de Cézanne pela primeira vez. Paul divertia-se com isso, comparando uma pintura do pai a um encontro galante, gracejando sobre a emoção da companheira diante de tal circunstância.

Lalie embrenhou-se no Quartier Latin. O ar exterior fez-lhe um bem extraordinário.

Na galeria, Haineureux explodia:

— Ingrata! Partiu como uma ladra! Que volte então a lavar copos e garrafas! Nunca servirá para nada. Tanto na literatura como na pintura, é preciso dedicar-se inteiramente à arte, nunca desviar-se e, sobretudo, seguir os conselhos dos mais experientes.

Mas seu olhar imobilizou-se novamente sobre a tela de Cézanne. Subitamente se recompôs, as pupilas dilatadas como dois luíses de ouro.

— Ah! Esse quadro... uma pequena joia! Diga-me, meu caro Metcalf, você está sempre seguro a respeito da escalada dos preços em torno do seu provençal?

Desde o início da manhã, o homem caminha pelas ruas de Paris, os sapatos desgastados sobre as calçadas da capital. Violentas palpitações sacodem seu velho corpo. Sabe que está doente, mas não teria posto fim ao seu périplo por nada no mundo. Quando uma vertigem o ameaça, quando sente o espírito se perder nas garras do inconsciente, simplesmente senta-se no meio da calçada, diante dos olhares estupefatos dos transeuntes. Sorri para eles, mesmo deixando transparecer a dor. O homem sente outra vez a liberdade que perdera acreditando atingir seu Éden de solidão.

A silhueta negra deixa a Ópera para trás e começa a percorrer o bulevar des Italiens com um passo ágil, o passo de um homem que conhece seu caminho. Respirar o ar daquela cidade miserável! Reencontrá-la após tantos anos de sofrimento, abraçá-la novamente, dessa vez certo do triunfo, para não mais abandoná-la... Vira na rua Laffitte e para alguns metros mais adiante. Eis que chega à casa do amigo, mas deve bater à porta? Seu coração pulsa ritmo das hesitações. Um sol cruel tosta-lhe o crânio e ele se esconde na escadaria do imóvel em frente. Aquele homem ama a obscuridade.

Não se move. Notas de piano escapam de um apartamento no térreo, uma melodia que ele conhece bem. Inclina-se em direção à janela e vê uma jovem, longos cabelos castanhos e um vestido branco, passear seus dedos como se fossem pincéis sobre as teclas do instrumento. Atrás dela, sentada sobre o canapé, a mãe cerze um tecido.

Sim... Baudelaire tem razão, a abertura daquela ópera gigantesca é a luta da carne contra o espírito, da terra contra o céu, a luta que transformou a obra do grande homem sem que ninguém a percebesse de fato. A música arrebatou-o novamente. Fecha os olhos e se deixa conduzir para longe. Observa-se nos sofrimentos da infância, diante da ideia que não quer se concretizar, que não consegue reviver apesar do desejo e da paixão. Transporta-se para lá, adiante. Trabalha sem prestar atenção ao riso dos contemporâneos, os risos que já ouve por trás das costas enquanto compõe tranquilamente. E experimenta novamente o sentimento de toda uma vida que abandonara no exílio... A dificuldade perpétua do criador de saber que está no caminho certo, o seu, e, sobretudo, de permanecer no caminho, enquanto em torno os medíocres, em coro, estimulam-no a parar!

A jovem ataca mais resolutamente a escala, e a solidão do homem ressurge ao mesmo tempo em que as oitavas se encadeiam. Viver sozinho para não escutar, para não sofrer. Fazer-se monge como Fra Angélico e regrar sua existência de uma vez por todas, sem preocupações, sem prazer, salvo talvez o de acreditar no próprio talento.

"Ah! Mas você não vai conseguir isso logo de cara, você, o comerciante, não mais do que outro qualquer..." Ele brandiu um punho ameaçador em direção à silhueta do amigo, que percebeu naquele momento atrás da janela. "Você nunca me compreendeu, não mais que os outros!"

A cólera revolta-o contra aquela cidade, todos os seus habitantes e todo o mundo. Através de movimentos violentos, desembaraça-se dos braços invisíveis que o retêm. Paris, aquele monstro que não o deixa uma vez que o enredou. Não, não, antes morrer do que se deixar apanhar pelas suas garras. Era fácil demais gritar aos quatro ventos, agora que concordavam em reconhecê-lo nos meios autorizados. Era antes que deveria ter tido coragem de fazê-lo! Antes! Arrastaram-no na lama, e agora aquelas sanguessugas vinham em massa, com a cara lacrimosa de palhaço, recolher-se diante do que restava dele. Não lhes daria o privilégio de civilizar a sua obra, ele, o colosso devorado no interior pelos insetos imundos.

Louco de raiva, cai por terra e continua a debater-se em silêncio. Tudo recomeça, nada mudou! Bate no muro com os punhos cerrados, sente as falanges prestes a quebrar no contato com a pedra. "Droga de mãos!"

O sol permanece alto. Em frente, o amigo continua no seu vaivém. O homem se afasta, os olhos em brasa. As notas param. A jovem concluiu a peça.

III

Antes da guerra de 1870, os artistas se reuniam na margem esquerda, no quartier de Saint-André-des-Arts. Depois atravessaram o Sena e refugiaram-se em Montmartre, bairro em que o preço dos aluguéis estava mais de acordo com suas ideias sobre a arte, com a transgressão pictural que operavam longe dos salões e das seitas. Depois da debandada, o café da Nouvelle Athènes, na praça Pigalle, sucedeu o Guerbois. Manet desapareceu, Matisse apareceu. Zola, fiel entre os fiéis, encerrado em sua obra, desdenhou as reuniões dos artistas e enviou seu aluno Maupassant para atacar os seus detratores. Nos cafés de la Butte, o mundo era repintado, cada um o esculpia à sua maneira. Havia debates durante o dia e a noite, e, quando o café fechava as portas, o cabaré em frente servia de refúgio. Quantas teorias artísticas nasceram ali, no recanto de uma mesa, desenhadas com carvão entre duas manchas de vinho e algumas cinzas. Eram reuniões que não acabavam mais, maratonas em que os jovens artistas, os olhos vibrantes, vigiavam a frase fulgurante do companheiro que faria dele um mestre. Uma palavra ou alguns princípios rabiscados sobre um lenço, lançados no dia seguinte à lata de lixo, por vezes eram suficientes para criar um movimento. A fumaça branca dos cigarros escapava para o exterior levando a informação, e os discípulos acorriam para celebrar o nascimento de uma nova religião. Montmartre e seus cafés confundiam-se com a intensificação dos maiores movimentos. E, além disso, havia a figura do grande homem, o pintor, o romancista célebre, respeitado pela crítica, venerado apesar de si próprio, que condescendia de tempos em tempos em descer até os apóstolos para participar de seus combates. Aquele homem, que dizia sempre se encontrar na descida da ladeira, no crepúsculo da carreira, louvava as virtudes da juventude. Uivando como um cachorro louco contra os habituais aduladores do café, punha-se como vítima tolerante da eclosão dos brotos que suas obras fizeram germinar. Era o conto fantástico do arbusto que fazia sombra ao grande carvalho! E quando alguns falavam de erva daninha, gritava furiosamente em meio à balbúrdia que não estava ali para distribuir boas notas, que nunca existiam ervas daninhas, não, apenas algumas ovelhas desgarradas. Toda uma lição de humildade frequentemente desempenhada à perfeição, e que os iniciantes guardavam para o futuro, quando se encontrassem em seu lugar.

Lalie, por alguns francos por dia, servia no café de l'Ermitage, bulevar Rochechouart, o novo endereço da moda. Era um estabelecimento de vidros claros e grande dimensão, que acolhia a mais nova leva de artistas e intrépidos *marchands* de quadros. A jovem romancista tinha feito um acordo com o patrão. Recebia apenas as gorjetas e renunciava a qualquer tipo de salário para poder afastar-se das funções a qualquer momento e participar das conversas. Ela se fazia ouvir, e os artistas escutavam-na com atenção. Fora ali que encontrara seu amigo, filho de Paul Cézanne, e conhecera Oliver Metcalf, o *marchand* fervoroso, sábia mistura de um Kahnweiler e de um Durand-Ruel, com o leve toque de um Dr. Gachet por conta da excentricidade. Justamente, Metcalf chegara meia hora mais cedo e já discutia avidamente com Marie Laurencin o preço de uma tela. Lalie apreciava particularmente aquela jovem de vinte e quatro anos que fazia frente à classe masculina com uma força de caráter pouco comum. No ano anterior, Marie fora uma das raras artistas femininas expondo no Salão dos Independentes. Todavia, a romancista permanecia circunspecta quanto à sua pintura, reservada demais para seu gosto.

— Sua Diana está desenhada com elegância — constatou Metcalf, segurando o quadro diante de si, os braços esticados —, mas essa corça atrás... A cauda que termina em meio às flores... está um pouco piegas. Não, não, decididamente, não posso lhe oferecer mais que dez francos.

Maria fingiu não ter entendido nada e umedeceu os lábios no copo de vinho. Inclinou-se em seguida para fazer o mecenas recomeçar.

— Ainda tenho dois de seus quadros encalhados. A condessa a quem eu os vendia afastou-se de você e, por isso, não conta. O problema, minha cara, é que sua arte agrada apenas às mulheres.

— Vamos, *Mister* Metcalf, você não vai pagar uma miséria pelo meu quadro só porque sou mulher. Você é *modern* demais para pensar, como nosso bom Octave Mirbeau, que a fêmea artista é um simples reflexo do macho.

O americano defendeu-se timidamente, depois, com o tom de um homem que faz uma loucura, disparou:

— Bem, que seja! Vinte francos! Mas, se não sair, será o seu último óleo que compro.

No fundo, Lalie sabia bem que ele proferia uma ameaça vã. Milionário, Metcalf pouco se lixava para vender os quadros que comprava. Se regateava ferozmente, era simplesmente por prazer, para mostrar àqueles fedelhos que não era possível ensinar ao velho financista os truques da negociação. Metcalf era para muitos um homem dos mais misteriosos. Os jornalistas nunca tinham grande coisa com que se abastecer quando se tratava de esboçar o personagem. Seus faustos anos em Wall Street eram do conhecimento de todos, o garoto pobre do subúrbio de Nova York que chegou ao topo dos organogramas graças ao espírito brilhante, sempre com uma ideia à frente de seu vizinho burocrata. Era um entusiasta, pronto a investir em projetos insensatos apenas por paixão. Tinha uma inteligência fora dos padrões e ganhara o respeito dos seus pares, que admiravam a desenvoltura da qual sabia dar provas quando necessário. E, justamente, detestava em seu íntimo mais profundo o pequeno mundo dos funcionários medíocres e mal pagos, os narizes afundados nas cifras, incapazes de pensar em outra coisa a não ser em sua ocupação, tristes homens que encontraram no trabalho a posição social que a própria personalidade lhes negava. Sua ascensão formidável ocupara, frequentemente, a primeira página das revistas. Mas sua saída, mais escandalosa ainda, semeou o pânico durante uma semana inteira nos mercados de ações americanos. Indispusera-se com a diretoria a propósito de uma ideia que o agradava particularmente, a criação de uma fundação para encorajar os jovens artistas americanos. Os grandes diretores desaprovaram o projeto e, a seguir, votaram a duplicação de seu salário. Então um dia ele deu o fora, sem avisar, recusando-se a ser o soldadinho apaziguado com dinheiro, a entrar no esquema dos colarinhos-brancos dos quais se compra a mediocridade com o bônus de fim de ano. Retirou toda a sua fortuna do mercado e deixou seu país para ir à Suíça, onde trabalhou na construção de uma fundação, aperfeiçoando-se na cultura europeia e no domínio da língua francesa. Depois, cansado de adquirir quadros apenas por prazer, doou-os aos grandes museus da Europa, liquidou tudo, e, no dia em que completou quarenta anos, partiu para Paris para abrir galerias de arte. Ninguém se arriscaria a contabilizar sua fortuna. Dizia-se por aí que a loucura helvética não havia amputado nem um milésimo de suas posses. Desde então, consagrara-se exclusivamente à busca de novos artistas e à reabilitação dos mais velhos, caídos injustamente no esquecimento. Espalhavam-se rumores a respeito de um grande golpe, uma exposição fantástica que anunciaria de um dia para o outro. Mas nada escapava jamais de suas numerosas redes.

Metcalf deu algumas moedas a Marie Laurencin. Daí em diante, o olhar ficou perdido, buscando um novo encontro, um novo negócio. Matisse ocupava uma pequena mesa afastada, em companhia de Fernand Léger. Os dois homens conversavam em voz baixa. Metcalf juntou-se a eles silenciosamente.

— Ah! Meu caro Henri! Quando você vai se decidir enfim a ser infiel ao Kahnweiler?

Trocaram um breve aperto de mão. O mecenas dirigiu um aceno a Lalie. Fez uma reverência elegante e pediu que fosse servido um copo de vinho aos artistas. Mas Léger desculpou-se, um compromisso urgente, uma moça que prometera encontrar na praça du Tertre. Metcalf aproveitou a ocasião e tomou o lugar dele.

— Em seu ofício, a paz no casamento não vale nada! — continuou. — Dê um amante às suas telas, faça um teste comigo!

Mas Matisse protestou. A infidelidade não fazia parte de seu temperamento. Já se viu escritores mudarem sem cessar de editor? Não, uma obra se construía na duração, tudo era questão de confiança. Além do mais, tudo aquilo não tinha mais sentido, agora que suas telas eram vendidas por bons preços.

— Fique com meu amigo Léger — concluiu o pintor.

— É isso! Eu me contento com as migalhas enquanto Kahnweiler fica com os pedaços bons. Ah, isso não!

Lá atrás, um grupo de pintores iniciantes havia se reunido em torno da grande mesa de Marie Laurencin. Logo pediram salsichas e várias garrafas de vinho. Um jovem, mais baixo que os outros, estava de pé no meio do grupo. Falava com um acentuado sotaque espanhol e todos o escutavam. Lalie foi cumprimentá-lo; ela apreciava muito Pablo Picasso, sua pintura, sua personalidade forte.

— Bom-dia, minha jovem — entoou o pintor, afastando a mecha que lhe cobria o rosto. — Venha, pois, juntar-se a nós.

Lalie piscou o olho para o patrão, que logo pediu ao *barman* para servir na sala.

— A propósito, como vai Paul?

— Está em Rouen para vender quadros do pai a um rico produtor de papéis.

— E seu livro sobre Cézanne, está caminhando?

A jovem não teve tempo de responder. Um homem baixo, à sua frente, interpelou-a.

— Cézanne! Cézanne! Só se fala dele! Louva-se a sua coragem, mas é fácil recusar as encomendas e dedicar-se somente à sua obra com vinte cinco mil francos de renda por ano!

Picasso, muito contrariado, enfureceu-se, numa congestão que fez com que todos em volta da mesa se calassem.

— *Majadero!* O que você está dizendo, Méphisto? Você sabe muito bem que ele não usufruía do dinheiro, levava uma vida de asceta, voltada apenas para a pintura... Pouco ligava para suas rendas...

Entretanto, o fanfarrão continuou:

— Há duas noites que dou o meu sangue sobre um faisão para um duque, perto de Compiègne, que quer decorar o salão da amante. Ele me paga cinco francos por quadro. Ah, batalhei em cima da sua ave de caça e, com energia, não esqueci nada. As cebolas encravadas nas garras e o luzidio bico prateado à Oudry. Mas isso não vale nada. Enquanto espero, minhas obras-primas secam ao sol. Se eu tivesse um fuzil...

— O quê? Você não quer se matar, quer? — perguntou um deles.

— Um pintor não dá um tiro nos miolos, enforca-se! — ironizou Lalie.

— Sim, com um fuzil — continuou Méphisto — eu teria enfiado a bala diretamente na tela! Bang! Chega de faisão! Maldita caça! Furada, a tela do nobrezinho!

E levantou o copo no alto para esvaziá-lo de um trago. As conversas logo foram retomadas.

Metcalf, encantado com a balbúrdia, não perdia a esperança de convencer Matisse.

— Você sabe que não gosto que resistam a mim!

Diante da pouca reação, acrescentou:

— Você não se une aos amigos? Como sou idiota! É bem conhecido. Os grandes *fauves* não se misturam com a manada...

Mas o autor de *La Femme au chapeau* (Mulher com chapéu) começava a aborrecer-se.

— Sim, eu o farei imediatamente, só para contrariá-lo!

O mecenas sorriu diante do atrevimento. Em Wall Street, nem mesmo seu diretor teria ousado lhe falar naquele tom. Bem, mas não se podia comparar Matisse com um diretor-presidente qualquer! Que sorte poder ao menos aproximar-se dele! Do contato com aqueles artistas admiráveis, o americano adquirira uma grande humildade.

Seguiu Matisse, que foi efusivamente acolhido pelo grupo. Logo brindaram à saúde do mestre, do pintor reconhecido. Picasso prestou-se de bom grado à cerimônia, ainda que com um pouco de inveja. A seguir, brindaram em consideração a Metcalf, que tinha reputação junto à juventude. Seu gosto seguro e original era exaltado, assim como sua grandeza pecuniária, sua propensão a ajudar os bravos nos momentos difíceis. Quantas vezes colocara a mão no bolso para pagar um aluguel atrasado ou alguns sacos de carvão?

O americano aproveitou a homenagem para montar o seu cavalo de batalha.

— Pablo, Pablo! Não me decepcione, você também! Não me diga que permanece fiel ao seu *marchand*... Meu Deus! Queria que esse sujeito me desse a receita, esse tal de Daniel! Ilumine o meu dia morno, Pablo, simplesmente me convidando ao seu ateliê. Mostre-me apenas a sua grande obra, as mulheres no bordel de Avignon, eu adoraria cortejá-las por alguns instantes...

Dessa vez, foi vaiado pelo gracejo idiota. E ele, sem desconcertar-se, curvou-se, saudou o público e agradeceu.

O vinho estava prestes a ser novamente distribuído quando a porta do café bateu violentamente. Ambroise Vollard entrou em disparada, a cabeça luzidia, os olhos esbugalhados.

— É terrível!

As conversas foram suspensas. Foi em direção a Lalie.

— Terrível... Marie... Em coma no hospital... E não se sabe de Paul. Nunca chegou a Rouen...

O *marchand* mal conseguia retomar o fôlego.

— Mas o que você está dizendo? — exclamou Metcalf, o rosto sombrio. Lalie levantou-se de um salto.

— Acabaram de avisar Hortense. A infeliz desmaiou. Sua cunhada, Marie Cézanne, foi gravemente ferida por uma bala de noite num restaurante do Quartier Latin. A boa Marie, que nunca deve ter visto um revólver em toda sua vida. Eu nem sabia que ela estava em Paris.

— E Paul? — perguntou Lalie, o coração apertado.

— O industrial de Rouen ainda o espera, telegrafou-me no fim da manhã. E não é só isso... Ah, não! Uma verdadeira maldição.

Tirou do bolso um pano vermelho para enxugar o rosto, um pano que usara em volta da cabeça quando Renoir o pintara no ano passado. No café de l'Ermitage, poder-se-ia ouvir um carvão riscar sobre um papel Canson.

— Um mendigo teria descoberto um quadro de Cézanne perto do Panthéon, um retrato de Zola. A tela está sendo periciada no Louvre. Ao que parece, serei convocado.

Interrompeu-se, apertou com força o braço trêmulo de Lalie. E Méphisto, com um gesto cretino, levantou o copo à memória de Cézanne, bebeu-o de um trago e engasgou-se.

IV

Lalie e Ambroise Vollard foram imediatamente encontrar Hortense, viúva do célebre pintor. Morava em companhia do filho num grande apartamento, na rua Duperré, perto do café de l'Ermitage. Hortense Fiquet aguardava-os sentada numa poltrona amarela, bordada com finos motivos.

Lalie beijou-lhe a face e, junto com Vollard, tentou tranquilizá-la. Entendia-se muito bem com a mãe do companheiro. Ainda que demasiadamente possessiva, Hortense apreciava a jovem romancista. Lalie viera na hora certa para estabilizar a caótica vida afetiva de Paul, então com trinta e seis anos.

— O contrário do pai! — divertia-se a constatar.

Hortense conhecera o marido em 1869, quando posava como modelo na Academia suíça, onde o pintor fora aluno. Ele se apaixonou pela bela jovem de olhos negros de azeviche, que os colegas de desenho adoravam pintar, imaginando-a sob vestidos provocantes. Tímido e receoso do menor contato físico, sentiu-se seguro com o temperamento dócil e ponderado da moça. Tiveram um filho três anos depois, mas foi preciso esperar até 1886 para que se tornassem marido e mulher. Conceberam o pequeno Paul fora do casamento e educaram-no, escondendo-o dos avós paternos. Quando o sr. Cézanne, notável de Aix, tomou conhecimento do fato, cortou a mesada do filho, e foi Zola, o amigo de sempre, que se encarregou de Hortense e do pequeno.

Inteiramente dedicado à pintura, Cézanne voltou à Provença para terminar os seus dias, abandonando a mulher e o filho no apartamento da rua Duperré. Hortense não gostava de evocar as lembranças da vida em comum com aquele cujas telas eram agora disputadas. Deixava que Paul e Vollard se ocupassem de sua obra. Aliás, não tinha nenhum desejo nesse sentido, sabia que era incapaz, não compreendia a pintura do marido e não queria meter-se com ela.

— A polícia vai chegar a qualquer momento e nem tive forças para me preparar.

Lalie tranquilizou-a com relação a isso. Hortense vestia um penhoar muito elegante de seda vermelha. A jovem ajudou-a a fazer um coque, que lhe acentuou a forma oval do rosto.

Pressionava febrilmente os dedos longos.

— Acalme-se, Hortense, por favor! — pediu Vollard. — Talvez a polícia nos traga boas notícias.

Lalie foi para o quarto do companheiro. As janelas estavam totalmente abertas e, através delas, a agitação da praça Pigalle era visível. Os fortes raios do sol emprestavam tons de fósforo aceso às tábuas do assoalho. A cama não estava desfeita. Nenhuma roupa jogada no chão, tudo estava perfeitamente em ordem, salvo algumas pequenas telas deixadas aqui e ali sob a escrivaninha. No salão, Hortense confessava sua inquietação ao *marchand* de quadros.

— Mas Marie! Aquela mulherzinha! O que fazia no salão privado de um restaurante? Normalmente avisa o sobrinho quando vem a Paris.

— Estamos todos de acordo! — confessou Vollard.

A romancista isolou-se por alguns instantes. Precisava recompor o ânimo e ordenar todos os acontecimentos. Saíram do café como se fossem uma dupla de ladrões e, durante o trajeto, não tivera tempo de refletir. Se Paul não estava em Rouen, onde estaria? Nunca se afastava muito sem avisar. Seu pai não lhe transmitira o dom da fuga. Então? Seria possível imaginar que estaria com a tia no Petit Marmiton? Uma espécie de reunião secreta que acabara mal?

— É ridículo! — exclamou Lalie em voz alta.

Eis o defeito que acomete os romancistas! A maldita imaginação que parte sem controle, mesmo quando não se deseja. Falava-se de duas outras vítimas além de Marie, e ela já construía um roteiro digno de seus romances baratos, a reunião que acabava mal, e o quadro inédito do pintor achado a algumas dezenas de metros, na Praça do Panthéon. Dois fatos ligados por um laço invisível.

Em seguida, o barulho da campainha a fez sobressaltar-se. A criada convidou o comissário Francillon a entrar. Este último beijou a mão de Hortense, depois a de Lalie, que voltava ao salão, apresentando-se. Vollard teve direito a um sólido aperto de mão. Francillon aceitou de bom grado a poltrona que a dona da casa lhe designou e encostou sua bengala contra ela. Causou boa impressão à jovem romancista. Ao contrário dos policiais presentes em seus livros, não parecia imbecil, mas sagaz, com o olhar certeiro e o rosto luminoso. Sua aparência lembrava mais a de um herói detetive do que a de um funcionário.

— Agradeço sua solicitude, mas serei breve. Vim pedir-lhe que me acompanhe ao Louvre para autenticar a tela descoberta essa manhã.

— E Paul? O senhor tem notícias de Paul? — perguntou Lalie à queima-roupa. Francillon se preparava para responder quando cruzou com o olhar de Hortense. Ela olhou-o de modo estranho, como se buscasse uma lembrança longínqua, talvez a imagem da cunhada ou do filho. Ele atribuiu o fato à emoção, depois fez uma pausa, desviando a cabeça em direção à janela.

— Telegrafei à brigada móvel em Rouen, pedindo a meu colega que fosse à estação investigar. Senhora Cézanne, seu filho tinha por hábito utilizar a estrada de ferro?

Mas ele não pôde continuar. Dessa vez, Hortense fixava-o diretamente, mergulhando os olhos sombrios nos seus. Ficou aturdido com aquele olhar de górgona, olhar que, de modo curioso, não lhe era completamente estranho...

— Émile Francillon! — exclamou ela, enfim libertada.

Depois, esgotada, disse num sopro:

— A Academia suíça, na mesma época de Paul!

Então o comissário compreendeu. Sim, aquela mulher... modelo quando ele e Cézanne eram alunos. Revia-a agora, posando diante dele e dos colegas, os olhos perdidos ao longe, desdenhosa dos risos joviais, com Paul Cézanne mais afastado, que desenhava sem fazer um minuto de pausa, o futuro mestre, alvo do escárnio dos colegas pouco talentosos por sua timidez excessiva e as maneiras bruscas. Mas Francillon não queria lembrar-se dos anos em que o diziam talentoso, detentor de um traço forte de crayon, digno de tornar-se um grande pintor. No final do ano, os professores concediam-lhe todos os prêmios, enquanto Paul colecionava as menções honrosas. As lembranças vieram-lhe como uma onda que quebra, atingindo-lhe violentamente a face. A interrupção dos brilhantes estudos de direito contra a recomendação dos pais, os poucos anos de boêmia antes da guerra, em que corria as galerias para expor seus quadros... E depois a guerra, a maldita guerra, a derrota monstruosa de 1870, o dia, em Sedan, que Napoleão III passou pessoalmente entre as fileiras decompostas. Sempre se lembraria daquela triste silhueta de um velho quebrado ao meio sobre o cavalo magro, enquanto ele, Francillon, o orgulhoso, o patriota, estendido numa maca, um desagradável pedaço de metal na tíbia, engolia os insultos que lhe entulhavam a garganta.

Sua perna tremeu; ele segurou o punho da bengala entre os dedos e apertou-o com força.

O retorno à vida civil mergulhou-o numa profunda neurastenia. Bem que tentou retomar a pintura, reaproximar-se da paleta, mas nada acontecia. Deixava atrás de si grandes telas inacabadas, paisagens negras e cinzentas, corpos embaralhados numa estranha violência que coroava sua depressão. Tudo era apenas obscuridade e trevas, encontrava-se na impossibilidade física de dar um mínimo toque de cor às composições. Então decidiu largar a pintura. Se tivesse continuado, teria sido encontrado um dia com a corda no pescoço, pendurado na grande viga do telhado, na casa dos pais, onde ficava o ateliê. Uma tarde, queimou todas as telas infames, e, no dia seguinte, inscreveu-se na faculdade para retomar os estudos de direito. Mais tarde, enquanto se instalava no escritório da chefatura de polícia, Quai des Orfèvres, apenas a alguns metros da Academia suíça, ironia suprema, cruzou com antigos colegas. Muitos, tal como Cézanne, fugiram durante a guerra para não serem convocados. Mas não lhes guardava rancor. Aliás, concordava agora que era de longe a melhor das decisões, e que seu patriotismo juvenil o impedira de tomá-la. Um dia, chegou a encontrar um antigo membro da Academia regredido às fraldas, que lhe declarou que a França estaria mais bem servida se tivesse continuado a carreira de pintor em vez de destruir-se nos campos das Ardenas. Essa observação assombrara Francillon durante longas semanas. Seus dedos tremiam diante da ideia de manipular um pincel novamente. Chegara a pensar em entrar na loja de um vendedor de tintas, mas um terror visceral o impedira. Os pastéis na vitrine repugnaram-no verdadeiramente. Não, nada a fazer, não podia mais pintar, tudo aquilo estava distante. E depois a vida, a verdadeira vida, não é colorida, é sombria. O policial não se convencia do contrário... Todas as cenas da moda, as paisagens, as naturezas-mortas de cores vivas, puros sentimentalismos. Mentiras que deveriam ser proibidas às crianças. Para que serve pintar se for para mentir? Será que um artista francês teria um dia a coragem de fazer uma obra verdadeira, livre de todas as firulas? E que não venham lhe falar de Courbet e seu realismo. Um equilíbrio adequado no *Enterrement à Ornans* (Enterro em Ornans), mas não nas últimas telas, as *Demoiselles de bords de la Seine* (Moças à beira do Sena), boas certamente para ilustrar um álbum da Condessa de Ségur, e *Le Sommeil* (O sono), uma cena mitológica saída diretamente de uma *bonbonnière*! Não, houve apenas um, Alphonse de Neuville e seus famosos *Dernières Cartouches* (Os últimos cartuchos), cenas terríveis, quase fotográficas, que fizeram tanto sucesso que foram transformadas até mesmo em cartões-postais! Talvez dois de Cézanne, o selvagem, Cézanne e sua fase "ousada", seu *Enlèvement* (O rapto), por exemplo. Em 1903, na época da venda dos bens de Zola, Francillon perdera a tela por pouco, vendida por quatro mil e duzentos francos. Mas então, por que ter se rendido em seguida às montanhas fulgurantes de sol, abandonado o real para dar a ver paisagens abstratas, imaginárias? Por que a reviravolta brutal que aniquilava a força das primeiras obras?

Lalie observava o comissário desde o encontro com Hortense e o peso do silêncio que se seguira. Ela adivinhava que uma tempestade soprava dentro da cabeça de Francillon.

— Émile — retomou Hortense —, quem teria imaginado que você entraria para a polícia? Você era tão talentoso.

Francillon, olhos postos no chão, fez um vago gesto de desdém.

— Talentoso para tolices, certamente! — soltou ele, enfim. — Não, veja bem, senhora Cézanne, eu não tinha o dom nas entranhas, ao contrário de seu marido.

— Ah, ele!

A conversa interrompeu-se novamente, o que não agradava Lalie.

— E como vai Marie Cézanne? — perguntou ela.

— Foi transportada para o Val-de-Grâce. O cirurgião que a operou com urgência diz que sua vida não está em perigo. Todavia, ainda está em coma.

— É possível vê-la? — perguntou Vollard.

O comissário balançou a cabeça.

— Os médicos proíbem formalmente as visitas, pelo menos por hoje e amanhã. E, para voltarmos a Paul, ele tem o costume dessas pequenas fugas?

— Senhor! — respondeu o *marchand* de quadros —, Paul é de uma pontualidade surpreendente. Nunca teria faltado a um encontro tão importante, razão da nossa inquietação.

— Claro, às vezes acontece de ele não dormir em casa — contrabalançou Hortense —, mas agora, com essa tentativa de assassinato da pobre tia...

— E o quadro inédito! — acrescentou Lalie.

Francillon olhou o relógio.

— Ah sim, justamente, o quadro! Somos aguardados no Louvre. Durabot me disse às 15 horas, precisamente. Senhora Cézanne, posso pedir-lhe que se junte a nós?

Mas Hortense não tinha forças. Resistiu aos reiterados pedidos do policial, argumentando que não lhes poderia ser de nenhuma ajuda, que a opinião do bom Ambroise seria mil vezes mais valiosa que a sua.

Um veículo da polícia aguardava-os sobre a calçada oposta. Enquanto subia a bordo, Lalie notou uma silhueta familiar vindo em sua direção. La Esmeralda mancava ao lado de um jovem que carregava um cavalete debaixo do braço e uma caixa de tintas a tiracolo. A moça acenou-lhe, mas a velha, sempre esquiva, puxou o pintor iniciante pela roupa para fazê-lo se apressar.

— Vizinhos? — perguntou Francillon, deixando-se cair no banco.

— Eu não moro aqui, comissário — respondeu Lalie —, mas na rua Saint-Étienne-du-Mont. Apenas uma simples conhecida...

O policial aprovou e pediu que o cocheiro os conduzisse ao Louvre.

*

Hubert colocava-se orgulhosamente entre Madinier e Durabot. Diante deles, uma dezena de fotógrafos queimava lâmpadas de magnésio para imortalizar o trio, com o retrato de Zola aos pés. Madinier, o conservador encarregado das novas aquisições, não duvidava mais que seu colega do ministério da autenticidade do quadro. Mais alguns minutos de espera e a verdade se esclareceria em todo o seu esplendor. Aguardavam Ambroise Vollard, que o comissário divisionário da brigada móvel tinha prometido trazer consigo.

Mas Durabot não duvidava de forma alguma do seu sucesso. Já discursava e contava a aventura aos repórteres grafônomos, seu cigarro matutino naquela espelunca perto do Panthéon e a irrupção do "senhor" Hubert, carregando o quadro com uma quase veneração, como se carregasse o Santo Graal. Aquilo fazia o marionetista sorrir, que, por sua vez, não desmentia nada, e concordava até. Entretanto, uma questão irritou o alto funcionário, quando um daqueles folhetinistas ousou perguntar-lhe as razões da sua presença num bairro popular àquela hora da manhã. Ele foi evasivo, balbuciou algumas palavras evocando a esfera privada, uma amiga artista gravemente doente, que havia velado durante toda a noite. Hubert estourou de rir.

— É bem sabido, as cocotes sentem frio com a proximidade do verão.

Durabot defendeu-se timidamente, não desejando ofender aquele pobre homem. Planejava aproveitar-se da descoberta para se tornar conhecido nos altos círculos. Há muito, desejava ter acesso ao mundo político, abandonar o anonimato do funcionalismo, que não garantia em nada a posteridade. Mas lhe faltava a oportunidade que lançaria seu nome na boca do povo. Ora, já no dia seguinte, seu nome transbordaria dos jornais e sua foto estaria na primeira página. Dois anos separavam-no das eleições legislativas de 1910. A tão desejada investidura na função de deputado nunca estivera tão próxima. Seria preciso cuidar bem de Hubert, ganhar a sua confiança para que ele lhe comesse na mão.

— É isso aí, senhor Hubert! — exclamou ele. — Que descoberta! Pois não duvidamos de sua origem nem por um instante. Você verá Vollard... Apenas uma olhada lhe bastará para identificar a tela!

Madinier não se cansava e dava, a cada clarão de magnésio, um forte aperto de mão no marionetista.

— Está rico, caro senhor! Parabéns!

E Hubert ria abertamente daqueles dois idiotas. Ah, sim! Malditos imbecis! Assim que a aventura terminasse, faria deles, com prazer, dois personagens para seu espetáculo. Era preciso vê-los, aqueles dois, com os ventres enormes encimados por duas grandes cabeças redondas cuja gordura das faces dissimulava os pescoços! Assemelhavam-se em cada traço, apertados dentro dos ternos desgastados nos cotovelos pela fricção dos braços atrofiados sobre a escrivaninha.

— Pronto, aí está Oliver Metcalf! — disse o conservador.

O mecenas entrou na antessala do escritório de Madinier e, rapidamente, os jornalistas se lançaram em sua direção. Explicou alegremente que percorrera os corredores em busca do famoso quadro, pensando que já estaria pendurado. Seus olhos vasculhavam tudo, buscando a tela. Parou assim que a encontrou, empurrando um jornalista com violência para vê-la melhor.

Sim, é um Cézanne, sem a menor dúvida. Seu coração disparou. O talão de cheques, no bolso interno do casaco, já dançava uma giga insensata, querendo saltar para fora. Os lábios retinham um desejo louco de gritar: "Quanto?". Mas não devia apressar-se, sobretudo não se precipitar.

— Está autenticado? — perguntou com a maestria que os corretores partilham com os jogadores de pôquer.

— Esperamos que Vollard chegue a qualquer momento.

E, justamente, o *marchand* de quadros fez sua aparição entre os lambris, com Lalie e Francillon ao lado. Metcalf permaneceu em seu lugar. Vollard era um forte concorrente, pois o homem mantinha relações fraternas com vários artistas, e há muito tempo. Não estava em questão retroceder, deixar-lhe o lugar.

— Ambroise — entusiasmou-se Madinier, indo em direção a ele, os braços estendidos.

Mas Vollard, como Metcalf, não se conteve mais. Tudo era vago em torno dele, buscava um pedaço de tela enquadrado por quatro fragmentos de madeira. Nada além disso. Encontrou-o no chão e gritou:

— Sim!

Aproximou-se lentamente e segurou-o. Os olhos cintilavam.

— Não conheço este quadro, mas é seu traço, sua obra... Um retrato do amigo Zola que data da época em que estavam brigados. Cézanne pintou-o como nos primeiros trabalhos. Oh, ele realmente fez alguns retratos... o de Alexis, claro, mas nunca a cabeça, tão próxima...

Metcalf avançou, emocionado também. Estendeu as mãos, querendo, por sua vez, tocar o quadro, possuí-lo fisicamente.

— Sim, uma vez — disse —, quando chegou a Paris, em 1861. Seis horas de pose por dia. Dizem que teria destruído o quadro, mas não acredito.

Vollard virou-se para ele e concordou, com a ausência de cerimônia que exibem os inimigos reunidos em torno de um mesmo desejo.

— Você está certo. Sim, ele está na minha casa, mas não tem nada a ver com este. No meu, é o Zola de *La Confession de Claude* (A confissão de Claude), enquanto aqui é o dos *Évangiles*[4]...

Lalie aproximou-se, por sua vez, e, admirando a tela, não a pôs em dúvida nem por um único segundo. Lembrava-se do quadro ao qual Vollard aludia. Paul o mostrara a ela.

— De onde vem? — continuou Vollard. — Por que Paul nunca o mostrou a mim? Como se explica que não tenha sido encontrado no ateliê na época de sua morte?

Seu rosto corou subitamente. Aproximou-se de Hubert, o cenho grave, os punhos cerrados.

— Onde você o encontrou realmente, meu jovem? Onde foi remexer?

Um murmúrio atravessou o grupo de jornalistas.

— Vamos, Ambroise — interveio Madinier.

Francillon, recuado, assistia à cena. Para ele, igualmente, a autenticidade do quadro não criava dúvidas. Tinha desenhado perto de Cézanne, observado com frequência os trabalhos do jovem pintor.

---

[4] *Os quatro Evangelhos*, série de quatro romances que ficou incompleta (1899-1902). (N.T.)

— Diante do Panthéon, francamente! — fulminou o *marchand*.

Hubert permanecia imperturbável. O furor daquele homenzinho careca o divertia.

— Senhor, eu confirmo, diante do Panthéon — disse Durabot. — E foi esse senhor quem a achou. A tela lhe pertence a partir de agora.

Lalie sentiu que deveria intervir. Pôs uma mão tranquilizadora sobre o ombro do amigo.

— Eu não estava acreditando — murmurou Vollard. — Para dizer a verdade, Lalie, esperava mesmo que se tratasse de uma falsificação. Senão, como explicar tudo isso?

— Seria preciso chamar a senhora Zola — propôs a romancista. — Talvez ela saiba alguma coisa a respeito.

O comissário decidiu que estava em tempo de apitar o fim da recreação e deu ordem para que os dois agentes em serviço reconduzissem a imprensa.

— E o senhor — disse, apontando para Metcalf.

— Ah, não! Eu vou ficar! — insurgiu-se o mecenas.

Introduziu sua magra silhueta num canto, mantendo sempre um olho ciumento sobre o quadro. Mas Francillon não quis saber de conversa e seus homens despejaram o americano.

— Adoraria revê-lo em breve — disse Metcalf a Hubert. — Retomarei o contato com você...

— É isso, é isso — disse Durabot, esfregando as mãos.

Durante esse tempo, apenas Lalie notou o isolamento de Vollard diante da grande janela que dava para o pátio quadrado. Sentia-se traído, sim, traído postumamente pelo grande pintor. E, diante da traição, lágrimas brotavam em gotas incandescentes que escorriam ao longo de sua face.

Ele arrasta a perna direita, horrivelmente inchada, pelas escadas da colina. O chapéu-coco encharcado de suor protege-o da intensa luminosidade daquele fim de tarde. Lá no alto, vê a Sacré-Cœur, uma massa branca, repugnante, uma verdadeira humilhação para o bairro, um sombrio resíduo do entusiasmo religioso que tomou conta dos burgueses após a guerra. Não podiam ter construído uma verdadeira basílica, alguma coisa majestosa em vez daquele merengue inflado? Mais uma vez, Zola tinha enxergado claramente quando criou o seu personagem Guillaume Froment,[5] o anarquista inspirado que queria dinamitá-la!

O homem de preto para alguns instantes para retomar o fôlego. É tempo de voltar, de deixar a Sacré-Cœur para penetrar as pequenas ruas que conhece tão bem, para penetrar a verdadeira alma do bairro, sua verdadeira espiritualidade, os ateliês dos jovens pintores desconhecidos que, na solidão das oficinas, fomentam a próxima revolução pictural.

O Bateau-Lavoir, destino da sua caminhada, fica na rua Ravignan. É um imóvel dividido em pobres apartamentos em que coabitam artistas de toda espécie. Pablo Picasso trabalha na parte de baixo. O velho escutou falar muito bem do jovem catalão. Dizem que esconde uma tela enorme finalizada no fim do ano anterior, mulheres nuas desenhadas de modo

---

[5] Para o personagem Guilhaume Froment, do romance *Paris*, de Émile Zola, a clássica imagem da Sacré-Cœur causa aversão: "Não conheço uma tolice mais sem sentido, Paris coroada, dominada por esse templo de idolatria, construída para glorificar o absurdo". (N.E.)

engraçado, com traços retos, e com braços, coxas e seios retangulares, uma verdadeira insurreição! Não mostra a tela de forma alguma, talvez aos amigos, mas se recusa categoricamente a expô-la, assegurando que o público ainda não está pronto para ela. Que cabeça, esse Pablo!

O homem cansado entra na rua des Abesses, em seguida vira à direita. Alguns instantes depois, está diante do Bateau-Lavoir. Entra, seguro de si, sem duvidar um único segundo que o artista lhe permitirá adentrar sua habitação. Chama por Picasso. Uma mulher mostra uma porta aberta no final do corredor. Experimenta um instante de alívio, a perna cessa de atormentá-lo, a dor o abandona.

Bate, perguntando:

— Picasso?

O encontro acontece. O espanhol está esboçando em seu caderno os contornos de uma máscara ibérica pendurada na parede. O ateliê está em desordem. Telas e desenhos inacabados por toda parte e, no meio, um cavalete coberto por mil manchas coloridas.

— A quem tenho a honra de me dirigir? — responde o jovem.

— Pouco importa — diz o velho com voz rouca. — Sou pintor, assim como você, quero ver a tela de que todos falam.

Seus olhos astuciosos percorreram o ateliê em todas as direções.

— Aquela ali, virada contra a parede.

Picasso seguiu o indicador do visitante curioso, que designou corretamente a famosa realização.

— Mas como, entre todas as minhas pinturas expostas...

O velho fez um gesto de impaciência.

— Eu lhe disse, sou como você, gosto de virar as minhas telas. E aquela está não apenas virada, mas coberta com um lençol. Sabe, meu jovem, que construí em meu ateliê uma espécie de parede secreta onde escondia minhas obras?

A essa evocação, um sorriso ilumina seu rosto enrugado. Estoura de rir.

— Mas quem é você?

— Eu lhe digo que isso não tem a menor importância. Mostre-me o seu quadro. Já me falaram muito a respeito dele.

O intruso permaneceu num canto sombrio, perto da porta. Picasso distingue apenas a barbicha branca e os lábios finos. Quem é ele, aquele velho que se diz artista, desejoso de ver sua pintura e capaz de identificar as telas mesmo através de um lençol?

— Você se diz pintor, mas com o terno e o chapéu-coco parece na verdade um *marchand* de quadros!

— Ah, mas que insulto! — rugiu o velho, revigorado. — Por quem você me toma!

E soltou uma grande risada que foi sufocada por um acesso de tosse.

— Compreenda-me, meu jovem, tenho muito pouco tempo. O quadro, rápido, apenas alguns segundos. Que eu o admire, que eu o toque, que eu o possua antes de ir.

Picasso hesita, mas, ao cruzar o olhar do homem, descobre uma sinceridade insana, um desejo como nunca vira, nem nos olhos dos seus mais fiéis amigos, nem mesmo no de seu pai. Dirige-se para a tela, lança o lençol ao longe e desvira-a com dificuldade.

— Bem, está contente agora?

Sim, o velho pintor está contente, radiante até, além do entendimento. Acaba de receber não um soco no estômago, mas vários, o mais belo nocaute. Que audácia! Que frescor! Tudo o que lhe contaram sobre o bordel de Avignon não era nada perto daquela realidade! Subestimaram o trabalho do rapaz! Matisse pode ir pastar em outro campo... *La Joie de vivre* (A alegria de viver)... *Luxe, calme et volupté* (Luxo, calma e volúpia), as cores, talvez, mas, aqui, as formas acima de tudo. Os olhares, os olhos, os cotovelos! Há, nas cinco mulheres nuas, essas *Baigneuses* de bordel, toda a evolução da pintura naquele início de século, o salto de etapas entre duas gerações. À direita, a mulher como era vista, o nariz ainda curvo, a mão desenhada, depois, à esquerda, a mulher sentada, o rosto abstrato, desestruturado, a mulher nova, a mulher evoluída, como será vista agora.

— Como deve ser vista! — balbucia o homem.

E, com isso, as formas espantosas, o rosto das mulheres como máscaras primitivas e de cores audaciosas, azul, rosa, laranja, isso quando não deixava o branco da tela. A natureza-morta na parte de baixo, por exemplo, mas como ousou nas passas, nas peras, na fatia de melão desenhada como uma lua crescente?

— O mimetismo, eis o que faz um grande artista. Saber pegar o melhor de cada um e em seguida fazer o seu próprio caldo.

Imediatamente, o espanhol sente-se nu diante do velho saído sabe-se lá de onde e que lê seu quadro como ninguém, detendo-se nos detalhes da obra que, para os outros observadores, são simples desenhos provocantes.

Continuando a sussurrar, o homem de preto se aproxima. Prostitutas doentes, suplicantes, que seguram a cortina para nos forçar a olhá-las... Que alegoria dos vícios da época! Ah, a tela não cessará de fazer ferver o sangue dos burgueses imundos!

— Você tem sensações fortes, senhor. Sei agora que tem boas razões para não querer expô-la. Essa tela causaria sua morte. Entretanto, será preciso ousar. Quanto aos outros, os que lhe rirão na cara, que dirão que essas damas estão mal desenhadas, que não se pode pintar isso sem ser louco, bem, você dirá a esses imbecis, da minha parte e da sua: "Ri melhor quem ri por último!".

Essa tirada esgotou-o. Apoiou-se contra o muro, depois acrescentou num murmúrio:

— Se eu tivesse ousado...

Picasso continua estupefato com a fala do visitante, cheia de uma espantosa espontaneidade. Permanece confuso enquanto o velho agradece com uma palavra antes de ir embora. Mas antes que deixasse o quarto, o espanhol captou seu olhar pela segunda vez e descobriu nele um brilho de orgulho. Cinco minutos depois, a tela está novamente voltada contra a parede. O jovem retoma seu caderno de esboços e desenha.

O velho desce a rua des Abesses, dizendo que toda a sua vida talvez não tenha sido em vão.

V

Quando Lalie chegou à rua Saint-Étienne-du-Mont, o sr. Lépisme estava arrumando livros na vitrine da loja. A romancista finalmente voltava para casa depois de um longo dia. Eram nove horas e uma leve brisa de primavera refrescava as ruas da capital.

O sr. Lépisme tinha uma pequena livraria que ocupava o térreo do imóvel em que a jovem morava. Era um homem de pernas curtas e olhar míope, com a pele ainda mais ressequida e amarelada que suas velhas obras. Vestia a camisa cinza de sempre, pois, dizia, a poeira dos livros, assim como a matéria que os compõe, é cinza. Seu comércio não prosperava, a pequena clientela de frequentadores do bairro não era suficiente para cobrir os gastos, mas ele nem ligava! E mesmo sua mulher sendo rica, vivia com quase nada, não tendo outra ocupação além de ler e ler mais... Seu único luxo consistia num automóvel que comprara para levar a mulher para passear no bosque de Boulogne aos domingos. O sr. Lépisme era casado com Argance, a proprietária do imóvel, uma mulher raquítica que nunca saía da cama, salvo aos domingos. Hipocondríaca de carteirinha, passava os dias gemendo, observando em seu corpo a presença das doenças terríveis que, no máximo em algumas horas, iriam conduzi-la ao túmulo. Entretanto, com sessenta e três anos, a sra. Lépisme acabava de enterrar a última amiga de infância. Para esquecer a infelicidade, enchia-se de soníferos à tardinha. Então o dia de seu marido enfim começava. Voltava à livraria, que não fechava nunca, e, à luz de velas, devorava páginas e páginas, parando apenas para correr de uma estante a outra em busca de uma referência. Lalie dizia-lhe com frequência que ele substituiria com vantagem os professores da Sorbonne, pois à erudição somava uma paixão sem limites e, sobretudo, contagiosa! Que bela doença a inocular! E o livreiro sabia colocar-se à altura dos interlocutores, fisgá-los pelos sentimentos, explicando-lhes que os livros tinham um pouco de suas vidas, o melhor ou o pior. Especializara-se em Zola e na grande saga dos Rougon-Macquart. Aliás, redigia atualmente um dicionário de personagens que relia para Lalie assim que terminava um verbete. Pois o homem adorava a jovem romancista e a apoiava na ideia de começar enfim a sua obra, de parar com as pequenas histórias policiais bem planejadas para iniciar uma obra elegante, que abalaria o microcosmo literário parisiense. Lépisme tinha certeza: a biografia romanceada de Cézanne iria alçá-la ao seu justo lugar, consagrá-la como autora com tudo o que tem direito, derrubando o rótulo de escrevente de plantão que carregava como uma cruz desde a estreia.

— Mas me diga, Lalie, a propósito de Cézanne, sabe que uma tela dele acaba de ser encontrada não longe daqui?

Ele indicou o Panthéon, além da praça Sainte-Geneviève.

Lalie contou-lhe o seu dia. Revelou que Vollard estava de tal forma abatido que fora diretamente para a sua galeria, recusando-se a emitir uma única palavra. Manifestou, sobretudo, sua preocupação para com Paul, desaparecido durante a noite e do qual continuava sem notícias. A jovem perguntou-lhe se, por acaso, não o tinha visto passar durante o dia. Vinha frequentemente sem avisar, e subia para beijá-la e ler-lhe algumas páginas novas.

Mas o livreiro balançou a cabeça.

— Contudo, deve haver uma ligação entre o quadro, o ataque a Marie Cézanne e o desaparecimento de seu amigo...

Lalie deu de ombros. Que mais fazer no momento?

— Amanhã verei o comissário encarregado do caso. Paul me fez encontrar muitos de seus conhecidos. Talvez eu lhe possa ser útil...

— Não duvido disso nem por um instante — respondeu o livreiro, acrescentando à réplica um piscar de olhos. — Seus detetives nunca empregam métodos muito ortodoxos, mas sempre desvendam as intrigas antes da polícia.

— Duvido que na realidade...

Um grito vindo do interior da loja fez com que ela interrompesse a fala. Argance chamava o marido com sua doce voz de taquara rachada.

— Sim, meu rouxinol? — respondeu o marido, prendendo o riso.

— Estou morrendo aqui, está muito calor, minhas pernas parecem dois grandes presuntos, não aguento mais! Venha me dar a medicação!

Preparava-se para entrar quando um garoto, que passava pela terceira vez diante da livraria, lançou-se sobre uma bancada e apossou-se de um livro, quase tão pesado quanto ele, e pôs-se logo a correr em direção à Escola Politécnica.

Lalie ameaçou um passo, mas Lépisme reteve-a.

— Deixe... é um jovenzinho da rua Thénard. Sua irmã está de cama há um mês por causa de uma maldita febre. Não tem como comprar esses volumes enormes, e rouba-os, então!

Seu rosto iluminou-se. Explicou que repusera, há dois dias, o segundo tomo do *Conde de Monte-Cristo*, quando percebeu que o primeiro tinha sido roubado pelo garoto.

— Grande pequeno! Há algo de Dante nele!

Lalie sorriu também, dizendo a si própria que ali estava um personagem dos mais singulares.

Um calor sufocante reinava na mansarda. Lalie ocupava aquela peça simples desde que chegara a Paris. Os rendimentos que ganhava com suas obras e o serviço no café de l'Ermitage não lhe permitiam alugar um imóvel maior. Paul propôs-se a ajudá-la na busca de um apartamento mais espaçoso, mas ela se opôs categoricamente. Adorava o Quartier Latin e a pequena mansarda que dava para o domo do Panthéon. Isso fazia com que se afastasse da infância em Dijon, onde as ruas se esvaziavam lamentavelmente depois das seis da tarde. O mobiliário da casa era espartano: uma cama velha e algumas miniaturas na parede entre duas estantes de livros. Cozinhava sobre um pequeno fogão cujo longo cano saía pelo teto e que lhe servia igualmente para aquecer a água do banho, que carregava até o térreo num simples jarro. Havia a escrivaninha, seu bem inalienável, que mesmo o mais obstinado oficial de justiça não conseguiria confiscar. O manuscrito estava disposto perto da pena e do tinteiro. A peônia que Paul lhe presenteara há uma semana florescia dia após dia.

Lalie ficou imóvel durante alguns instantes para contemplar a flor. Zangara-se com o companheiro, reprovando-lhe a flor branca, ela que apreciava tanto a cor.

— Flores brancas, eu que passo meu tempo a escurecê-las!

Sempre a intransigência, que por vezes a tornava veemente com as pessoas que amava! De início, Paul ficou carrancudo, depois, para se redimir de um pecado que não tinha cometido, teve a boa ideia de mergulhar a flor numa mistura de água e tinta. No dia seguinte, as pétalas estavam lindamente coloridas.

A romancista sentou-se na escrivaninha. Pôs uma folha virgem diante de si e pegou um grande quadro que Paul lhe emprestara. Era uma *Sainte-Victoire* de Cézanne, um original que amava loucamente e que lhe servia de referência quando a inspiração sobre o pintor esmorecia. Lançou um olhar sobre o plano de trabalho. Naquela noite, devia concentrar-se na viagem de Cézanne à Suíça, em companhia da mulher e do filho. O homem desaparecera durante vários dias sem dar notícias, e nunca ninguém soube a verdade a respeito dessa fuga. Hortense reencontrou-o em Genebra e ele usou como pretexto o tédio, os maus ares da cidade, sem nunca declarar as verdadeiras razões. Que terreno fértil para a imaginação da romancista! Deleitava-se com aquele capítulo desde o início da redação. Seria um momento determinante da biografia romanceada, no qual daria asas à fantasia, permitindo-se tudo, sem que os puristas pudessem reprovar-lhe o menor elemento.

Mas, esta noite, permaneceu mais de uma hora diante do papel sem que nenhuma ideia viesse assaltar-lhe. A página branca... Tão bela e tão terrível ao mesmo tempo!

Sentia saudades de Paul, onde estaria?

Levantou-se e debruçou-se na janela para respirar o ar de Paris.

Não era a montanha Sainte-Victoire que observava da janela, mas a montanha Sainte-Geneviève! Entretanto, que quadro um pintor corajoso poderia fazer quando o sol bate com firmeza no domo do Panthéon! Que nuanças a compor sobre a paleta! E mesmo como agora, quando a luz do dia se apaga, expulsando as cores em prol do negro, com os bicos de gás e globos elétricos e todos aqueles fogos-fátuos urbanos, seria preciso um equilíbrio extraordinário para trabalhar o céu, um complexo *camaïeu* de tons cinzentos, ou ainda de vermelho, dignos do trabalho de um pontilhista experiente.

Lalie relembrara o começo do dia, que prenunciava bem mal, e, sobretudo, o passeio ao longo do cais com Haineureux. Sua opinião agora estava formada: conspirava contra ela, não podia aceitar que a jovem se regozijasse com seu ofício, quando, para ele, o trabalho não oferecia mais nenhum prazer. Para Lalie, escrever não era um simples ganha-pão, era a razão de viver, de gritar o que tinha a dizer, de transmitir suas opiniões, suas paixões, seus ódios em histórias acessíveis ao maior número possível. Ao contrário de Haineureux, nunca teria aceitado uma encomenda só pelo dinheiro, sem ter certeza de que poderia fazer uma obra original. E, a cada noite, ao começar a trabalhar, tentava manter a fé que trazia consigo desde o primeiro dia. A fé inesgotável que apagava em alguns segundos as mesquinharias sofridas durante o dia no café, ou diante das vitrines das livrarias onde se alinhavam os livros pretensamente na moda e que faziam sucesso junto ao público graças a uma alquimia da qual preferia ignorar os segredos. A cada noite, era o mesmo ritual que recomeçava. Conter o furor de um dia que era só perda de tempo, escutando os jovens artistas autônomos, unidos na fraternidade dos pintores, enquanto ela sofria com a inimizade dos outros escritores. Entretanto, avançava a cada noite para conquistar, talvez um dia, a posteridade sonhada, a ideia audaciosa de deixar uma obra, aspirando a conhecer o instante em que um jovem iniciante a citaria como exemplo, servir-se-ia de sua experiência como uma formidável tração, um encorajamento a nunca deixar as dúvidas apagarem as esperanças.

Depois de quinze volumes, sentia brotar sua primeira obra verdadeira, no momento em que pegava a pena, reencontrava o entusiasmo de iniciante apaixonada. Haineureux devia perceber isso na leitura dos primeiros capítulos. O quê? A aluna que ultrapassa o mestre! Mas, em que mundo vivemos para que uma tal indecência possa perpetuar-se?

À luz desses acontecimentos, revia as relações passadas com seu mentor sob outra ótica. Era a história da cabra do sr. Haineureux. A pequena protegida, vinda da província, que o pastor parisiense, experiente no mundo da literatura, tinha feito pastar no seu prado, onde a grama era bem fresca e saborosa. Lalie não ficava tentada a ir explorar outros pastos uma vez que seu guardião lhe relatava a maldade dos inimigos, e até mesmo dos amigos! Sim, era a história da cabra do sr. Haineureux, salvo que Lalie não tivera a coragem, como Blanquette, de ir lançar-se aos lobos editores. E teve que esperar que o pastor a mordesse de modo selvagem para se dar conta de que a ludibriava! Ah, talvez Blanquette morresse, mas, nos caninos do lobo mau, um destino de heroína de tragédia grega, não de personagem de *vaudeville*!

Mas como poderia ser combativa depois da infância passada ao lado de uma mãe incorrigivelmente romântica, para quem tudo o que não dizia respeito à poesia era suspeito? Havia crescido num conto de fadas. Sua casa tinha paredes de pão de mel e as pessoas em volta eram apenas inofensivos esquilos de açúcar que vinham fazer-lhe cócegas nos dedos dos pés para ensinar-lhe como era a vida lá fora! E completara a sua educação nos livros. Lucien de Rubempré, mais velho que ela, era seu vizinho de frente, uma espécie de modelo; d'Artagnan, o amigo de classe por quem se apaixonara. Adolescente, tinha partilhado as primeiras emoções com a marquesa de Merteuil, enquanto a mãe a alertava para que não terminasse como aquela pobre Emma Bovary! Que mundo desconhecido penetrara ao pisar pela primeira vez no chão parisiense! Haineureux tinha aparecido na hora certa para conduzi-la por aquela cidade onde, em cada esquina, temia ver surgir Nabucodonosor em pessoa.

Depois se habituara àquela vida muito diferente do mundo maravilhoso inventado por sua mãe. As térmitas roeram a casa de pão de mel. Quanto aos esquilos de açúcar, há muito viraram caramelo!

Paul, o astucioso, em quem o pai confiava inteiramente para o comércio dos quadros, tinha realizado sua iniciação e abrira-lhe os olhos para as mesquinharias das quais os homens eram capazes. Lalie sentia-se enfim pronta para afrontar o mundo face a face, sem nenhum tipo de antolhos. E não seria o desprezível Haineureux nem o repugnante Archibald

Paquemant que refreariam o seu entusiasmo! Dar-lhes-ia lições, mais tarde, quando seus livros fossem estudados nas escolas.

E que oportunidade para formalizar tal sentimento na pessoa de Cézanne, um homem poderoso e solitário que foi o único, talvez, a não duvidar de seu talento e que liquidara os inimigos no fim da vida. Que lição para um jovem artista essa conquista do gênio através da paixão e da paciência!

Havia dois anos que Cézanne morrera. Não se passava nenhum dia sem que Lalie imaginasse o que teria sido um encontro entre os dois. Quantas perguntas teria feito a ele! E quantos grunhidos ele teria devolvido à guisa de resposta!

Dois anos e a atualidade chocante daquele dia em que o nome de Cézanne aparecia na primeira página dos jornais do país. Existiria uma ligação entre os acontecimentos, como supunha? Lalie não conseguiu afastar-se da janela. Apesar do desaparecimento do companheiro, permanecia otimista. Um sentimento difuso fazia-a pensar que Paul estava bem vivo, que não temia nada no momento.

A romancista lembrou-se de um personagem balzaquiano do qual não gostava nada, se não fosse pela frase fulgurante que gritava no fim do *Pai Goriot*. Certamente, ela não estava no Père-Lachaise, mas no cume da montanha Sainte-Geneviève. Que diferença faz?

Lalie encheu os pulmões de ar e, dirigindo-se aos inimigos invisíveis, lançou:

— A nós dois agora!

VI

Qualquer outra pessoa que não Lalie teria procurado o comissário divisionário Francillon na chefatura de polícia de Paris. Mas, desde o mês de janeiro de 1908 e a criação das brigadas móveis regionais da polícia judiciária por Clemenceau e Célestin Hennion, a jovem romancista não ignorava as sutilezas das forças da ordem. Diante da insurgência dos grupos criminosos e do doloroso caso Vacher, fora preciso pôr em ação uma força de elite com competências ampliadas e métodos modernos, bem mais eficaz que a polícia militar.

Hennion vinculara-se a esse projeto ambicioso e fundara as brigadas móveis, que se somavam às forças da polícia judiciária das delegacias, tendo como missão exclusiva dar assistência aos procuradores da República na condução dos inquéritos criminais. Para lá eram recrutados os melhores homens, que fariam parte dos jovens policiais dinâmicos e motivados, orgulhosos por realizar suas missões. Em nome do direito de sequência, as brigadas concediam-se o direito de acompanhar os inquéritos mesmo fora de sua jurisdição. Seus membros utilizavam sistematicamente os novos métodos científicos aperfeiçoados por Bertillon. E se ainda não possuíam automóveis, usando e abusando das estradas de ferro, já se falava no ministério em equipá-las em breve.

Foi, então, muito naturalmente, que Lalie dirigiu-se à rua de Saussaies, no VIIIe *arrondissement*, para encontrar Francillon, chefe da primeira brigada. Não teve nenhuma dificuldade em abrir caminho até o escritório; simplesmente anunciou sua identidade. O agente de plantão informou-a que o comissário a aguardava. Estava em plena discussão com um jovem magro e desengonçado, que usava uns óculos finos com armação de ferro.

— Senhorita, apresento-lhe meu auxiliar, inspetor Levroux. Na sala ao lado estão os inspetores Villegongis, Parceau e Chamblay. Informei-os sobre a investigação relativa ao atentado contra Marie Cézanne e ao desaparecimento de seu companheiro.

Com galanteio, Levroux beijou a mão da jovem, que logo aceitou a cadeira que o comissário lhe indicou. Percorreu com os olhos o imponente escritório e surpreendeu-se ao encontrar sobre uma das prateleiras alguns volumes de sua série "Chroniques des brumes" (Crônicas das brumas).

O oficial notou sua inquietação.

— Eles não são desprovidos de lições, sabia? A psicologia do criminoso frequentemente está muito bem descrita, diferentemente do método de seus policiais.

Lalie sorriu.

— Mas dormiu bem?

— Então me esperava, comissário?

Levroux, ainda de pé, rabiscava febrilmente as páginas de um caderno de espiral. Atrás dele, um quadro pendurado na parede estava estranhamente virado. Via-se apenas a moldura e o arame.

— Bem, sim. Para dizer a verdade, não duvidava que viesse. Isso não vai lhe surpreender nada: é a amante de Paul Cézanne e...

— Digamos que sou sua companheira, se não vê inconveniente nisso — cortou Lalie.

O chefe da brigada rejeitou a observação com um gesto.

— Simples questão de vocabulário.

— Para mim, comissário, o vocabulário nunca é uma questão simples.

Levroux riu. Eis uma moça orgulhosa!

Francillon ficou desconcertado. Suas sobrancelhas grossas e negras alteraram-se, ele fechou os olhos e, para conter-se, murmurou algumas palavras a respeito do sol e ordenou secamente que o auxiliar fechasse as persianas.

A sala, subitamente mergulhada na obscuridade, fez com que a jovem não se sentisse à vontade. Interrompeu Levroux pondo a mão em seu braço e pediu-lhe que não fechasse a da esquerda.

— Não gosto da sombra numa manhã tão bonita — disse.

A ocasião era ótima para Francillon.

— Entretanto, senhorita, não ignora que, para Cézanne, mesmo que eu seja totalmente contra essa asserção, a sombra é uma cor.

Lalie não se surpreendeu de todo com a reviravolta da conversa. Desde o primeiro encontro com o personagem, duvidava que ele tivesse alguma coisa daqueles policiais imbecis que tinha prazer de exibir nos romances. No entanto, não havia se preparado para aquela recepção. Devia manter-se lúcida, nunca baixar a guarda. Comparou aquele exercício ao trabalho de romancista, quando se dedicava a alguma das grandes passagens que não possibilitavam nenhuma facilidade de escrita. Salvo que, aqui, qualquer rasura era proibida. A frase deveria sair com todo o seu brilho.

— Ambroise Vollard e Hortense Fiquet não me parecem confiáveis —, continuou ele. — A emoção já se apoderou deles, o que nunca combina bem com um inquérito policial. A propósito, admiro o seu sangue-frio, senhorita. O hábito, talvez...

Lalie não deu importância.

— Vamos ao fato, comissário. Venho trazer-lhe a minha ajuda a fim de encontrar Paul o mais rápido possível e de compreender o fio dos acontecimentos.

Francillon abriu uma gaveta e retirou algumas fotografias, que espalhou sobre a escrivaninha.

— São fotos do salão privado tal como nós o encontramos ontem de manhã. Vou poupar-lhe as de Marie Cézanne.

— Entretanto, prefiro vê-las. Não tenho nenhum contato com a tia de meu companheiro.

Levroux aproximou-se da escrivaninha enquanto o comissário expunha as fotos, censuradas por um momento.

A romancista vislumbrou os corpos em detalhe. Depois concentrou-se sobre as fotografias onde se podia descortinar o pequeno salão por inteiro. Foi tomada por uma curiosa impressão ao analisar a cena, os dois corpos dobrados sobre a mesa, o de Marie no chão, e as cartas em volta, espalhadas pela sala. Lançadas anarquicamente, atraíam todas as atenções; só elas eram vistas, as vítimas perdiam a importância. Sobretudo na foto que Francillon avançava sub-repticiamente em direção a ela. Tinha sido tirada de frente e nela percebiam-se os três corpos em torno da mesa, assim como a parede atrás, com o quadro, o aparador e o porta-cachimbos. À esquerda, uma cortina levantada pela metade, cujas inumeráveis dobras pareciam esmagar a cabeça do homem morto, caído sobre a mesa.

Ela não conseguia desviar os olhos da cena vista sob aquele ângulo, sentindo uma impressão de *déjà-vu*. Achou a foto incompleta: um elemento, talvez dois, estava faltando no fundo. Buscava-o, os olhos fixados na mesa, passando de uma foto à outra, voltando sempre à mesma. E, num sopro de lucidez, Lalie compreendeu. *Les Joueurs de cartes* (Os jogadores de cartas) de Cézanne! A primeira versão, a que tem o homem de pé à esquerda, e o garoto que observa a partida à direita.

Em sua memória, Lalie superpôs a tela de Cézanne e a fotografia. Sim, a primeira versão, inspirada pelas cenas semelhantes que o pintor admirava, como *Le Tricheur démasqué* ou *L'Atout maître*, velhas telas que celebravam o lazer da alta sociedade. Mas, como somente os grandes artistas sabem fazer, inspirou-se nelas para transcendê-las, fazê-las participar de suas preocupações estéticas, servir-se delas para fazer brilhar, uma vez mais, o seu gênio. Desdenhoso daqueles nobres trapaceiros e da cena apreendida como um documento de época, tratava-se, aqui, de afirmar a dignidade dos camponeses de Aix-en-Provence, com quem Cézanne se identificava ao comparar o trabalho quotidiano que realizavam nas fazendas ao seu, no cavalete. Para o pintor, os camponeses é que eram nobres. Aliás, não era considerado pelos notáveis de sua cidade natal como um camponês da pintura, incapaz de fazer sucesso em Paris, bom apenas para pintar paisagens de cores grotescas e forma degenerada? Cem anos para frente, a multidão ainda vai se espremer e se extasiar nos mais prestigiosos museus do mundo diante daqueles homens simples, anônimos, que o pintor pagava com algumas moedas para posar.

Que revanche sobre os burgueses que enviavam seus filhos para lhe jogarem pedras e forçarem-no a deixar a cidade! Nenhum deles teve a inteligência de reconhecer a grandeza de seu compatriota. Nenhum teria lugar entre uma natureza-morta e uma *Sainte-Victoire* num museu de Paris, Londres ou Nova York...

— Estamos entendidos, não é, senhorita? — disse Francillon.

Atirou-se contra o encosto da poltrona. Era o sinal. Levroux desvirou o quadro. O sol, atravessando as persianas, clareou com uma força inesperada a reprodução e concentrou sua luz sobre ela para fazer com que as cores ficassem mais impressionantes. Lalie não disse nada. Na véspera, à noite, pressentira um elo entre o desaparecimento de Paul, a aparição do retrato de Zola e a curiosa cena de assassinato. A relação não deixava mais nenhuma dúvida à luz do quadro.

— Curioso, certamente. Mas estão faltando dois personagens. Primeiro, o grande homem que domina a cena à esquerda.

Ele se levantou e, mancando, foi ao encontro de Levroux.

— Poderia ser o assassino. E o garoto, à direita, entre Marie e um dos desconhecidos...

— Paul... — murmurou Lalie.

O comissário balançou a cabeça.

— Compartilhamos a mesma visão da tela. Parece que seu companheiro chegou algum tempo depois dos outros convidados. Obtivemos essa informação através de um servente que fumava um cigarro diante da porta de serviço, nos fundos. Nós lhe mostramos uma fotografia do seu amigo. Estava escuro, não é uma identificação formal.

— Mas se você conseguiu confirmar a presença de Paul nessa sala e se ele não faz parte das vítimas, então foi sequestrado?

— Estou inclinado a essa solução.

Lalie levantou-se por sua vez.

— Mas nós nos referimos a esse *Joueurs de cartes*. Na versão seguinte, pintada alguns anos depois, Cézanne suprimiu o garoto. A ligação entre o quadro e as mortes é bem vaga. Todas essas cartas... parece um pouco macabro. Em sua opinião, o assassino queria conscientemente chamar a nossa atenção para Cézanne, como chamaria a atenção para

Leonardo da Vinci dispondo o corpo segundo o esquema do *L'Homme de Vitruve* (O homem de Vitrúvio)?

— Não acredito de forma alguma. Seria fácil demais. Privilegio a pista de uma briga para explicar a presença das cartas.

Levroux interveio.

— É uma possibilidade, sem dúvida. A outra consistiria em pensar que, quando Marie Cézanne foi atingida, tenha caído de lado e derrubado a estante atrás de si com o baralho de cartas, que se espalhou pelo salão. Mas, de qualquer forma, o mistério está aí.

— As visitas à capital — emendou Francillon — faziam parte dos hábitos de Marie.

— Eu nunca a havia encontrado em Paris. Partiríamos para Aix com Paul no início do mês de julho, juntos pela primeira vez. Mas ignoro qualquer coisa a respeito das visitas ao sobrinho e à cunhada. Com sessenta e sete anos, não devia vir com frequência.

— Para continuarmos na mesma linha de pensamento, você às vezes acompanhava o seu amigo nas viagens pela província? Esse industrial de Rouen, por exemplo, você o conhecia?

Lalie desculpou-se, não podendo, nesse caso, ser de nenhuma utilidade para a investigação. Paul fazia os seus negócios sozinho ou com Ambroise Vollard, mas não a misturava nisso. Assim como Hortense, não tinha nenhum talento para o comércio e preferia permanecer afastada.

— E as vítimas? — perguntou Francillon, ao sentar-se na escrivaninha.

Folheou algumas fotos e mostrou duas à romancista.

— Nossa base de impressões digitais não nos forneceu nenhum esclarecimento sobre o caso. Ela ainda está num estágio embrionário, mas pensamos que os registros criminais do homem e da mulher estão limpos. Por acaso você já os teria encontrado, por ocasião de uma venda, um *vernissage* ou uma manifestação?

Não, Lalie não se lembrava. As duas vítimas não tinham nenhum sinal particular capaz de orientá-la. Entretanto, não conseguia desviar o olhar daqueles rostos de olhos muito abertos que exerciam sobre ela uma fascinação mórbida. As duas frontes brancas perfuradas e a corola negra em volta dos furos... E os sorrisos que o jovem Arthur Rimbaud não teria renegado...

— Contamos muito com a identificação das vítimas para avançar no inquérito — precisou Levroux. — Guarde essas fotos com você.

— Mas o que vocês esperam de mim? — perguntou logo Lalie.

Francillon levantou-se novamente e veio ao seu encontro.

— Sabemos que os meios artísticos, os pintores, os literatos, os compositores não veem com bons olhos a força policial. Seus colegas costumam nos fechar a porta no nariz quando mostramos a carteira. Os estereótipos têm a vida dura.

— Em suma, você propõe, em meias palavras, que eu me torne sua informante...

— Compreenda-nos bem, senhorita. Em primeiro lugar, não há nenhum caráter de obrigação no meu pedido. Em segundo, não haverá remuneração pelo serviço. Mas, cá entre nós, não trabalhamos no mesmo sentido? Não desejamos, assim como é seu desejo, encontrar Paul e lançar luz sobre esses acontecimentos? Informante, colaboradora, relatora, bah! Deixo a você os campos lexicais.

Ele pediu a Levroux que abrisse as persianas.

— Vou pensar — respondeu Lalie.

— Sim, é isso. Pense... Digo-lhe que a porta do meu escritório estará sempre aberta e que se eu não estiver aqui, meu auxiliar ou outro inspetor estarão à sua escuta.

Parou, os olhos fixados nos da jovem.

— Desejo pôr um fim nisso tudo o mais rapidamente possível. Conto com a sua ajuda, senhorita.

Apertaram as mãos ao se despedirem.

Lalie aproveitou a doce manhã de primavera para ir a pé ao café de l'Ermitage. Aproveitava a caminhada ao ar livre para refletir sobre aquela conversa. Em suma, sabia tanto quanto a polícia no momento. O comissário não tergiversou.

Andando a passos largos, Lalie se virava, frequentemente, com a estranha sensação de estar sendo seguida desde que deixara a sede da brigada móvel. E, com efeito, na altura da Praça Saint-Augustin, notou um homem vestido com um impermeável preto e um chapéu-coco, que caminhava, visivelmente, no mesmo ritmo que ela. Lalie entrou na rua de Rome em direção ao bulevar des Batignolles. Ao passar diante da estação Saint-Lazare, quase foi atropelada por um pequeno carrinho de mão. O condutor, um homem gordo com nariz de bêbado, deu-lhe um sermão enquanto ela se levantava. Entretanto, a romancista não lhe deu ouvidos, descobrindo com espanto que o perseguidor tinha parado diante de uma banca de jornal. Retomou o seu caminho e decidiu, no último momento, fazer um desvio pelo saguão da estação para se perder na multidão.

Quando saiu na rua d'Amsterdam, após ter demorado alguns instantes na sala de embarque, o homem havia desaparecido. Seguiu diretamente até o café de l'Ermitage, perguntando-se se Francillon tinha mandado segui-la ou se estava imaginando coisas.

As quatro horas soaram na igreja Saint-Étienne-du-Mont quando Lalie enfim voltou para casa. No café, o "Caso Cézanne", como o *Le Petit Parisien* o intitulava, tinha sido o único assunto de discussão durante a tarde. A romancista passara a maior parte do tempo em companhia de jovens pintores, discutindo os acontecimentos, sem que especificasse sua visita matinal à rua des Saussaies. Sua presença era requisitada em todas as mesas, cada um pedindo-lhe notícias a respeito de Paul e da tia. Lalie respondia com boa vontade, atendia à demanda de perguntas, tomando o cuidado de não cometer nenhuma indiscrição. O dono do café autorizara-a a deixar o serviço durante alguns dias para que não se tornasse a atração da semana.

— Você volta assim que tiver encontrado Paul — propôs com a gentileza costumeira.

Ela estava impaciente para retornar à calma de sua mansarda e elaborar um plano de ação. Além disso, não tinha mais coragem do que na véspera para retomar sua obra.

Quando chegou e deparou com os locatários pendurados nas janelas espiando a entrada do prédio, adivinhou que um novo acontecimento animava a vida do imóvel. Lépisme, que estava na porta da loja, chamou-a com um gesto.

— Seu vizinho chegou há alguns minutos!

Lalie ficou estupefata com as palavras do livreiro. De fato, a mansarda ao lado, no quarto andar, estava livre há vários meses, mas uma mudança hoje, que azar! Diante da porta, uma caleche estava estacionada. Quinas de móveis despontavam do seu toldo.

— É um escultor — informou Lépisme — e está nas nuvens. — Acaba de subir sozinho com grandes blocos de argila. Ah, você não sabe a sua sorte! Poderão bater altos papos todas as noites!

O cocheiro acalmou os cavalos parados em pleno sol friccionando-lhes o pescoço. Subitamente, um jovem com rosto de boneca saiu do imóvel e apressou-se em direção à caleche. Atrás dele, a sra. Vabre, a zeladora, repreendia-o por causa da argila que deixava cair sem constrangimento pela escada. Era uma mulher de uns quarenta anos, gorda, antiga camareira de um célebre ator, do qual se empenhava bobamente em não revelar o nome, que organizava as mais suntuosas orgias da capital. O gosto vicioso da estrela tornara a megera extraordinariamente maníaca. Não aceitava a presença de uma única mancha nas partes comuns do imóvel, esfregando a escada e os patamares da manhã à noite, até mesmo de madrugada, quando os moradores recebiam convidados para uma noitada. Nunca saía de seu domicílio sem carregar uma grande vassoura na mão, ainda que os meninos da rua e seus pais a apelidassem de Carabosse.

— Ora bem, com toda essa argila, eis que devo comprar uma pá de pedreiro! — gritou ela com a voz de alcoólatra. — E não se incomode!

Foi em direção ao cocheiro, os olhos esbugalhados, brandindo sua vassoura como um gladiador o seu gládio, pronta para matar.

— Não se pode deixar esses pangarés fazerem sujeira por aí!

O cocheiro não lhe dirigiu nem mesmo um olhar e continuou a acariciar os animais. A fúria fez com que ela soltasse o verbo, cuspindo-lhe na cara um monte de insultos, cada um mais obsceno que o outro. Era uma explosão de palavras infames, de uma grosseria enorme, dignas de qualificar um tabelião ou um pároco, que aprendera ao escutar atrás das portas do antigo mestre. Mas, dessa vez, o condutor não permaneceu insensível e entrou na dança, contribuindo com o ataque ao disparar a pior das obscenidades.

Lépisme chorava de rir na entrada da livraria, tendo que se apoiar nas jardineiras para não cair. Lalie, que não apreciava de forma alguma aquele tipo de espetáculo, introduziu-se no imóvel e logo deu de cara com o recém-chegado. Trocaram algumas palavras banais, mas o jovem não se demorou e lhe propôs retomar a conversa mais tarde. Num instante soube que ele se chamava Laurent, que vinha diretamente de Châteauroux e que estava em Paris para expor seus bustos de argila.

Ela chegou rapidamente à mansarda e teve que esperar por muito tempo até que a calma se restabelecesse.

O homem prepara-se para viver a terceira noite de errância. Dessa vez, decide regressar aos jardins de Luxemburgo, por onde passou tantas vezes quando vivia a boemia. Nada mudou verdadeiramente desde a sua primeira visita a Paris. Na época, as árvores e as aleias inspiravam-no, e se realmente nunca pintou aquele lugar, impregnou-se de seus motivos para pintar outros.

Hoje, sozinho, sentado num banco, observa o sol desaparecer atrás do domo do Senado. O lugar entedia-o. Não mais descobre nele o charme de antes e acha a folhagem primaveril terrivelmente feia, indigna até mesmo da paleta do mais medíocre pintor. Passeia seu olhar pelo jardim e, a cada instante, experimenta o mesmo desgosto provocado pela usura do tempo. Não foi feito para a melancolia, bem o sabe, e irrita-se consigo próprio, o homem idoso, incapaz agora de deleitar-se com uma cor forte ou uma luz imprevista.

O outro o matara. O outro, seu salvador tornado carrasco.

O homem tira o chapéu-coco e enxuga o rosto suado. Depois, se estira sossegadamente sobre o banco. Os pés estão tão inchados que precisa fazer um grande esforço para retirar as botas e colocá-las sob a nuca para servir de travesseiro. Uma tontura o ataca, pressionando sua cabeça como uma bigorna. Sente que vai partir, deixar o corpo doente. Estremece de dor, agarra a madeira, crava-lhe as unhas no interior para não gritar. À sua volta, os poucos transeuntes não parecem notar aquele mendigo moribundo. "Que vão para o diabo!", resmunga o homem, que trava talvez um de seus últimos combates contra a dor. Sente-se próximo do fim. A todo momento, sabe que o coração fatigado ameaça deixá-lo, e vigia os batimentos surdos que ressoam em seus tímpanos.

Que arrebente! Que arrebente, então! Que arrebente logo, antes que o outro o apanhe! Tudo está terminado, bem terminado. Que não lhe falem mais de nada, que deixem o seu coração tocar *legato*, que se excite irremediavelmente, deixe-o morrer após um último sobressalto, sobre o banco lamentável daquele jardim apagado.

Fecha os olhos sobre o céu, busca o brilho da foice através das nuvens e, não a encontrando, pragueja com sua barbicha, lança perdigotos de raiva, pois o coração se disciplina novamente e volta da fuga adotando um *staccato*. Mas se recusa a levantar. Essa última remissão faz ferver-lhe o sangue. Por que sofrer para continuar vivo? Ah, o que deveria fazer para partir? Sua doença não bastaria? Não merecia, na sua idade, depois de tanto sofrimento, outra coisa além dos adiamentos do seu ser que o deixam, depois de cada crise, mais vivo ainda do que estava na véspera? Talvez devesse ajudar a natureza saltando de uma ponte ou jogando-se embaixo de um bonde? Por que não poderia ter a sorte, como tantos outros, de morrer durante o sono, de dormir uma noite para acordar alhures, enfim livre?

Agora, o corpo decrépito, saciado pelo último ataque, deixa-se invadir pela doce quietude da noite. O homem adormece salmodiando, certo de que o sol irá acolhê-lo no dia seguinte.

VII

Oliver Metcalf esperava os convidados no suntuoso salão coberto por telas de mestres. Na véspera, tinha enviado uma carta destinada a Hubert, o proprietário do retrato de Zola, marcando um encontro para as nove em ponto no seu apartamento, último andar de um imóvel opulento na avenida Victor-Hugo. Pela janela, avistava o Arco do Triunfo, majestoso, e a praça de l'Étoile, que se animava pouco a pouco. Metcalf adquirira o apartamento num dia triste, um daqueles dias de inverno em Paris em que a bruma envolve os monumentos, fazendo as pessoas errarem, desvairadas, com um vazio na alma. Um amigo apresentara-o àquele apartamento de trezentos metros quadrados, a vista sublime para o Arco e, sobretudo, o salão com uma luz assombrosa a qualquer hora do dia. Comprou-o imediatamente dos proprietários, que iam instalar-se na Côte d'Azur. Pagou o dobro do valor de mercado por uma decisão irrefletida, com pressa de concluir, e assinou o cheque enquanto distribuía seus preciosos quadros pelas paredes. Mais tarde, mandou construir no salão um teto a céu aberto, como se a sala fosse uma espécie de cubo banhado à luz. Naquele ambiente preciso, as telas brilhavam da manhã à noite. Depois um engenheiro suíço instalou um audacioso sistema de paredes corrediças. Assim podia, apertando um simples botão, fazer com que algumas telas desaparecessem e aparecessem outras. Compôs várias coleções abrangendo seus pintores favoritos: Monet, Matisse, Renoir, Cézanne, e alguns artistas da nova geração, Picasso e Braque à frente.

Enquanto esperava, o marionetista instalou-se tranquilamente sobre o canapé diante da coleção de Cézanne. Metcalf estava de pé há duas horas e aproveitara para resolver alguns negócios urgentes, enviar telegramas, dar ordens relacionadas à bolsa. O excesso de atividade, em geral terapêutico, não lhe foi, entretanto, de nenhuma utilidade: a tela inédita de Cézanne obcecava-o, não conseguia afastar o espírito daquela pintura, vendo-a já pendurada na parede, ali, entre *L'Enlèvement* e *Le Meurtre*. Não, definitivamente não poderia deixar de adquirir o quadro. Se conseguisse apossar-se dele, derrotaria de uma só vez Vollard, Durand-Ruel, Kahnweiler! Com um êxito semelhante, o convencional mundo da arte não zombaria mais dele, o americano, diletante sem valor, cujo gosto só servia para descobrir tendas indígenas rabiscadas e cachimbos malcinzelados. Hubert, aconselhado por Durabot e Madinier, devia vender-lhe o retrato de Zola. Pouco importava o preço. Teria dado seu apartamento pelo quadro, mais até. Se fosse preciso, passaria aquela noite num casebre da Goutte-d'Or; pelo menos, poderia pôr a tela embaixo do colchão e dormir o sono dos justos!

Nove horas soaram no relógio quando o mordomo veio preveni-lo de que três senhores o aguardavam no vestíbulo.

Metcalf ajustou o alfinete da gravata. Verificou mais uma vez que o talão de cheques estava na gaveta da escrivaninha e foi ao encontro dos convidados.

— Que alegria! — exclamou, dando um abraço no marionetista.

Este último tinha colocado uma roupa muito chique. Madinier e Durabot usavam sempre o mesmo conjunto, que teria feito a alegria de um papa-defunto enlutado.

— Mas entrem!

Hubert avançou. Exibia um sorriso magnífico desde a descoberta da tela, guardada num cofre do Louvre, que se alargava ainda mais à medida que colecionadores riquíssimos entravam em contato com seus dois protetores.

— Lembre-se — cochichou Durabot —, deixe-nos conduzir as negociações. Estamos do seu lado. Queremos fazer as ofertas subirem.

Hubert saboreava por antecipação os dias de grande luxo que se preparava para viver. Diziam até que iria a Londres dentro de alguns dias e seria recebido por um membro da família real interessado no quadro. Olhou os três homens à sua frente, imaginando a sala como um grande cenário de teatro, Durabot, Madinier e Metcalf sendo três grandes marionetes das quais puxava os fios sem nunca se cansar.

— Sua coleção de Cézanne? — perguntou o conservador do Louvre, aproximando-se dos quadros.

O americano juntou-se a ele.

— Não se pode esconder-lhe nada. Veja, tenho ainda um lugar vago, aqui. Mas sente-se. O mordomo preparará um café.

Acomodaram-se em torno da mesa baixa. Hubert encontrou um bilboquê embaixo do canapé e divertiu-se com ele, diante do olhar enternecido dos dois benfeitores. Antes de entrar no âmago da questão, Metcalf compartilhou sua curiosidade.

— O senhor Durabot, em sua qualidade de alto funcionário, talvez tenha informações a respeito da investigação. Há alguma pista no momento?

O burocrata do Ministério de Belas Artes permanecia confuso. Com efeito, a investigação avançava pouco a pouco, mas a polícia não conseguia identificar os dois cadáveres. As buscas prosseguiam. Durante toda a noite, Francillon ouvira, infelizmente sem sucesso, as famílias parisienses das quais um dos membros teria desaparecido nos últimos dias. Quanto a Paul Cézanne Filho, era o grande mistério! Inencontrável. De resto, nunca chegara a Rouen e, segundo os fiscais, nem mesmo embarcara no trem.

— Tudo isso é bem maçante — concluiu. — Esperamos que o comissário não ordene a apreensão da tela. É claro que tenho a garantia do meu ministro, mas você sabe, os políticos!

Metcalf riu educadamente, enquanto seu empregado servia uma xícara de café aos convidados.

— O ministro não deseja adquirir a tela para expô-la no Luxemburgo?

Dessa vez, Madinier interveio:

— Cézanne não faz parte de nossas preocupações no momento. Sabemos que faz um grande sucesso, mas muitos outros representam ainda melhor o gênio francês.

Fez uma pausa, satisfeito, mergulhando os lábios na bebida quente.

— Além disso, não poderíamos competir com as ofertas dos colecionadores. O que você quer! O direito de preempção, na arte, não é uma preocupação atual!

— Contanto que os colecionadores se comprometam a emprestar, às vezes, suas aquisições aos museus! — disse Metcalf. — Eu, por exemplo, se ganhar a licitação sobre o retrato de Zola, assino um papel para você imediatamente. Comprometo-me, diante do tabelião, se for preciso, a doar todas as minhas telas aos museus da França, caso eu desapareça amanhã.

Hubert, à pronúncia da palavra *licitação*, parou subitamente de brincar com o bilboquê.

— Seria tão melhor se a pintura permanecesse no nosso país! — suspirou.

Todo mundo concordou. Metcalf aproveitou a asserção do marionetista para consultá-lo a respeito do preço de venda. Mas Durabot interveio firmemente, pondo a mão sobre o ombro de Hubert.

— Senhor Metcalf! Estamos tratando de licitações sérias; conduziremos a venda em presença de um agente de leilões numa sala aberta ao público. Nosso amigo Hubert deseja algumas certezas sobre o futuro da obra. Uma tela não é uma ação que compramos e da qual nos desfazemos em seguida embolsando uma mais-valia. Sabemos que Vollard...

Metcalf, visivelmente exasperado pela comparação com a bolsa, não pôde conter-se.

— Sim! Vollard! Vollard! Quando se trata de Cézanne, o nome daquela sanguessuga é logo disparado!

Foi uma reação sincera, a verdade exposta em toda a sua brutalidade diante dos estranhos que a provocavam simplesmente ao pronunciar tal nome. Vollard e seu comércio em torno do pintor de Aix! Aquele homem sem educação que nunca compreendera nada da técnica do pretenso amigo artista. Ele desabafou sobre o comportamento de Vollard, suas alianças espúrias e sem-vergonhas, o atroz comércio funerário com o filho Paul, que ele mantinha preso graças à sua rede de colecionadores. E profetizava a queda iminente do *marchand*, uma vez que se esgotaria o estoque de Cézannes, e que ele não poderia mais explorar os campos da Provença para recuperar por preços ínfimos as telas que revendia em troca de malas cheias de dinheiro. Sim, em pouco tempo sua galeria estaria coberta de quadros sem valor, que apreciava por natureza, e não teria outra solução a não ser fechar as portas, e descobrir alguma outra forma astuciosa de comer pela última vez à custa de Cézanne. A escrita de um livro de memórias, talvez, ele que nem o conhecera realmente! Então, sim, era bem capaz que vendessem aquela tela inédita a Vollard! Mas ela não seria vista por muito tempo! O sujeito rapidamente a venderia para um colecionador americano ou russo que desejasse decorar o banheiro!

— Exigiremos garantias! — disse Madinier.

— Compreenda, caro senhor — acrescentou Durabot —, nossa reputação está em jogo na venda. Avançamos discretamente. Não tenha medo! Tudo será feito respeitando rigorosamente as conveniências. Não podemos pôr em perigo nossas prestigiosas carreiras com o único intuito de favorecer fulano, beltrano ou sicrano.

Metcalf compreendeu então o verdadeiro motivo da paixão que os dois homens tinham pela tela. Tratava-se, para aqueles dois puros produtos da administração francesa, de tornar-se conhecido, de divulgar os seus nomes na primeira página do jornal, ocupando-se da venda. Não estava em questão preservar o quadro de um mestre, esforçar-se para que não deixasse o território para nunca mais voltar, mas antes de fazer o próprio nome e esmagar os superiores, no ministério ou no museu!

Metcalf apertou a xícara de café até rachá-la.

Madinier, por exemplo, que gosto firme! Um homem que recusara a doação Caillebotte em 1894! Renoir, Monet, Pissarro, Cézanne, Degas, Sisley, recusados a entrar nos museus por causa daquele energúmeno! Um visionário, certamente, um dos grandes historiadores da arte que ainda seria celebrado por cem anos! Quanto a Durabot, de forma alguma valia mais. O alto funcionário do Estado tinha começado sua carreira no Ministério da Agricultura, dissertando sobre o calibre das tetas das vacas e o preço do quintal de trigo antes de aparecer, como por magia, nas Belas Artes! Aqueles dois altos funcionários, nem ricos nem pobres, invejavam o americano pela fortuna, celebridade e êxito social. Sim, um Vollard iria fazer-lhes menos sombra, certamente! E, para atingir seus objetivos, manipulavam Hubert, prometendo-lhe que venderiam ao que oferecesse mais, enquanto se preparavam para vender ao que falasse melhor!

Metcalf devia tratar diretamente com o marionetista, sem intermediários. Detectava nele a fraqueza do proletário que desprezava o burguês porque sonhava em tornar-se um. Lia em seu sorriso, como num livro aberto, a alegria iminente de contar moedas, de envolver-se no luxo, de divertir-se de dia e de noite com o dinheiro fácil. Aqueles três! Medíocres que punham os seus interesses à frente dos das artes!

Olhou-os de alto a baixo com desprezo, depois retomou a fala, os olhos como duas brasas:

— Vocês me lembram velhos banqueiros que, à força de bajulação, conseguiram elevar-se até o topo. Cada um mais vaselina que o outro. Na época, nossos contínuos certamente eram mais capazes que eles, só não tinham a capacidade de serem dóceis, de nunca criar problemas, sobretudo, de saberem humilhar-se diante dos poderosos.

Metcalf fez uma pausa. Uma centelha brilhou em seu olhar, que logo se inflamou. Engajou-se numa diatribe furiosa e atacou vários temas de frente. Começou pela história insensata — do tempo em que ainda era um jovem empregado — de seu superior, um mitomaníaco incapaz de tomar a menor decisão, que obstruía o trabalho e treinava na sua nulidade, o cortejo de empregados que lhe cabia dirigir. No dia em que decidiram demiti-lo, ninguém queria fazê-lo por causa de sua subordinação. Então a direção lançou-se numa grande empreitada de reabilitação, explicando que todo mundo tinha sido duro com ele, que não era o mau sujeito que agora era tido como um bicho-papão nos diferentes serviços. E o inimaginável aconteceu. Uma tarde, convocaram-no para que a grande novidade fosse anunciada; ele saiu triunfalmente pela porta da frente, a ponte levadiça abaixara para ele passar. Foi remanejado para uma nova função prestigiosa, mudava de ducado, ganhava uma patente suplementar e saía com um considerável tesouro de guerra com a condição de aceitar esvaziar de imediato o seu escritório, pois no dia seguinte o seu sucessor já chegaria.

Metcalf contava a história aos três homens petrificados. O americano caminhava pelo salão acrescentando gritos aos grandes gestos, e balançava os braços para acentuar o despeito ainda vivaz que, apesar dos anos, experimentava.

Que mensagem para as forças vivas do interesse! E então? Dever-se-ia recompensar a excelência ou a mediocridade? Naquele dia, Metcalf perdeu todas as ilusões. Após aquela nomeação escandalosa, foi tomado por um furor de batalha, uma necessidade indomável de reagir para provar a si próprio que ainda não tinha sido pervertido pelo sistema, que se distinguia dos colegas, que aceitavam sem reagir, dizendo mesmo que teria sido possível oferecer dinheiro para aliciar aquela nulidade há mais tempo. Mas e então? Sozinho, nunca conseguiria avariar a grande máquina, apenas perturbaria algumas engrenagens. Por isso, partiu.

— Sim, senhores — terminou — ainda existem homens que se sentem livres e que têm consciência! Por causa da estupidez de vocês, nunca terão a carreira que merecem! Apodrecerão nas masmorras, enquanto os ectoplasmas como vocês terão o direito em tempo integral à sala dos banquetes e à prataria fina!

— Mas quem é você para nos dar lições? — balbuciou Durabot, fulminado pela acusação.

— Sou um desses homens, senhor.

— Você é apenas um especulador, Metcalf — zombou Madinier —, nada mais. E ainda muito jovem na profissão para apreender o valor real da tela do sr. Hubert.

O americano voltou-se, apontado as telas de Cézanne na parede.

— Sou um colecionador que se preocupa em conservar as telas, e em seguida cedê-las a vocês. Já lhes disse! Assino um papel aqui, imediatamente. Percebam! Pago por essa tela em nome do Estado em troca de alguns anos em sua companhia exclusiva! Assumo todos os riscos!

Foi ao escritório, arrancou uma folha do talão de cheques e pegou uma caneta. Hubert animou-se, feliz por ver estas marionetes prestes a se matarem! Achava a sala surpreendente, com o teto transparente que deixava ver o céu. Era uma bela ideia para o seu apartamento em Lyon! Audacioso e moderno ao mesmo tempo, em suma, tudo que apreciava!

— A ideia do sr. Metcalf me agrada. Assim, eu também faço um ato de beneficência.

Mas Durabot não era da mesma opinião. Não cederia facilmente, sobretudo depois de ter sido insultado por aquele homem vindo de uma das civilizações mais ignorantes do mundo! Desejava que os representantes oficiais da arte seguissem algumas prerrogativas, caso contrário, iriam direto ao desastre. O dinheiro, o dinheiro, sempre o dinheiro! Estaria a pintura condenada a ser um comércio como qualquer outro? Agora, todas as galerias que pululavam em Paris enchiam-no de desgosto. Decidiu, por sua vez, provocar Metcalf.

— Em alguns anos, os colecionadores serão reis. Morarão em pleno coração de Paris enquanto os pintores serão lançados à periferia. E traficarão com os editores nos cafés, enquanto os escritores morrerão de solidão nos subúrbios. Ah! Você fala de um futuro orgulhoso. Um dia, Paris vomitará seus artistas!

O americano fez um gesto de denegação suprema.

— Sim, claro, você é um revolucionário! Um autêntico. Num dos que insuflam os outros a esvaziar sacos de ouro, mas não fazem outra coisa senão estender as mãos por debaixo deles! Os mesmos que mandam assassinar os burgueses e, uma vez que a polícia chega e prende o pobre culpado, se intrometem para recuperar-lhes a bolsa! Sua revolução terá um aspecto altivo!

Mas Madinier interveio.

— Você não consegue nada, Metcalf, fazendo-nos passar por inimigos dos artistas. O pintor corre atrás do conservador para assegurar sua posteridade nos museus, como o autor o faz com o bibliotecário. Lembre-se de Cézanne, gritando no leito de morte o nome do conservador do museu Granet em Aix, que sempre recusara adquirir suas telas!

A essa evocação, um véu de sombra passou diante dos olhos do americano.

— Somos os mais desinteressados nessa venda. Aliás — precisou o conservador —, não tocaremos em nenhum centavo.

— Não acredito em nada dessa visão angelical. Você faz tudo isso com o único intuito de que falemos de você! Você não corre atrás do dinheiro, mas atrás da publicidade feita em torno da tela. Em suma, os assassinatos o alegram. Senão, os jornais teriam relegado a notícia à última página!

Durabot levantou-se, o rosto vermelho, congestionado, como se tivesse sido esbofeteado por este último insulto.

— Você não está em posição de nos dar lições. A agitação em torno de Cézanne não é suficiente?

Com um dedo acusador, apontou para os quadros na parede, emoldurados pelos raios do belo sol de junho.

— Acredita que esses acontecimentos não terão nenhuma influência sobre o preço da sua coleção? Não ficarei espantado se soubermos amanhã que você cedeu algumas telas ao mercado!

— Sempre a imagem de especulador! Os franceses são especialistas em fabricar rótulos. Assim, o corretor tem que passar a vida a especular! Não pode desviar-se disso! Corretor um dia, especulador para sempre... Mas vocês não entendem nada.

Metcalf retesou-se. Que três idiotas! Os dois burgueses e o que sonhava sê-lo! Como quer que fosse, afastado de qualquer ambição pessoal, por puro amor ao pintor, queria a tela para que não caísse em mãos mal-intencionadas. Já a via no centro da próxima exposição, a formidável retrospectiva que preparava há dois anos. Uma coisa imprevista, que abalaria inteiramente o mundo da arte, que provaria muitas coisas a muitas pessoas!

— Não temos mais nada a nos dizer — disparou Durabot. — Estamos indo, senhor!

Os quatro se levantaram. No vestíbulo, os dois funcionários literalmente arrancaram os casacos das mãos do mordomo; depois, sem olhar para Esmeralda, que aguardava sentada numa cadeira, saíram batendo a porta.

Metcalf aproximou-se da velha senhora para cumprimentá-la. Tinha um ar aborrecido por causa do adiamento da transação, dizendo através de gestos que tudo estava perdido.

Mas o americano reconfortou-a.

— Ao contrário, acredito que o marionetista seja um artista, movendo as cordas nas costas daqueles dois imbecis, mas ele só pensa mesmo no dinheiro. Essa fraqueza será sua derrota. Em cinco dias, a tela será minha.

VIII

Lalie, que não fechara o olho durante a noite, dedicou o dia para visitar os amigos e conhecidos de Paul. Começou o percurso por Vollard. O homem estava em casa. O policial, a quem propusera ajuda, pedira-lhe para não sair de Paris.

A jovem sentia que o *marchand* estava extremamente perturbado pelos acontecimentos. Hesitava até mesmo em entrar na roda dos aspirantes ao retrato de Zola. Tinha conversado a respeito disso com Alexandrine, a viúva do escritor, que, de sua parte, não desejava adquirir a tela inédita. Vollard passara a noite tentando descobrir a origem do quadro, a data na qual Cézanne poderia tê-lo pintado.

— Provavelmente na época da morte do amigo de infância — concluiu. — Mas, então, por que o escondera todo esse tempo? E quem poderia tê-la depositado diante do Panthéon?

Lalie conhecia a grande amizade que ligara os dois homens até o momento em que as atitudes burguesas de Zola aborreceram Cézanne e o afastaram do amigo.

Não sabia as respostas para as perguntas de Vollard, mas imaginava os estados de ânimo de um amigo de Cézanne a quem o pintor teria dado a tela impulsivamente, e que no momento estaria desejoso de fazer com que outros admiradores descobrissem o quadro. Mas então por que abandoná-la à mercê do primeiro que passasse?

Lalie tinha a intenção de trocar uma palavra com Francillon. O comissário faria bem em ouvir Joaquim Gasquet e Émile Bernard, dois amigos próximos de Cézanne nos últimos anos de vida.

Vollard imaginava uma solução ainda mais estranha.

— E se o quadro pertencesse a Marie Cézanne ou mesmo a Paul? O pintor poderia ter pedido que o depusessem no dia da transferência das cinzas se não estivesse vivo naquele momento. De certo modo, uma homenagem testamentária, um legado espiritual do pintor ao amigo escritor. Quando a cidade de Aix celebrou Zola, há dois anos, Cézanne chorou como uma criança durante toda a cerimônia. Talvez tenha tomado a decisão de preparar a tela naquele instante?

Sustentou essa hipótese, afirmando que já se aventava a ideia de colocar Zola no Panthéon antes da morte do pintor, a questão tinha sido levantada na Câmara por um deputado de Cher.

Vollard desejava passar a tarde no Val-de-Grâce em companhia de Hortense para saber notícias da senhora ferida e interrogá-la a respeito da existência do quadro. Mas Marie Cézanne estaria em condições de falar?

As conjecturas de Vollard abalaram fortemente a jovem romancista, que distinguia pela primeira vez uma ligação eventual entre o desaparecimento do companheiro e o aparecimento do retrato inédito. Correu durante toda a manhã, visitando galerias e ateliês. A cada vez, os camaradas de Paul recebiam-na de braços abertos, compadeciam-se dela, pediam informações complementares aos vagos artigos publicados nos jornais do dia. Garantiam a Lalie que a apoiariam. Mas nenhum deles conseguia explicar uma possível fuga. E quando Lalie perguntava, com um constrangimento evidente, sobre uma possível ligação de Paul com outra mulher, os amigos protestavam diante de tal infâmia! Não, não, não havia alguém senão ela...

Arthur Tate, filho de um galerista londrino, amigo de Paul há mais de dez anos, informou que eles haviam se encontrado de tarde na véspera do desaparecimento. Tinham tomado uma cerveja no terraço de um café, praça du Havre, diante da estação Saint-Lazare, onde Paul esperava o trem para Rouen. Quando Lalie contou a Arthur que seu amigo nem mesmo subira a bordo do vagão, ele se espantou, pois o havia acompanhado até a plataforma. No momento, a jovem tinha a nítida convicção de que o amigo tinha sido sequestrado. Restava apenas um nome em sua lista, Oliver Metcalf, que Paul encontrava com frequência. Lalie dirigiu-se à casa do americano, mas o mordomo informou-lhe que o patrão estava ausente.

Durante as peregrinações pelas ruas parisienses, Lalie nunca se livrava da nítida sensação de estar sendo seguida. Frequentemente, parava na esquina de uma rua, sob o pretexto de amarrar o sapato, e observava os transeuntes na mesma calçada para verificar se algum deles também parava de caminhar. Também respeitava essa regra de prudência nas raras vezes em que tomava o bonde para percorrer longas distâncias. Então, mantinha-se perto da porta e descia bruscamente numa parada, assegurando-se de que ninguém a seguia. Graças aos subterfúgios retirados diretamente da literatura, notara vários sinais perturbadores. Não poderia ser categórica a respeito, mas entrevia várias vezes um homem vestido de preto cujo rosto não distinguia. O mesmo da véspera, talvez? Hesitava. Seria um anônimo entre tantos outros, com roupas idênticas, ou de fato um verdadeiro vigilante enviado por Francillon para seguir seus passos, ou ainda um dos sequestradores de Paul?

A jovem entrou em casa, de mau humor. A zeladora, a sra. Vabre, informou-a que um jovem inspetor viera no início da tarde, mas não deixara nada endereçado a ela. Acrescentou, fazendo sua língua de víbora estalar sobre os grossos lábios fortemente pintados, que não tolerava a presença de policiais com coturnos enlameados naquele imóvel respeitável. Se a senhorita queria recebê-lo, que fizesse o favor de encontrá-lo no café.

Depois de jantar, Lalie desceu para conversar alguns instantes com Lépisme. O livreiro estava alegre, acabava de receber uma caixa cheia de fascículos de Eugène Sue comprados a preços módicos de um vendedor de Tours.

— Estou me controlando para não distribuí-los aos passantes! — disse às gargalhadas. — Que vergonha deixar tudo isso amarelar num sótão!

Lalie começou a contar como passara o dia, confiando as dúvidas ao velho amigo. Sentia-se vagamente inútil, incapaz de escrever, impotente para conduzir uma verdadeira investigação.

— Mantenho-me ativa para não ficar deprimida, mas não descobrirei nada.

Lépisme rejeitou o comentário com um gesto.

— O que você quer? Alistar-se na brigada? Ora! Não se atormente. Você acabará descobrindo alguma coisa que produzirá o famoso estalo.

— Esperando, o tempo passa e o gatilho enferruja.

Naquele instante, Laurent, o novo vizinho de andar, veio em direção a eles, um jornal debaixo do braço. Trocaram uma saudação polida, mas o jovem não demorou diante da livraria.

— Então? — perguntou Lépisme, desamarrotando a famosa camisa cinza. — Nosso Adônis esculpe o quê?

A romancista deu de ombros. O que ela sabia? Preparava-se para responder ao livreiro de forma severa que não tinha cabeça para fazer novos conhecidos quando, do último andar do prédio, gritaram o seu nome.

Lépisme e ela levantaram os olhos e viram um braço que atravessava o postigo, saudando-os. Era Laurent.

— Lalie! Lalie!

— Vá! — disse Lépisme, voltando aos seus fascículos. — Está convidando-a para jantar, é uma boa estratégia. Com a sua idade, eu faria o mesmo.

Lalie hesitou por um breve instante, depois se decidiu a entrar no imóvel. A zeladora, empoleirada sobre suas duas patas, as mãos sobre a pele enrugada, gritava por sua vez que não estavam numa lavanderia, mas num imóvel de prestígio, e que não se deveria chamar as pessoas assim. Que descessem, que se deslocassem, sim, por Deus! Laurent esperava a jovem sobre o patamar. Seu sorriso rejuvenescia-o mais ainda. Lalie não lhe dava mais do que vinte e dois anos. Tinha uma cabeça redonda, muito morena, e cabelos curtos. O nariz empinado, a ausência total de barba e as sobrancelhas finas lhe conferiam um aspecto juvenil. Flutuava dentro de uma camisa branca e uma calça de flanela grandes demais para ele. Mas o que marcou Lalie foram suas mãos. Tinha mãos fortes com dedos muito longos, muito espessos, que as articulações modelavam sutilmente. Sobretudo, deixava-as balançantes, e percebia-se que se entediavam ao não fazer nada, tremendo, por vezes, como se agitadas por uma vida própria. Laurent tinha mãos muito bonitas.

— Não tenho muita coisa, mas adoro fazer *tambouille* — disse, à guisa de preâmbulo. — Uma *ratatouille* e uma omelete. O que acha?

Lalie entrou na mansarda que o jovem transformara em ateliê. Sentou-se diante do forno, entre dois blocos de argila que se espalhavam sobre o piso deteriorado do quarto. Sobre a escrivaninha, situada exatamente sob o postigo, Laurent tinha colocado, entre uma cesta de frutas e algumas cebolas, um pequeno cupido de gesso, maneta e barrigudo. Era a única obra no ambiente. Nos quatro cantos da mansarda, os esboços amontoavam-se.

— Esse Amor é uma das suas criações? — perguntou a romancista.

O escultor divertiu-se.

— Ah, não. Nada de insultos, hein! Foi um presente da minha mãe antes de partir. A santa mulher pensa que foi ao olhar para esse horror que eu despertei para a escultura.

Ele soltou uma grande gargalhada.

— Eu não a guardo por sentimentalismo, não, mas sim como anteparo, para não esquecer de onde venho e para onde não posso mais ir. É um pouco como se um escritor relesse Sainte-Beuve toda noite para escrever como Hugo no dia seguinte. Você é romancista, não é? Foi o livreiro lá de baixo que deu com a língua nos dentes.

Laurent disse tudo isso sem nunca abandonar o sorriso, o ar cândido que Lalie achava tranquilizante.

— Ele fez um discurso bem incoerente sobre a literatura, certificando-me de que ela agonizava desde a morte de Zola e que ninguém tinha a audácia de lhe fazer uma respiração boca a boca.

— O sr. Lépisme tem as suas ideias próprias — disse ela. — Você lhe perguntou o que pensa da escultura contemporânea?

O jovem tentava acender o fogão, lutando com uma caixa de fósforos molhados. Por fim conseguiu riscar um deles.

— Não, mas não deixarei de fazê-lo. Prometo!

Desarrolhou uma garrafa de vinho e encheu dois copos.

— Brindamos?

— No que diz respeito a mim, o dia não foi divertido, mas, mesmo assim, bebamos aos seus futuros sucessos parisienses!

O jovem moderou seus propósitos, que julgava prematuros. Depois, esclareceu a verdadeira razão de sua vinda à capital. Em Châteauroux, construíra uma bela reputação ao esculpir bustos caricaturais das personalidades locais, das quais acentuava os traços mais feios, partindo por vezes para o grotesco. Seu mestre na matéria era um certo Honoré Daumier. A seguir, seu renome ultrapassou as fronteiras do município e foi até Bourges, onde o prefeito em pessoa encomendou-lhe uma série de adversários políticos. As esculturas estavam sendo exibidas, no momento, na sala do conselho municipal. Os compradores ou eram pessoas com um senso desenvolvido para a zombaria, que desejavam o próprio retrato, ou inimigos das vítimas que encomendavam um busto para caçoar delas.

— Lá, chamavam-me o Rodin de Berry! Sim, um grande sucesso! Mas bem sei que o reconhecimento só acontecerá em Paris, então me lanço! Enquanto espero, busco um ateliê para me exercitar, um lugar sério.

Encheu novamente a taça dela e perguntou-lhe sobre os seus projetos. A coincidência era cheia de charme. Dois jovens artistas no mesmo andar! Ah! Precisariam pendurar uma maldita placa sobre a fachada do imóvel para homenageá-los quando estivessem sete palmos abaixo da terra!

Lalie, confiante, falou-lhe do livro sobre Cézanne, das relações com Paul e, sobretudo, dos acontecimentos dos últimos dias. Laurent balançava a cabeça, dizendo que tinha lido por alto um artigo no jornal. Mas o próximo livro da romancista o interessava mais do que o desaparecimento do seu companheiro. Indagou-a sobre isso, principalmente sobre a escolha do pintor.

— Tenho a impressão de termos muitos pontos em comum. Esse livro é agora a única maneira de dialogar com ele.

— Sim, compreendo. Eu adoraria ter encontrado Daumier, tê-lo visto trabalhar um dia inteiro, observar suas mãos confeccionando pequenos bustos, constatar em seus olhos aquele momento particular em que você sabe que a obra está terminada, que obteve o que procurava diante do bloco em estado bruto!

Lalie observava o escultor descrever o seu trabalho, imaginava suas mãos que passeavam docemente em torno de um bloco de argila, e os dedos, relaxados, depois firmes novamente, que davam a forma necessária com um golpe brusco. Os gestos de Laurent emanavam uma emoção palpável de sensualidade. Perturbada, levantou-se para fazer com que aquela curiosa impressão cessasse.

— Sua janela não dá para a rua Saint-Étienne?

Ela encontrou apenas essa pergunta idiota para afastar a emoção.

— Não, dá para a praça de l'Abbé-Basset.

O jovem serviu-lhe uma terceira taça de vinho. Ela bebeu-a distraidamente, vendo a noite instalar-se no bairro. Abaixo, sob um bico de gás, um homem de preto lia o jornal.

— À sua saúde — murmurou Lalie.

Voltou para perto da escrivaninha e eles jantaram à vontade, no mesmo prato, sentados no chão. O vinho animou-os, terminaram a primeira garrafa, depois abriram uma segunda. Laurent relatava a confecção das primeiras obras, as porcarias que sua mãe guardava ciosamente no quarto de dormir, enquanto Lalie, por sua vez, detalhava seus primeiros textos, pequenas obras mal escritas, de pavorosa psicologia, que teriam feito rir a mais austera das jovens de um convento. E a romancista esforçava-se para não olhar as mãos do jovem. Ainda digeria a vergonha causada pela sensação quase carnal experimentada em sua presença, consciente, em sua bebedeira, que se encontrava separada de Paul.

As dez horas soaram na igreja. Laurent devorava sua terceira maçã, folheando *L'Écho de Paris* e as páginas de pequenos anúncios. Algumas vezes, professores deixavam ali um endereço de ateliê para os artistas em potencial. Não encontrou nada. Entretanto, uma breve mensagem chamou a sua atenção. Pôs o dedo em cima dela e leu em voz alta, certo de que a romancista compartilharia o seu espanto.

— "Troca-se cabeça de criança pelo retrato do artista 1908. Escrever para o jornal, que transmitirá o recado."

E, repentinamente, o estalo. O estalo de que o livreiro falara. Ela acabava de compreender. Agora, inclinada sobre o jornal, tinha-o ao reler aquele anúncio curioso. Não seria uma notícia diretamente ligada ao desaparecimento de seu companheiro? Sim, tratava-se de uma mensagem enviada por meio do jornal. A "cabeça de criança" era o título de um quadro de Cézanne que representava Paul, seu filho. E o "retrato do artista 1908"... o retrato inédito de Zola!

— O que há com você? — perguntou Laurent, surpreso pela agitação repentina da convidada.

Ela balbuciou, mais para ela mesma do que para o companheiro de uma noite.

— São as condições de uma troca. Paul contra o quadro descoberto diante do Panthéon! É preciso avisar Francillon, Durabot e Vollard!

Mil questões se confundiam no espírito da jovem quando ouviu passos na escada, depois repetidas batidas na porta.

— Deixe — disse Laurent. — Vou ver o que é.

Mas tão logo abrira a porta, um homem pequenino atirou-se na mansarda. Era Méphisto, o amigo de Picasso, um frequentador do café de l'Ermitage que estava sempre irritado com os pintores que ganhavam dinheiro, ele que era obrigado a pintar naturezas-mortas para viver enquanto suas grandes telas esperavam desesperadamente para serem retocadas.

— Devo ter me enganado de porta — gaguejou, sem fôlego.

Laurent permaneceu perto dele, ameaçador. Seu grande corpo magro dominava a débil silhueta do pintor. Lalie tranquilizou o escultor com um gesto, e Méphisto entendeu o sinal como um convite a continuar.

— Picasso enviou-me para lhe dizer que sente estar sendo seguido. Mas posso falar diante dele?

— É um amigo.

— Pablo notou a presença de um homem que seguia seus passos enquanto passeava por Clignancourt. E depois recebeu uma visita curiosa, um homem de preto, que lhe pediu para mostrar seu *Bordel d'Avignon*.

— E ele o fez?

— Não sei — respondeu Méphisto —, mas me mandou à sua casa para avisar-lhe. Diz para você prestar atenção, que tudo isso deve estar ligado ao desaparecimento de Paul.

A romancista pensou novamente no anúncio do jornal. Manuseou o exemplar entre os dedos, amassando o papel até rasgá-lo. Laurent, imóvel, tentava dar um sentido às frases do pequeno pintor.

— Mesmo a mim — acrescentou Méphisto —, creio que tentaram seguir. Eu corri... Corri desde o Sena...

Lalie debruçou-se na janela que dava para a praça. Do lado de fora, sob o bico de gás, um segundo homem vestido de preto e usando um chapéu-coco havia se juntado ao primeiro.

Ele tomou a imperial de Passy-Hôtel-de-Ville, ao longo do cais, para ir ao Louvre na hora da abertura, quando as galerias ainda estão vazias. Quer estar sozinho, ou quase, saborear cada instante, certo de que não terá outra ocasião para visitar o museu. O homem de idade aprecia as folhas verdes das árvores alinhadas ao longo do cais, ao contrário das de Luxemburgo. Considera-as de uma beleza comovente na claridade da manhã, sob o sol puro de junho.

— Neurótico! Misantropo! — insulta-se sobre a plataforma do trem. — Ah! Você tinha uma aparência altiva ontem à tarde, no banco do Luxemburgo!

Vira-se para um menino sentado no interior, que chupa um longo açúcar de cevada.

— É, pequeno! É preciso ser uma besta como eu para privar-se disso!

Aponta para as árvores, o Sena, o céu, Paris, enquanto a mãe ordena ao filho que não preste atenção àquele vagabundo.

— Azar! Minha morte chegará em breve!

Desce na estação seguinte, depois de ter dado uma piscada de olho para o garoto. No Jardim das Tulherias, meninos de rua correm ao encontro de casais que passeiam nos pequenos bosques, oferecendo-lhes belos buquês de violetas por alguns trocados. O homem de preto permanece imóvel por alguns instantes na entrada da Cour Carrée e saboreia o ar já quente da manhã. Mas o Louvre o chama pelas costas, um grito do coração, um retorno às origens. Penetra o edifício a passos largos; ali, está em casa. Então começa a assobiar, pouco ligando para o ar assustado dos guardas que lhe pedem numerosas vezes para parar, para respeitar os outros visitantes, e até mesmo os artistas.

— Os artistas! — ele vocifera. — Os artistas, senhores, ficam bem mais incomodados com a ignorância de vocês do que com o meu rompante!

Mas os guardas não responderam nada, deram de ombros em silêncio, habituados com as insolências dos mendigos desde que o museu está aberto a qualquer um! O velho homem sobe a grande escada Daru, para diante da *Victoire de Samothrace* (Vitória de Samotrácia), e, como um vigilante para também diante da escultura, fica vermelho escarlate.

— Saia daqui com a sua cara de bárbaro! Vá embora, carcereiro! Senão a bela vai bater as asas!

Tira o sobretudo e ri de sua presença de espírito, como uma criança que tivesse feito uma boa piada com um camarada. Passa pela sala em que Ingres está exposto, notoriamente *La Source* (A fonte), aquela mulher nua, de carne firme, que deixa escorrer da ânfora um tênue filete de água. E começa um solilóquio, quase colando o nariz na tela.

— Sim, sim, a água, Jean-Dominique! Sempre essa água que sai de lugar algum... Ah, sua virgem estaria melhor se você tivesse pintado uma verdadeira mulher dos dias de hoje, hein, e se a água saísse de uma fissura na parede, ou por trás dessas belas folhagens... Se você gostasse tanto das mulheres como costumam dizer, teria desenhado outra coisa que não esse estereótipo!

Suspira, dando mais alguns passos à frente. Os poucos visitantes observam-no, petrificados.

— Sempre o ideal, sempre! Tudo isso se repete... É preciso caráter, temperamento!

Na sala seguinte, David o acolhe com o seu *Marat assassiné* (A morte de Marat). Aponta para o quadro na parede, enfurece-se com a execução da tela. Que prova de amizade o pintor deu ao amigo! Não poderia tê-lo encolhido na banheira, tê-lo feito mais branco? Cerra o punho diante da tela.

— Ora! Mas estique o pano um pouco mais, enquanto está aí! Assim não precisará pintá-lo, se ele o aborrece! Oculte o amigo do povo! Assim a homenagem será perfeita!

Mas enfim se acalma, abarcando inteiramente *Les Noces de Cana* (As núpcias de Caná). Encosta-se contra a parede, recuando para melhor observar a obra-prima. Que desenvolvimento, meu Deus! E as cores que saboreamos mesmo com os olhos fechados! O velho homem aborda um guarda e extasia-se diante dele, os olhos esbugalhados, a barba elétrica.

— Perto disso, meu jovem, não somos nada! É extraordinário!

Aponta o cachorro à esquerda, a mesa mais acima, os vestidos, os instrumentos musicais, as colunas, e, ao centro, Jesus e sua auréola de luz sublime! As mãos brincam como as de um maestro regendo uma sinfonia. Ele vê uma escada de copista e põe-se diante do quadro. Sim, Véronèse, um brincalhão que pintava como via, com sua fórmula simples e cores mágicas. O guarda pede àquele curioso personagem que desça e se cale, enfim, que se comporte como um homem equilibrado.

— Equilibrado! Assim seja, patife! Eu, equilibrado, no Louvre! Mas então você quer que a estupidez me fulmine aqui mesmo?

E salta no chão e põe-se a correr a toda, o guarda na sua cola. Suas pernas adquirem grande velocidade. Vê as telas passarem.

— Equilibrado diante do *Concert champêtre* (Concerto campestre), enquanto rolo nessa grama ao som dos bandolins!

Acelera mais ainda, introduzindo-se nas salas com uma agilidade cheia de graça. Um guarda vai ao seu encalço. Dizem-lhe para parar, que aquilo é um disparate.

— Equilibrado quando posso ainda flutuar em torno da mesa da *Cuisine des Anges* (A cozinha dos anjos). À sua pessoa, meu Murillo! Além disso, nunca ninguém pintou cenouras tão realistas e ao mesmo tempo tão místicas quanto as suas!

Sabe com certeza aonde quer ir. Atrás dele, um cortejo forma-se aos poucos. Vigias, um guia, visitantes divertindo-se ao final de contas com aquele velho espalhafatoso que dispara grandiosas frases diante dos quadros, tantos julgamentos incisivos que ninguém entende realmente. Mas quem é ele? Um artista maldito ou um louco fugido de um hospício?

O homem de preto desemboca na Sala dos Estados, o salão quadrado dos modernos, como ele diz.

— Aqui, nada além de Delacroix e Courbet. Para o resto, siga em frente, porque os senhores conservadores são castrados demais para pendurar aqui Manet, Monet ou Renoir!

Parte novamente e ainda mais veloz, arrastando a multidão atrás de si. Um conservador, alertado por um guia, junta-se ao grupo, hesitando sobre a conduta a ser tomada. Será que deve pegar o alucinado e atirá-lo pela porta afora ou deixar que termine a visita, para que não faça um escândalo ainda maior?

O velho homem está cansado, mas prepara o *grand finale*. Sim, vai fazer com que se calem, todos eles, com uma grande tirada. Ah, não! Não veio ao Louvre para calar-se, dessa vez, mas para se fazer ouvir! Havia murmurado muito ao longo das galerias, engolindo ódios e escamoteando afetos. Eis que estava livre! Enfim prestes a lutar o último combate. E adoraria gritar-lhes o seu nome dessa vez, infligir-lhes um golpe de misericórdia que abalaria a todos... abalá-los-ia e matá-los-ia de vergonha!

Vai em direção ao seu quadro preferido, o *Enterrement à Ornans* do grande Courbet, o pintor do povo e da natureza. Que construtor genial! E que modo de carregar nas cores, no preto, sobretudo, sem furar a tela! Está radiante de novo, como na última vez em que se extasiara diante daquele *Enterrement*. Entretanto, nada mudou realmente, sempre o mesmo lugar, a pintura exposta num local sombrio, longe do sol. Mas em que língua devia dizer-lhes, a todos aqueles pobres do Louvre, que não compreendem nada de nada!

— Senhores, continuar a expor esta maravilha numa caverna é o mesmo que fazer Courbet morrer uma segunda vez!

Mostra-se terrível, nunca falou tão violentamente assim. Põe uma das mãos sobre a moldura do quadro, lágrimas enchem-lhe os olhos diante do sacrilégio. Com a outra, acusa o homem de sobrecasaca, a encarnação do mal, o conservador. Com frases curtas, remonta aos primitivos, refaz a história da arte, procurando mostrar que nada mudou, que não é o Estado que deve julgar, mas os artistas da França, pessoas de gosto. E faz desfilar diante dele os grandes nomes dos pintores malditos que vivem numa pobreza infame, morrendo na miséria terrível de uma vida consagrada à própria obra e, em seguida, cita os ventres gordos dos funcionários que, em suas alcovas, decidem, entre dois bacanais, a posteridade ou não de um pintor concedendo-lhe um pequeno pedaço de parede num museu. Não é espantoso o combate perpétuo dos infelizes boêmios contra os porcos da burguesia? Já não sofrem o suficiente os tormentos da criação para terem que suportar as mesquinharias de um grande senhor? Entretanto, naquele discurso crepuscular, distingue um clarão de esperança trazido pela nova geração, que avança corajosamente em direção ao futuro. Profetiza o dia em que não mais se aguardará a morte dos artistas audaciosos para que se lhes deem razão. Sonha com uma sociedade aberta, inteligente, na qual o povo dita as composições das salas do Louvre e do Luxemburgo, em que a posteridade vem naturalmente para os gênios como o alimento vem do seio da mãe. Senão, tudo vai se afundar, e se voltará às pinturas religiosas, às cenas do Menino Jesus, toda originalidade será banida em prol de uma pintura única, acadêmica, emética. As porcarias dos burocratas bloqueariam a evolução, matariam a novidade, destruiriam a arte moderna!

Ele se cala. Um espasmo sacode-lhe o corpo. O braço, sempre esticado no vazio, não aponta mais para o pequeno conservador, aqui, mas para o inimigo sem rosto, lá, em toda parte, de uma ponta a outra do país.

IX

Lalie dormiu apenas algumas horas. Deitou-se muito tarde, quando o sol despontava no horizonte. Depois da saída de Méphisto, permaneceu um momento com Laurent antes de voltar à mansarda para passar o resto da noite a rabiscar folhas e folhas de papel com sua escrita fina, apertada. Passava a limpo as ideias que não cessaram de surgir em seu espírito e no do escultor. Lalie confessara tudo ao vizinho. Confessara mesmo que era amante de Paul e que, estranhamente, não chegava a inquietar-se realmente com o seu desaparecimento. No momento de pegar no sono, por um instante, censurou-se. Conhecia Laurent o suficiente? Sabia bem que não, mas o olhar do jovem, olhar em que a inteligência se misturava à candura, tranquilizava-a. Ele não a interrompera em nenhum momento. Tinha escutado em silêncio, deitado na cama de ferro, as belas mãos cruzadas sobre o peito. E, quando a romancista terminou o relato, sentira-se envolvido por aquela história, de modo quase inexplicável. Agora, a distância, ela reprovava-se por ter dito tudo a um quase desconhecido. Explicava sua atitude por uma falta de maturidade evidente, as sequelas de uma infância passada numa redoma entre uma boa mãe fada e um pai ausente. Laurent se tomara de afeição por Lalie, discernindo em sua personalidade uma carência afetiva por trás da carapaça de jovem mulher emancipada. Declarou-lhe francamente os seus sentimentos, queria ajudá-la a encontrar Paul.

Lalie refletia sobre o anúncio. Não conseguia compreender-lhe o sentido. Quanto mais pensava sobre ele, mais a frase parecia sem sentido. "Troca-se cabeça de criança pelo retrato do artista 1908. Escrever para o jornal, que transmitirá o recado." Se partirmos do pressuposto de que a "cabeça de criança" designava Paul e o "retrato do artista 1908", a tela inédita encontrada diante do Panthéon, então seu companheiro permaneceria prisioneiro por muito tempo. Que interesse poderia ter o marionetista em trocar a preciosa descoberta por um indivíduo que não valia nada para ele? Não, aquilo tudo era idiota. Tratava-se certamente de uma coincidência, de uma piada de mau gosto ou de uma armadilha feita pela polícia, a fim de apanhar os peixes pequenos que gravitavam em torno daqueles acontecimentos.

Laurent desenvolveu uma ideia bem audaciosa a respeito do filho do pintor. Tomou as devidas precauções qualificando sua teoria de uma efabulação grotesca para não chocar Lalie. O escultor apresentava Paul não mais como vítima, mas como um possível culpado. Sem chegar a designá-lo como o autor das mortes, evocou uma possível fuga ligada a uma transação malsucedida ou à falcatrua de um colecionador a respeito da tela inédita. Paul trapaceiro? Lalie desencorajou-o, afirmando que o companheiro nunca agiria assim. Entretanto, a dúvida inoculou seu espírito.

As reflexões os acompanharam da tarde à noite. Não conseguiram tomar uma resolução, traçar uma linha diretriz para os próximos dias. Laurent aconselhou a jovem a procurar Francillon novamente a respeito dos amigos de Cézanne, Gasquet, Bernard e os outros. Mas a romancista não estava realmente decidida: hesitava em entrar novamente no jogo. Entretanto, tomou uma decisão algumas horas depois, na solidão do quarto, diante do quadro que representava a montanha Sainte-Victoire, que, mesmo à luz de uma pobre vela, brilhava em mil cores. O vizinho tinha razão: não podia abandonar Paul, era preciso continuar e oferecer ajuda a Francillon. Devia mencionar o pequeno anúncio a ele? Ela vacilava, ao contrário de um Laurent obstinado que queria ocultar a descoberta da polícia para que agissem juntos, sem entraves, e respondessem os dois ao jornal a respeito daquela troca com promessas falsas, marcando um encontro o mais rápido possível. Ela não estava certa sobre isso, concedendo-se o dia para refletir. Enquanto corria Paris à procura de Paul, o jovem escultor tentaria arrumar trabalho num ateliê.

Por volta das onze horas, Lalie reuniu-se aos oficiais da brigada móvel no VIIIe *arrondissement*. Encontrou o comissário conversando à vontade com os inspetores, numa sala de uma obscuridade total, janelas e persianas fechadas. Só uma pequena lâmpada iluminava os papéis espalhados por toda a superfície da escrivaninha.

— Ah! Justamente! — disse Francillon. — Aguardava notícias suas. As peregrinações de ontem não renderam nada?

Ele não se preocupou com formalidades e, com um gesto, ordenou que os inspetores deixassem a sala. Levroux foi o único autorizado a ficar.

— Sente-se.

Designou-lhe a mesma cadeira do primeiro encontro. Lalie começou então um breve relato das conversas com os amigos de Paul, insistindo particularmente sobre o encontro com Arthur Tate. Levroux anotava cada palavra da jovem no caderno de espiral.

— Então Paul teria desaparecido em Saint-Lazare — concluiu o comissário. — Em seguida sumiu de Paris, é isso?

Lalie fez uma careta de contrariedade.

— Digamos que ninguém o encontrou depois da saída da estação.

Fez uma pausa antes de continuar, tentando manter um tom neutro.

— A propósito, penso ter sido seguida durante todo o dia de ontem. Parece também que a entrada do meu imóvel está sendo vigiada durante a noite.

Ela notou que Levroux parou de escrever, pois o grafite do lápis não rangia mais. Será que devia mencionar as suspeitas de Picasso?

— Continue — prosseguiu Francillon.

Começou a descrever o sujeito de sobretudo e chapéu preto, mas diante da pouca reação dos interlocutores, decidiu não dizer mais nada. Duas soluções apresentavam-se em seu espírito: ou o comissário acreditava que ela sofria de uma forma primitiva de paranoia, ou era ele mesmo o instigador daquelas perseguições. Para esconder a perturbação, passou aos jovens amigos do mestre de Aix, assegurando-lhe que o pintor frequentemente lhes dera quadros numa atitude impulsiva. O retrato de Zola poderia ter sofrido esse tipo de sorte e ter sido confiado, pouco depois de seco, a um de seus admiradores. Citou alguns nomes, mas Francillon logo a interrompeu.

— Sim, sim... Gasquet, sobretudo! Mas ele não tem nada com isso, nós estivemos com ele.

Pegou a bengala e levantou-se. Sobre a parede, à direita, a reprodução do *Joueurs de cartes* dava-lhe as costas. Francillon a expôs e suspirou longamente.

— Os corpos! Os corpos! Precisamos identificar os dois corpos! Marie Cézanne não poderá nos ajudar em nada, ainda está em coma...

Pôs o indicador sobre o camponês de casaco azul largo, depois passou para o que estava em frente a ele.

— Quem são vocês? Franceses ou estrangeiros? Vagabundos? Artistas? Os dois ao mesmo tempo? E você, garotinho, pequeno Paul? Será o grande lobo mau, aí atrás, que fuma cachimbo? Será apenas aquele que o mantém prisioneiro enquanto eu raciocino?

Sua perna estremecia violentamente. Teve que se apoiar no braço de Levroux para não cair. Posicionou-se diante de Lalie fazendo uma careta.

— Parto para Aix depois do almoço.

A romancista escutava, novamente perturbada pela presença do quadro na sala.

— A sra. Brémond foi ao quartel de polícia da cidade ontem à tarde. Telegrafaram-me de lá de manhã. Suponho que você conheça a sra. Brémond?

— De nome, com certeza — balbuciou a jovem.

Tratava-se da acompanhante de Cézanne. A mulher ocupara-se do pintor quando ele voltou sozinho para a Provença, nos últimos anos de vida, dividido entre o ateliê de Lauves e o apartamento na rua Boulegon, perto da igreja da Madeleine. Era uma mulher de caráter, devotada, que velara por seu senhor no leito de morte. Paul lhe contara inúmeras anedotas a seu respeito. Ela também esvaziava os bolsos do artista a pedido de Marie Cézanne para que ele não distribuísse todo o dinheiro na saída da missa!

— Parto para ouvi-la. Diz que pode nos ajudar. Se for importante, não excluirei a possibilidade de fazê-la vir a Paris. Enquanto isso, de sua parte, não fique de braços cruzados. Você está certa de ter encontrado todos os amigos de seu companheiro?

— Todos os que conheço, salvo Metcalf, talvez...

— Ah, esse aí é um trabalho para mim! É um peixe grande.

Lalie não tinha nada a acrescentar. Pediu licença, certa agora de que sua primeira intuição estava correta. A visita à rua de Saussaies não tinha servido de nada, a não ser para saber do retorno da sra. Brémond. Mas assim que cruzou a porta, Francillon chamou-a uma última vez.

— Notei o seu desconforto a respeito do tal homem de preto. Não quero insistir, mas pode ser que nesses momentos difíceis sua imaginação lhe pregue peças. A imaginação de uma romancista, particularmente. Diga-me, você desceu precipitadamente de um trem, por exemplo, para despistá-lo?

Diante da expressão de surpresa mal dissimulada da jovem, ele continuou sorrindo.

— Pouco importa. Se você desejar, posso pôr um policial à sua disposição na entrada da sua residência. O inspetor Levroux se ocupará disso na minha ausência, não hesite em contatá-lo se houver necessidade.

E voltou mancando ao escritório, enquanto Lalie procurava a luz do lado de fora. Tinha horror à atmosfera fechada do escritório de Francillon e permaneceu imóvel por um longo momento sobre a calçada, impregnando-se dos ruídos da rua, do som das ferraduras dos cavalos sobre o pavimento, das crianças que corriam atrás das amas para pedir-lhes uma guloseima e, mais longe, do apito do guarda que regulamentava a circulação na praça Beauvau. Deixou o ar morno da primavera deslizar-lhe sobre o rosto fatigado, depois retomou seu caminho ao acaso pelas ruas, tendo como único objetivo chegar ao Sena o mais rápido possível e descer em direção à Notre-Dame, olhando as chalupas seguirem ao longo do rio. Oferecia-se a caminhada para saborear a solidão, analisar calmamente a situação e tomar, enfim, suas próprias decisões. Também deveria decidir-se a respeito daquele anúncio. Iria ao jornal para respondê-lo? Mas o que ditar, uma vez que se encontrasse em frente ao guichê do *L'Écho de Paris*? "Troca aceita", simplesmente?

Lalie passou diante de um quiosque e pediu o exemplar do dia do *L'Echo*. Comprou igualmente o *La Croix* e o *Le Petit Parisien*, que, precisamente, tinham como manchete o "Caso Cézanne", propondo progressos pouco confiáveis e elucubrações de jornalistas na falta de sensacionalismo. Lalie foi para o terraço de uma *brasserie*, na rua Royale, e pediu um café grande. Foi direto para a página de pequenos anúncios do jornal para assegurar-se de sua publicação, depois examinou todas as matérias, cada uma mais vazia do que a outra, servindo, a cada linha, as repetições da véspera, que um redator qualquer tinha adaptado à sua maneira. Mas, ao folhear as últimas páginas do *La Croix* e do *Petit Parisien*, mais por ociosidade do que por real interesse, a romancista percebeu que o anúncio figurava de cada vez, irremediavelmente, no alto da segunda coluna.

Desconcertada, chamou o garçom para pedir-lhe os outros jornais do dia. E, em cada seção, encontrou o mesmo texto. O executor da manobra desejava explicitamente uma grande difusão. Lalie refletia enquanto terminava sua xícara em pequenos goles.

O "retrato do artista 1908" só poderia ser a tela inédita que representava o autor do *Les Rougon-Macquart*! De todo modo, bastar-lhe-ia contatar o marionetista em pessoa, ou ainda Durabot, no ministério, ou Madinier, no Louvre. A jovem continuou a iniciativa, cada vez mais decidida a responder ao jornal, não importa qual, e marcar um encontro para a tarde do dia seguinte, perto do Panthéon. Quem estaria lá? A polícia, um homem vestido de preto, ou Paul?

Atravessou o cais do Sena e seguiu pelo Jardim das Tulherias, depois tomou a ponte de Saint-Pères para continuar na margem esquerda. Na altura do palácio do Instituto, enquanto observava os reflexos na alta cúpula, percebeu as entonações de uma voz conhecida bem perto dela, uma voz aguda, arrastada, uma voz de homem com entonações por vezes histéricas. O timbre tão característico de Haineureux. A romancista deu meia-volta. Sobre um banco, diante do rio, seu antigo mentor conversava com Archibald Paquemant. Pareciam dois velhos sentados, as pernas cruzadas, agasalhados com suas gabardinas sob o sol, os pombos em volta deles esperando hipotéticas migalhas de pão. Lalie, conhecendo Haineureux, logo pensou que ele teria mordiscado as migalhas em vez de jogá-las aos pássaros!

— A senhorita Lalie acabou então nos notando! — disse Haineureux dirigindo-se a ela.

Levantou-se, Paquemant imitou-o em seguida.

— E justamente — disse o editor — estávamos mencionando o seu grande Cézanne! Só se fala dele.

Lalie estendeu-lhes a mão sem ânimo. Era um azar notável encontrar o verme e o parasita, quando tinha urgência apenas de uma coisa: chegar ao seu quarto. Ela permaneceu distante enquanto Haineureux, como de hábito, quis segurar-lhe o braço.

— Pedi a Archibald que reconsiderasse a decisão a respeito do seu livro. Afinal, há uma intriga policial com Cézanne no meio, se o livro sair em algumas semanas, que grande jogada! Deixar sua mansarda para vir instalar-se como eu nos belos bairros!

Mas Lalie não respondeu, o que o incomodou.

— O que foi? Ficou muda?

— Não apresse nossa jovem amiga — interveio o editor. — A pequena está desgostosa com o sumiço do noivo. Não é nem a hora nem o dia de falar de literatura. Quando tudo isso terminar...

Haineureux emproou o peito, sua barba encrespou-se sob o efeito da cólera.

— Mas, perdão! Sempre é tempo de falar de literatura. Lalie, atormentada pela dúvida, deve ter escrito suas mais belas páginas. Não é, minha querida? Basta que nos preparemos, darei uma olhada para transformar sua monografia em romance de aventura. Ah, que jogada editorial em perspectiva! Um romance de tal forma adequado ao momento, quão inesperado! Vai tirar você da miséria por vários anos!

Ele tentou segurar-lhe o braço, mas a jovem recuou novamente.

— Não tenho mais vontade de publicar esse livro — comentou simplesmente.

O rosto de Haineureux ficou lívido. Reflexos amarelos passaram pelos pequenos olhos encovados.

— Não mais publicar! Ah! Enquanto você me atormenta há seis meses a respeito do seu Cézanne!

Constrangido pela rudeza do escritor, Paquemant pediu-lhe que se acalmasse, mas o outro não o escutava.

— Então você não compreende que Cézanne se torna popular agora. Desde a sua morte, ganha apenas títulos de nobreza junto aos apreciadores de arte. Amanhã, graças a todos esses acontecimentos, será conhecido por todos! Ele se tornará um argumento de venda. Se você não escrever esse livro, outro o fará e...

— Que o faça! — respondeu Lalie.

Humilhado pela resposta, o escritor cerrou os punhos, depois, sem uma palavra, girou nos calcanhares e subiu a escada que conduzia ao cais Conti. Suas pragas foram ouvidas até o alto das escadas, e ele desapareceu.

A jovem encontrou-se só, em companhia do editor, muito constrangido.

— Há alguns dias que Haineureux está de muito mau humor — observou ele. — Peço que o desculpe.

Ela não queria ouvir mais nada, mas Paquemant continuou.

— Trata-se de uma conjunção de revelações que lhe dizem respeito. Primeiro seu editor, que pôs fim à colaboração. Ele acabou percebendo que os últimos textos de Haineureux, publicados como novidades, eram apenas velhos escritos readaptados num estilo ainda mais pálido que os originais.

Paquemant não ousava mais encarar Lalie, seu olhar tinha deslizado pelo rio.

— E, além disso, há os rumores insistentes sobre sua infância. Dizem que é mitomaníaco, filho de uma família importante, que teria ocultado seus laços para criar um personagem boêmio. A mãe nunca teria sido zeladora no XVIe *arrondissement*, mas proprietária de um grande apartamento onde três domésticas trabalhavam em tempo integral. O pai, o operário alcoólatra que devorava seus magros ganhos em jogos clandestinos, era na realidade um distribuidor de peixe de alto nível, à frente de uma esquadra de trinta traineiras situada nos arredores de Saint-Malo. O tabelião de Haineureux teria revelado o segredo a um colega. Dizem até que herdou, no ano passado, um vinhedo de cinquenta hectares em Bordelais, propriedade de um velho tio que ele nunca via.

Sim, Lalie se lembrava. Para Haineureux, não era possível pretender escrever de verdade senão com o gosto acre do pão que o diabo amassou atravessado na garganta. Se Paquemant falava a verdade, pareceria que o pão amassado pelo diabo teria antes o sabor de um bombom de mel para seu ex-mentor...

— Mas por que você está me contando tudo isso? — perguntou.

— Esteja certa, senhorita, que não gosto nada do personagem. Se, no futuro, você desejar retomar a conversa comigo para falar do livro sobre Cézanne ou de outro qualquer, não hesite em me procurar diretamente, sem passar por ele.

E, com a destreza de um prestidigitador, fez um cartão sair do casaco. Mas Lalie recusou-o.

— Não será necessário.

E ela terminou, taxativa, com um "bom-dia", antes de afastar-se placidamente ao longo do cais. Aquele encontro, de fato, longe de tê-la deprimido, revigorara-a. Conseguira, apenas com o silêncio, fazer com que Haineureux ficasse fora de si, depois fizera o editor cretino compreender que não tinha mais necessidade dele, nunca mais, e que tanto fazia dar-lhe o seu cartão como lançá-lo no Sena. No momento, tinha urgência de encontrar Laurent.

Justamente, o escultor estava lá, trabalhando sozinho num bloco de argila, já que não tinha encontrado um único ateliê sério naquela cidade insuportável! Assim que Lalie entrou, limpou as mãos e dirigiu-se a ela com um sorriso. Abraçaram-se como dois camaradas, felizes ao reverem-se. Ela estava em vias de revelar sua explicação a respeito da publicação simultânea do anúncio nos mais variados diários parisienses quando viu, sobre a escrivaninha, uma pilha de jornais do dia. Laurent tinha chegado à mesma conclusão.

— Isso me veio à cabeça de repente, hoje cedo, durante a manhã, enquanto caminhava como uma alma penada por Saint-Germain — confessou ele. — Não hesitei. Tantos meios empregados para um anúncio comum, não acredito nisso. Então respondi.

Lalie não compreendeu imediatamente o alcance das palavras do jovem escultor.

— Sim, respondi — repetiu. — Marquei um local para a troca, amanhã à noite às dez horas, no pequeno jardim em frente ao Hotel de Cluny, na rua du Sommerard. Fica a algumas centenas de metros daqui.

A romancista não chegou a responder. As palavras ficaram presas na garganta. Arregalou os grandes olhos, elevou as pálpebras avermelhadas e aproximou-se de Laurent.

— Tínhamos combinado ontem de noite... — começou ele.

— Devíamos combinar essa noite — corrigiu ela, furiosa. — Você não deveria ter feito isso.

Mas Laurent não demonstrou o menor sinal de arrependimento.

— Então irei sozinho — disse, com seu tom de adolescente fanfarrão.

Mas a resposta estava longe de satisfazer à jovem.

— Isso não é um jogo! O que faremos quando estivermos lá? E se isso acabar mal? Devo lembrar que já se lamentam dois mortos nessa história? Dois mortos e Paul, que desapareceu! E se vierem de automóvel?

— Está tudo arranjado! Lépisme nos empresta seu Renault.

— Pelo menos você sabe dirigir?

Ele fez um gesto fatalista.

— O livreiro vai me emprestar o vade-mécum.

Lalie, transtornada, chegou muito perto dele. Ele pôs as grandes mãos sobre os ombros frágeis da jovem, que teve um estremecimento. Ela quis gritar para que tirasse as patas imundas dali, mas, uma vez mais, não conseguiu. Aquelas mãos! Mãos cujos dedos a queimavam como pedaços de carvão ardente. Um rubor subira-lhe até as orelhas, mas ela não se agitou.

— Escute, iremos os dois — disse ele. — Não nos mostraremos, esperaremos no carro. Se alguém vier, vai se cansar rapidamente, desistirá e nós o seguiremos. Talvez nos conduza a Paul. Anotaremos o endereço e avisaremos à brigada móvel.

Ah! Paul! Paul afastava-se no espírito da jovem quando Laurent se aproximava. Culpava-se terrivelmente e tentava em vão dar-lhe a ordem de retirar as mãos.

— Não me parece necessário prevenir o comissário — concluiu. — Se nada acontecer, nós o teremos feito perder horas preciosas.

E acrescentou, risonho:

— Além disso, um pouco de aventura vai desentorpecer-me da vida no campo.

Lalie deixou-se cair numa cadeira. Afinal, o vizinho tinha razão. Na ação, pelo menos, não conservaria sua tendência neurastênica do momento.

Laurent fez com que ela ficasse para jantar e preparou uma omelete.

A noite caíra. Um ar fresco, salvador, chegava pelo postigo da mansarda. Conversavam, inclinados sobre a mesa onde Lalie tinha desenhado um mapa do jardim, local do encontro noturno, e das ruas em volta. Quando chegaram a um acordo sobre o plano a executar, Laurent aproximou-se da janela em busca de um pouco de frescor. Como um mosquito, o homem de preto tinha vindo assombrar o lampadário diante do imóvel e lançava rápidos olhares para o último andar. Irritado, o jovem artista enfureceu-se.

— Vou até ele e vamos nos entender de uma vez por todas.

Mas Lalie aconselhou-o a não fazer nada.

— Não mais de uma iniciativa por dia nesses acontecimentos que me concernem — brincou ela.

No fundo, sabia que Laurent tinha tomado a decisão certa. Com frequência, era preciso forçar-lhe a mão para que ela agisse realmente. Sempre um resto da educação de princesa, a falta de iniciativa e o desejo permanente de pedir conselhos sem nunca chegar a se decidir.

Discutiam a respeito do lugar em que estacionariam o automóvel quando a voz da zeladora ressoou como um trovão no vão da escada.

— Um telegrama! A essa hora!

A romancista olhou para Laurent.

— Você não deu o seu endereço, deu?

Ele balançou a cabeça.

— Não, é claro que não.

A zeladora fez chover um dilúvio de socos na porta de Lalie e, vendo que a locatária saía da mansarda ao lado, deu um tempo antes de gritar:

— Ah, bem! Vocês não se constrangem com as conveniências!

Jogou o telegrama na cara de Lalie e desceu rapidamente, praguejando contra os artistas e a juventude, duas corjas, se quisessem a sua opinião.

Laurent foi ao encontro da vizinha sobre o patamar. Logo descobriu o conteúdo da mensagem.

Lyon 08 06 19 h 20 min

Brémond encontrada defenestrada. Contatar Levroux para vigilância próxima.

Francillon

X

Oliver Metcalf esperava sabiamente por Hubert atrás de uma coluna na praça du Palais-Royal. Vigiava a entrada do hotel onde o marionetista se hospedara a conselho de Madinier e Durabot. O americano encontrava-se ali há cerca de meia hora. Para se distrair, comprara o *Le Petit Parisien*. Na primeira página, o jornal anunciava: "A maldição Cézanne: sua empregada encontrada morta". Metcalf procurou algumas informações consistentes na matéria, em vão. Nenhum esclarecimento concreto, nenhuma fotografia do local do acidente ou do crime... Enervou-se virando as páginas, depois, furioso, amassou o papel e serviu-se dele para acender o cachimbo. Mas o que o esquisito do Hubert maquinava então? Sem muito esforço, imaginava-o rolando nos lençóis de seda, suspirando por ser rico enfim, ou empanturrando-se de *croissants* com manteiga mergulhados num saboroso chocolate quente. Mais uma bela semente de burguês que era possível fazer germinar regando-a com champanhe e dando-lhe caviar como substrato!

— Imbecil! — murmurou Metcalf entre os dentes, satisfeito por ter dito umas boas verdades aos dois funcionários.

O marionetista teria sua parte no momento certo, mas, em primeiro lugar, Metcalf devia recuperar a tela. Sim, ele a queria agora. Um daqueles caprichos de criança dos quais era vítima com muita frequência. Entretanto, sabia que a realização da tarefa era bem longa. Ainda precisaria de alguns dias, alguns dias de suplício antes de possuí-la. Na véspera, tinha corrido por todos os cantos de Paris, ativando suas numerosas redes, deslocando seus peões sobre o grande tabuleiro à custa de cheques e notas promissórias. Saltava de uma caleche a outra e recusava-se a utilizar o próprio veículo, facilmente reconhecível nos bairros suspeitos aos quais se dirigia. Terminara o dia no palácio Brongniart, onde, com uma interjeição acompanhada de um gesto infeliz endereçado ao liquidador, fizera cair a cotação da Companhia das Minas de Montsou em uns trinta por cento. Isso o descontraíra, e, para felicitá-lo, corretores de câmbio que ganharam com o negócio convidaram-no para ir ao Champeaux, onde se embebedaram até altas horas da noite.

Mas o americano expulsou tais pensamentos assim que avistou os dois funcionários, que se dirigiam para o hotel. Estavam quase de mãos dadas. Não era possível confundi-los, com seus velhos ternos engordurados e as cabeças redondas coroadas por um grosso tufo de cabelos pretos. Pareciam duas cebolas vestidas para o baile, duas perfeitas ilustrações de *Bouvard e Pécuchet*, um dos livros preferidos do antigo banqueiro.

Rapidamente, Metcalf fez um sinal à esquerda para os dois homens situados a alguns metros de distância, sentados num banco com o jornal na mão, depois à direita. Uma caleche lançou-se a toda velocidade pela rua Saint-Honoré. A cena aconteceu num piscar de olhos. Um dos homens em frente a Metcalf levantou-se do banco quando Madinier passou por ele. Seguiu-o por um momento e depois o ultrapassou, desequilibrando-se. Madinier não teve tempo nem para gritar alguma injúria. O homem caiu de costas, estatelando-se na calçada, enquanto a caleche continuava a vir em sua direção em alta velocidade. O chofer puxou as rédeas. Os dois funcionários ordenavam-lhe que parasse os malditos animais. E o cocheiro só conseguiu fazê-lo em cima da hora. Alguns metros a mais e o homem teria sido esmagado pelos cascos dos cavalos.

Enquanto Durabot e o amigo foram embora sem ao menos ajudar o pobre rapaz a se pôr de pé, o homem no banco levantou-se, gritando: "Polícia! Polícia!" De tal forma o homem esgoelava-se que os passantes, pouco numerosos àquela hora da manhã, pararam. Um agente surgiu da rua de Valois, o apito na boca, pronto a chamar reforço caso necessário.

— Polícia! Polícia! O senhor de terno preto! Foi ele que derrubou o homem no chão!

Madinier arregalou os olhos grandes. Tinha a respiração suspensa e não havia nada para argumentar com o policial que vinha em sua direção. Metcalf, atrás da coluna, expirou uma grande nuvem de fumaça. Tudo se desenrolou perfeitamente. Correu para o saguão do hotel, felicitando-se por ter tempo de discutir com Hubert sem que os dois funcionários imbecis o importunassem.

Metcalf entrou. Um policial, que tinha quase o dobro do tamanho do conservador chefe, olhou-o de cima a baixo, dando-lhe ordens para calar-se, fosse ou não empregado do Estado. Ele também não era um agente juramentado? O americano não pôde deixar de sorrir diante daquela situação ubuesca. Congratulou-se pelo pequeno estratagema treinado na véspera em um terreno desocupado de Saint-Denis com o pessoal do circo, que eram incomparáveis quando se buscavam hábeis acrobatas. Avistou Hubert, sentado numa mesa coberta com um pano bordado, e, da entrada, fez-lhe sinal para que se levantasse e viesse encontrá-lo rapidamente. O marionetista limpou a boca com o guardanapo bordado antes de obedecer.

— Siga-me...

Metcalf guiou-o até um depósito, atrás da recepção, onde velhas cadeiras estavam armazenadas. Tinha descoberto aquele local na véspera, ao meio-dia, em companhia do gerente do hotel.

— Faremos negócios juntos — disse simplesmente, reacendendo o cachimbo.

Indicou uma cadeira furada para o interlocutor e retirou-lhe a capa.

— Não farei nada sem os srs. Durabot e Madinier — retorquiu Hubert. — Aliás, onde estão?

— Esqueça esses dois manés por alguns instantes — disse o americano usando uma gíria. — Você é inteligente o bastante para vender a tela sem a ajuda deles. Agora, escute-me bem. Quero essa pintura, compreende? Quero-a para montar uma exposição que vai me dar uma projeção no mundo da arte, uma exposição que apenas um colecionador tão sincero quanto eu pode organizar. Sim, um acontecimento que fará empalidecer de inveja todos os conservadores canalhas, irá colocá-los em seus lugares nos escritórios miseráveis e sacudirá a poeira de suas mangas e de suas velhas caras rachadas!

No claro-escuro da peça, as volutas de fumaça, como se fossem rostos espectrais, giravam acima de suas cabeças.

— Vou mostrar a eles o que custará ignorar os pintores modernos, zombar dos Cézanne, dos Monet, recusá-los nos santuários e alhures! Sim, todos estarão com Metcalf! A posteridade convocada pelo banqueiro sujo, rústico e insípido!

Exaltou-se ainda mais, desfiando seus argumentos diante do rosto fechado do jovem. O americano descrevia a horda daqueles grosseirões que chegariam a Aix para sua exposição, caçoando diante da última loucura de um nababo, depois se lamentando por todos os quadros sublimes expostos em escrínios naturais, tendo o sol como única iluminação. Sim, uma exposição da qual se falaria durante cem anos, e que faria escola. Colocaria sua fortuna em jogo! Mas os argumentos não tiveram nenhuma influência sobre Hubert.

— Há outros *marchands* no jogo. E Vollard ainda não deu resposta.

Metcalf fuzilou-o com os olhos.

— Não tenho tempo a perder com suas histórias. Escute-me, já que você tanto insiste em negociar na presença dos outros dois. Você irá propor-lhes uma transação. A que horas eles o conduziram ao hotel ontem à noite?

Hubert refletiu.

— Vejamos... Por volta de uma hora, talvez. Jantamos num cabaré muito divertido, em Montmartre.

— Certo. Você lhes dirá que um homem o esperava no salão e que você bebeu um último copo em sua companhia. Informará que ignora o nome dessa pessoa, mas que ele lhe deixou isto para atestar todo o seu poder e honestidade.

Metcalf arrancou a roseta dos oficiais da Legião de Honra que trazia na abotoadeira e estendeu-a ao interlocutor.

— O negócio é o seguinte: eu me dedico a fazer tudo o que está em meu poder, e, creia-me, ele é considerável, para pôr os seus dois amigos sob os holofotes e inundar os jornais, os salões e as antecâmaras dos ministérios com os seus nomes. É uma chance única para eles, não vai se repetir. Adivinhei-lhes as ambições políticas e a louca inspiração para chegar à imortalidade por essa via. Dedico-me então a isso, a partir desta noite, se eles aceitarem manipular o leilão para fazer com que a tela chegue a um homem de minha confiança, que vai me representar. Diga-lhes que os diretores dos mais influentes jornais da França e da Europa têm um artigo elogioso a respeito deles na escrivaninha e esperam apenas uma palavra minha para publicá-los.

O marionetista fez uma careta.

— E por que eu deveria seguir as suas instruções ao pé da letra? Por que não participar da venda simplesmente, com o rosto descoberto?

— Porque, meu caro senhor, tenho um verdadeiro horror ao fracasso. E também porque lhe garanto a quantia de cem mil francos por sua descoberta.

Aí, Hubert petrificou-se. Metcalf soube naquele momento preciso que havia ganhado. Cem mil francos! Era uma soma impensável, o sonho de várias vidas! Algo para dissolver no anonimato um lionês rico e ocioso, ele que até então sonhava apenas com a glória de suas marionetes.

— Se você estiver de acordo, publique um anúncio na próxima edição do *L'Écho de Paris*. Uma coisa simples como "O botão floresceu".

Apontou para a condecoração que o jovem triturava entre as mãos.

— Está bem entendido? Não procure me encontrar, não mencione o meu nome. Chegue até a dizer, se alguém falar de mim, que sou um sujeito imundo, um asqueroso.

E Metcalf desapareceu pela porta de serviço, cobrindo-se com a capa a fim de não ser reconhecido.

*

Lalie passou a noite inteira na mansarda de Laurent. Em nenhum momento pensaram em avisar Levroux, assistente de Francillon, apesar da injunção do chefe da brigada móvel no telegrama. A jovem não podia aceitar a proposta do comissário. Se um policial ficasse na cola dela, não poderia ir ao encontro programado por Laurent. Então decidiu, de acordo com os conselhos do escultor, não dar sinal de vida até a noite. Tinha a intenção de sair cedo pela manhã e passar o dia inteiro com Ambroise Vollard na galeria, rodeada de telas de Cézanne para acalmar-se. Lá, a polícia não iria procurá-la. Sim, estava decidido, iria ver Vollard, mas após um desvio pela casa de Hortense Fiquet. Uma iluminação viera-lhe durante a noite. Lembrou-se, num dos estalos de sagacidade que a atingiam quando escrevia uma história de mistério, que tinha pedido a Paul que fizesse um diário. O filho de Cézanne não era apreciador de poesia, e Lalie lhe fizera essa proposta para torná-lo romântico, dando-lhe por missão redigir a cada noite uma pequena carta. Conhecia o esconderijo secreto do diário. Talvez o companheiro tivesse escrito algumas palavras precursoras daqueles acontecimentos?

Eles também conversaram sobre a pobre sra. Brémond, da qual Laurent não sabia nada. Lalie não a conhecia, mas Paul frequentemente lhe falara do devotamento dela ao pai, nos momentos em que, no leito de morte do pintor, tinha velado o doente noite e dia. Cézanne, que então pintava no campo, fora surpreendido por uma tempestade e, em sua obstinação costumeira, recusara-se a depor os pincéis, continuando a espalhar as cores sobre a tela, logo diluídas pela chuva até esvaírem-se. Ele não dizia com frequência que desejava morrer pintando? A carroça de uma lavadeira, que passava por ali, levou o pintor inconsciente para casa, na rua Boulegon. Morreu sete dias mais tarde de uma congestão pulmonar, agravada pela diabete. Durante a agonia, encontrou forças, apesar de tudo, para trabalhar no retrato do jardineiro. Paul contara a Lalie que a sra. Brémond tinha fechado os olhos de seu pai após o último suspiro. Francillon devia achar que a última governanta de Cézanne tinha muitas revelações estrondosas a fazer para que efetuasse sozinho o trajeto até a Provença.

Mas por que o comissário enviara seu telegrama de Lyon? A brigada móvel teria sido informada do assassinato da velha durante a parada na estação de Perrache? Lalie não duvidou disso nem por um instante. Não se cai de uma janela acidentalmente algumas horas antes de prestar um depoimento à polícia. Mas não conseguia imaginar o que a sra. Brémond teria a contar. Saberia a origem da tela inédita? Tê-la-ia visto enquanto seu autor ainda estava vivo, escondida em algum lugar do ateliê? Seria, ela própria, o elo perdido, a pessoa que depositara a tela diante do Panthéon? Mais uma vez, Lalie estava condenada a esperar, a ver as horas desfiarem-se sem poder prestar nenhuma ajuda ao companheiro cativo. Partiu então para a casa de Hortense. Laurent emprestou-lhe um velho chapéu e um sobretudo masculino para enganar o homem de preto que estava sempre diante do imóvel. Marcaram um encontro às dezesseis horas na fonte Saint-Michel, a fim de se prepararem para a expedição noturna. Laurent prometeu à jovem que insistiria para que Lépisme, o livreiro, o levasse a dar uma volta com o automóvel e lhe ensinasse as técnicas elementares de direção.

O artifício funcionou e Lalie não teve a impressão de ser seguida até o domicílio de Hortense Fiquet, na rua Duperré. Lá, contra todas as expectativas, encontrou Vollard, que lhe abriu a porta, com um ar abatido, subitamente revigorado pela presença da jovem amiga.

— Ah! Justamente, falávamos de você com Hortense.

Disse essa frase em voz alta, forçando o tom, depois acrescentou, sussurrando:

— Ela está muito mal. Marie ainda não saiu do coma e acabamos de saber da morte da sra. Brémond. É terrível. A brigada móvel vai nos enviar dois guardas. Tenho a impressão de reviver as horas que se seguiram à abertura do testamento de Cézanne pelo tabelião, quando a pobre mulher soube que o marido a deserdara completamente...

A romancista não disse nada e foi ao encontro da mãe de Paul. Dava pena vê-la com a saia azul e a blusa branca largas demais para ela. Estava prostrada no chão, os dentes cerrados, a tez de cera. Com muito custo, teve forças para estender o rosto banhado em lágrimas para que Lalie a beijasse, antes de desmontar em soluços, transtornada demais para trocar qualquer palavra.

O *marchand* de quadros aproximou-se.

— Venha, estaremos melhor no quarto de Paul.

Arrastou a jovem pelo braço, que se deixou conduzir docilmente.

— Ah! Que infelicidade se abate sobre nós! — emendou. — Não tenho mais vontade de nada, até fechei a minha galeria. Oliver Metcalf passou ontem de tarde para me ver, perguntou se eu queria apresentar-me como comprador da tela inédita, dizendo que eu tinha todas as chances de consegui-la. Mas eu não sei nem...

— Ambroise, você não pode dizer nada a meu respeito. Recusei a proteção da polícia, eles não devem me achar.

— O que você está dizendo?

Lalie abriu completamente as janelas do quarto para deixar a luz entrar naquela peça transformada em sepulcro. Começou logo a remexer a escrivaninha do companheiro e a gaveta secreta, à direita, onde guardava o diário. Mas não encontrou nada.

— Você vai me explicar o que está maquinando, enfim? — vociferou Vollard. — Afinal, há dois dias que você não dá sinal de vida...

Então Lalie lhe disse toda a verdade. Lembrou as investigações junto aos amigos de Paul, os confrontos com Francillon e a amizade nascente com Laurent. Confiou a Vollard seus sentimentos a respeito do comissário, um pintor descontente de personalidade rica e sombria, complexa, um misantropo declarado que ocultava uma falha evidente a propósito do seu sonho de conquista artística. Sentia que ele tinha uma grande inteligência, pronto a manipular o interlocutor, a zombar dele para avançar. Para ilustrar suas palavras, a romancista detalhou as cenas grandiloquentes do comissário diante do quadro *Joueurs de cartes*. Ele via uma ligação forte entre a pintura e a cena do crime, identificando Paul ao garoto e o assassino ao camponês que estava recuado e fumava cachimbo.

— Parece que você desconfia dele — concluiu o *marchand*.

Sim, Lalie desconfiava dele, pois a impressionava. Imaginava que não era franco com ela, e que fosse mesmo o mandante daquele homem de preto que a vigiava, e também do anúncio no jornal. Enquanto falava, continuava a remexer o quarto, as gavetas, os possíveis esconderijos.

— Entretanto, é com esse Laurent que você deveria tomar cuidado, se quer o meu conselho... Pelo menos você está segura quanto a ele? Eis que o sujeito desembarca em seu imóvel e você já o tem em confiança!

A romancista balbuciou umas vagas palavras a propósito do seu instinto de mulher, depois continuou com as buscas, o rosto vibrante de emoção. Lembrava-se das mãos do escultor sobre os seus ombros e tremeu outra vez, amaldiçoando-se terrivelmente.

Remexia atrás da escrivaninha quando notou um pedaço de folha saindo de um esconderijo na parede. Acocorou-se para puxar delicadamente o papel, mas o painel de madeira cedeu e vários documentos caíram sobre o assoalho. Vollard aproximou-se, intrigado, e reconheceu de imediato a letra do velho amigo Cézanne. Eram cartas endereçadas ao filho, certamente muito pessoais para que Paul as comunicasse à companheira que, entretanto, era agora destinatária de grande parte da correspondência.

— Não há data — observou o *marchand*.

Lalie permaneceu na expectativa um longo minuto antes de tomar uma decisão. Naquele instante, tinha a impressão de violar a intimidade do companheiro. Se ocultava as cartas, deveria ter suas razões, e não desejava traí-lo naquelas circunstâncias. Talvez guardassem informações a respeito do retrato de Zola? Talvez contivessem também indícios em filigrana a propósito da reunião secreta que reuniu a irmã do pintor e os dois desconhecidos? Mas Lalie não desejava trair o companheiro. Afinal, suas relações com Laurent já lhe provocavam uma forte crise de consciência. Recolocou as missivas na parede.

Partiu sem uma palavra, perturbada, esquecendo o chapéu e o sobretudo de Laurent sobre o cabide.

*

Lalie encontrou Laurent às dezesseis horas em ponto diante da fonte. Caminhava ao longo do cais, como de hábito, tendo cruzado por duas vezes o caminho de La Esmeralda. A velha garimpava o cais à procura de um pintor iniciante e de traços seguros, a pedido de Metcalf, sempre tão enérgico nos esforços de investigação. Laurent informou Lalie que Levroux tinha passado várias vezes por seu domicílio e que a sra. Vabre o pôs para fora rudemente em cada uma das visitas, explicando que não era responsável pelo emprego do tempo dos locatários.

Sentaram-se no terraço de um café no bulevar Saint-Michel antes de considerarem o lugar muito visado e de acomodarem-se num local mais protegido. Lá, arquitetaram o plano. Lalie sentiu-se revigorada pela preparação da aventura noturna. Tratava-se, para ela, de retomar as rédeas daquele caso, de fazer de tudo para reencontrar Paul, uma vez que a polícia avançava a passos lentos. Entretanto, sua iniciativa poderia revelar-se estéril em todos os sentidos se eles perdessem a pista do homem que estaria presente ao encontro. Assim, decidiram separar-se. Laurent esperaria no automóvel do livreiro, com a capota descida, e Lalie permaneceria na calçada, do outro lado do jardim. Um encontraria o outro em função dos acontecimentos. Estudaram todas as orientações possíveis, um deslocamento para o Jardin des Plantes, Luxemburgo, Châtelet ou Odeón.

Três horas os separavam do encontro. No momento em que foram para a rua de Lanneau, quatro homens de preto surgiram de repente do beco Bouvart, sem saída, à esquerda. Um lenço cobria-lhes a parte inferior do rosto, deixando apenas os olhos descobertos.

Num instinto protetor, Laurent ordenou a Lalie que ficasse atrás dele. Dois dos homens exibiram facões e conduziram a romancista e o escultor para o beco escuro, enquanto os outros dois vigiavam.

— Onde está o velho? — perguntou o mais alto, com um forte sotaque alemão.

Lalie, a respiração cortada pela angústia, não pôde articular nenhuma palavra, ao contrário de Laurent, que mantinha um sangue-frio surpreendente. A jovem fixava-o, buscando um refúgio em seus olhos. Suas pupilas dilataram-se como as de um gato na noite. O rosto de Laurent petrificou-se. Duas rugas espessas cortavam-lhe a fronte ao meio.

— Que velho? — perguntou ele.

— Não se faça de espertalhão.

A arma aproximou-se do pescoço do escultor. Ele não reagiu e repetiu outra vez:

— Mas de que velho você está falando?

Dessa vez, o homem que ameaçava Lalie com a arma fez com que a faca deslizasse contra o peito da jovem. A arma emitiu um ruído insuportável.

Subitamente, os dois vigias que se mantinham sempre afastados começaram a assobiar, fazendo largos gestos aos companheiros armados. Guardaram as armas e deixaram Lalie e Laurent contra a parede.

O escultor logo tentou seguir os agressores. Não os encontrou. Estranhamente, a rua de Lanneau estava deserta. Por que um dos homens assobiara?

Lalie precisou de alguns minutos para retomar a respiração. Um corte vermelho manchava-lhe o peito. Maldizia-se, em seu íntimo, por ter recusado a proteção oferecida por Francillon. Tudo aquilo para brincar de detetives amadores por uma noite? Laurent teve que carregá-la até o apartamento. Uma vez na casa dele, deitou-a na cama. Uma grande tensão nervosa imprimiu-se no rosto da jovem, que se desfazia pouco a pouco. Laurent tranquilizou-a, cochichando-lhe no ouvido que tudo estava bem agora, que estavam seguros.

— O velho... — repetia Lalie com uma voz surda — o velho...

Ergueu-se da cama com um espasmo e atirou-se nos braços de Laurent, balançando seu corpo contra o dele para que a segurasse com suas mãos de homem e lhe lançasse um olhar febril com os olhos de adolescente. E ele respondeu àquele abraço. Enlaçou-a com violência, beijando-lhe várias vezes os cabelos, passeando as mãos ao longo do corpo de Lalie, para conhecê-lo. Era um desejo que reprimiam desde o primeiro encontro, ela, por respeito às convenções que a boa sociedade impunha, ele, pela mesma razão, mas também pela simples polidez de homem íntegro, cuidadoso para não enganar ninguém e não sofrer um dia o mesmo destino. Assim, ela se achava diante do fato consumado. O que restaria agora de sua relação com Paul? Ela o teria amado realmente se não fosse filho de Cézanne, se não a tivesse feito conhecer toda a fina flor das artes, se não tivesse se mostrado tão prolífico a respeito do pai?

Laurent abandonou os cabelos de Laurie para beijar-lhe o rosto. Lançaram-se juntos, em consonância, no turbilhão dos desejos enfim satisfeitos.

Isso tudo tem de terminar. Na sua idade, não se pode mais viver como um fugitivo, ainda mais com a sua doença. Ela voltou a incomodá-lo esta manhã, enquanto ele caminhava pelo bulevar du Montparnasse, à altura da igreja Notre-Dame-des-Champs. Ele se deita sobre os degraus do edifício e espera que seu corpo expulse a dor. As ruas de Paris impregnam-se da doce quietude da primavera, mas o velho não a saboreia nem um pouco. Para ele, tudo é negro, frio e sujo. Observa os passantes com atenção, sobretudo os casais, passeando de braços dados, inveja-lhes a despreocupação de apaixonados, ele que se sente tão só, isolado, abandonado por todos naquele momento doloroso. Compra o jornal do dia com os últimos centavos que restavam em seus bolsos e, penalizado, depara com as manchetes. O homem de preto chora de raiva e impotência. Mas por quê? Por que aceitou aquela proposta louca? Tinha realmente acreditado na liberdade prometida pelo amigo querido que mais tarde se tornara seu carrasco execrado? A tarde chega ao fim e ele sabe muito bem que outra noite passada sobre um banco seria fatal. Entretanto, restam-lhe apenas dois endereços para os quais poderia ir depois de ter esgotado os outros, por medo, por covardia também. Hesita ainda. Deve implicá-los igualmente? A fórmula é simples. Ou encontra um refúgio, ou deixa o mundo para sempre.

— Não posso... — fala em solilóquio. — Minhas telas! Minhas telas! Abandonadas! Perdidas! É preciso que saibam!

Ele tem que encarar a situação lamentável que provocou de forma imbecil ao depositar a tela de Zola diante do Panthéon. Dá a volta no quarteirão, esgotado, procurando a rua onde mora o poeta alemão que conhecera em 1907, no Salão de Outono. Lembra-se de seu nome e do endereço, rua Cassette, sem rememorar o número. O jovem autor o compreenderia e o apoiaria no sofrimento, ele que dizia enviar longas cartas à esposa, que elogiava os méritos da solidão e do exílio, condições *sine qua non* para devotar a existência apenas à criação. Mas poderia ir decentemente à casa do poeta? O choque seria duro.

Hesita por longos minutos, percorre a rua com passos largos, para algumas vezes, tentando lembrar-se do número do imóvel. Nada lhe vem à cabeça. Desespera-se. As pernas incham horrivelmente. O tecido gasto das calças logo arrebentará se não parar em breve. Entretanto, o alemão tinha lhe dito o número!

A rua Cassette é grande. O velho se cansa. Não tem outra escolha senão dirigir-se à última opção de endereço. Mas antes tem que repousar. As portas do Luxemburgo estão amplamente abertas. Sempre voltamos aos primeiros amores.

XI

A igreja Saint-Séverin soou dez horas. As ruas em torno da praça estavam desertas. Um vento leve agitava os arbustos escuros e a lua, presa entre duas nuvens alongadas, desprezava o jardim público, onde se espalhava a sombra imponente da Sorbonne. Lalie manteve-se perto de um imóvel da rua de Cluny, ligeiramente recuada na soleira da porta. Laurent encontrava-se na Renault de Lépisme, que estacionara com dificuldade na rua des Écoles. Tinha se debruçado no volante e observava os arredores por baixo do para-brisa. Os dois vestiam roupas escuras e bonés como os dos meninos de rua. Esperavam há dez minutos, imóveis, tomando cuidado para não fazerem um movimento que pudesse traí-los. Várias vezes, enquanto o sino desfiava seus toques, se perguntaram se não estariam perdidos, se não teriam se precipitado a respeito do encontro. Um pequeno anúncio enigmático num jornal que evoca nomes de quadros... e depois? Intimamente, tinham feito a si próprios a mesma pergunta, sem, entretanto, respondê-la.

Escutaram um ruído de motor que se aproximava. Lalie distinguiu o halo dos faróis de um veículo que vinha em sua direção desde o bulevar Saint-Michel. O veículo entrou na rua du Sommerard, seguiu ao longo do jardim e continuou o seu caminho, passando bem perto da romancista, que mal teve tempo de se esconder na sombra para não ser reconhecida. Seguiu o veículo com os olhos, que virou na rua Saint-Jacques, depois ouviu apenas ruídos.

Foi a vez de Laurent avistar o veículo. Vinha da rua des Écoles e passou de novo diante do jardim, antes de seguir novamente pelo bulevar e ir em direção a Lalie. Os dois parceiros tiveram razão em não se desesperar. O veículo ia e vinha em torno do ponto de encontro para reconhecer o terreno e avaliar os eventuais perigos. Efetuou três voltas antes de parar por fim, não longe do refúgio em que Lalie se ocultava, o único lugar da calçada que não estava banhado pela luminosidade baça dos becos de gás. A jovem distinguiu duas grandes silhuetas através do para-brisa, mas não conseguiu discernir os rostos, ocultos pela capota fechada acima deles.

Um dos homens desceu do veículo, as mãos enfiadas nos bolsos. Usava um grande impermeável preto e um chapéu. Tomou a direção do jardim público. Na ponta dos pés, a jovem aproveitou para seguir pela rua Thénard e reunir-se ao companheiro. Correu tão rápido quanto pôde e desacelerou na altura do jardim, confundindo-se com as sombras das árvores, saltando de um arbusto a outro como num jogo de amarelinha. Encontrou Laurent sem dificuldades e instalou-se no banco do carona. Seu coração batia de estourar o peito. O escultor pôs a mão sobre o joelho dela para tranquilizá-la.

O homem hesitava em entrar no jardim público. Deu alguns passos diante da pequena porta antes de decidir-se a empurrá-la. Lalie e Laurent não distinguiram mais sua alta silhueta perdida entre os arbustos. No interior do jardim, o homem esperava de pé ao lado de um banco, perto de um canteiro de petúnias negras. De tempos em tempos, tirava o relógio de bolso e aproximava-o do rosto para ver as horas, visivelmente impaciente. Decidiu-se a dar uma volta e atravessou o canteiro. Ainda revistou um pouco o local, tossiu até, como se quisesse ser notado. De fato, achou-se bem idiota por ficar plantado no jardim. Também, que ideia publicar aquele anúncio ridículo! Tinha se exposto com o outro, o que aguardava tranquilamente no carro, mas ele não quis saber de nada. "Talvez... Com sua doença, e a fadiga ainda por cima...", argumentava. Mas perdiam tempo ali, tinham coisas melhores a fazer. O relógio marcava dez e vinte. Retrocedeu pelo caminho, amassando as petúnias à sua passagem, sentindo até um prazer maligno em macular as flores, esmagando-as contra o chão.

Os dois perseguidores, contorcidos na Renault do livreiro, viram-no novamente.

— Não é Paul no carro — cochichou Lalie.

— Eu imaginava. Se têm alguma relação com nosso caso, esses dois pássaros não vieram recuperar o quadro. Esperam alguém. Mas quem?

Lalie fez um gesto para que se calasse. O homem olhara em sua direção, fazendo uma pausa. Um alerta falso, pois voltou ao veículo.

— Passarão na nossa frente para retornar ao bulevar — disse Laurent. — Preciso dar partida no carro.

Introduziu-se na dianteira do veículo e, em alguns segundos, reproduziu os gestos que Lépisme lhe ensinara de manhã. O motor emitiu uns ruídos estranhos e depois deu partida.

— Lá vão eles! — disse a jovem.

Laurent lançou-se ao volante e pisou no acelerador. Lalie andava de automóvel pela primeira vez. Para ela, era um batismo louco, um batismo do qual certamente se lembraria.

— É um Mercedes 35 PS — murmurou Laurent. — Espero que consigamos segui-los.

Delicadas gotas de suor molhavam-lhe o rosto.

Tornaram a subir em direção ao Luxemburgo, depois viraram na rua de Vaugirard, ladeando os altos muros do Senado. Lalie via os lampadários sucederem-se a uma velocidade que julgava descontrolada. Indagava-se se ele não andava rápido demais. Sobressaltos sacudiam a carlinga e as cadeiras.

Teve medo de que o veículo os lançasse para fora e os matasse na mesma ocasião. Mas os outros dois iam diante deles, não podiam permitir-se desacelerar. As mãos crispadas sobre o volante, Laurent não tirava os olhos do caminho, vigiando, sobretudo nos cruzamentos, os carros que vinham da direita. Deixou uma distância de uns vinte metros entre os dois automóveis, introduzindo-se, quando podia, atrás de uma caleche para ocultar-se por alguns instantes. Aproximavam-se do hospital Necker quando um guarda de trânsito ordenou-lhes que parassem. Um grupo de garotos da Assistência atravessava a rua numa alegre balbúrdia. O escultor lançou-se sobre o freio e manobrou com toda perícia para não ficar bloqueado, olhando com ansiedade o veículo continuar seu percurso e lançar-se a toda a velocidade pela avenida de Breteuil.

— Vamos perdê-los por causa desses malditos garotos!

Laurent sapateava de impaciência, pronto a tirar o pé do freio assim que o guarda lhe desse a permissão. Uma vez que a última criança chegou à calçada, o guarda fez sinal para Laurent prosseguir. Partiram velozmente.

— Seremos muito sortudos se encontrarmos a Mercedes.

Lalie não perdia as esperanças; pendurava a cabeça para fora, o ar excitava-a. Subitamente, notou o veículo parado um pouco mais à frente, no bulevar Garibaldi. À sua esquerda, o domo dos Inválidos parecia minúsculo comparado à Torre Eiffel, que se erguia como o símbolo de toda uma cidade voltada para o futuro. Continuaram a perseguição. Agora, Laurent mantinha-se na cola do automóvel. Chegaram aos belos bairros e a pista era mais obstruída.

— Logo veremos o Sena fluir — constatou Lalie.

E, justamente, a ponte Mirabeau desenhava-se no horizonte.

— Espero que não nos conduzam a Boulogne — disse Laurent piscando os olhos, incomodado pelo suor.

Aproximaram-se para não perdê-los de vista na ponte. Foi então que um carro avançou a uma velocidade vertiginosa pela encruzilhada; passou de raspão pelo carro dos dois homens, que não respeitaram a prioridade, e terminou o percurso contra o canteiro central num barulho horrível de lataria amassada. Laurent deu uma guinada violenta na direção para evitar chocar-se com o veículo que estava seguindo e que parou bruscamente diante dele, atirando o automóvel do livreiro contra um lampadário. O choque foi forte, mas sem gravidade para Lalie e o companheiro. Uma raiva terrível tomou conta de Laurent, que deu vários socos no volante, repetindo insultos aprendidos num provável Petit Littré[6] da grosseria, bramindo contra o motorista misterioso, que não se dignava a descer. Lalie, sob o choque, desceu e correu para a encruzilhada, as pernas trêmulas. Pessoas se juntaram nas calçadas, algumas até assomaram

---

[6] Dicionário de língua francesa. (N.T.)

às sacadas para saborear o espetáculo. Um agente de polícia uniformizado conseguiu abrir caminho até o local do acidente. Laurent foi ao encontro da jovem e colocou-se à sua frente, murmurando em sua orelha:

— Uma catástrofe! Se a polícia os conduzir ao posto, estaremos fritos. Todo esforço para nada.

— E o que você quer fazer? — respondeu Lalie com um gesto de desespero.

Ela virou-se para o companheiro. Assim como no momento da agressão que sofreram no final da tarde, Laurent perdera o ar doce de adolescente e aparentou desfigurado aos olhos da romancista.

— Vou deixar que me prendam no lugar deles.

— Mas você é louco? Quanto tempo vão mantê-lo na delegacia? E o carro de Lépisme!

— Viremos buscá-lo amanhã — interrompeu. — Não se ocupe disso e vá chamar uma caleche na rua Balard. Você ainda tem chance de encontrar alguma diante de um restaurante.

Laurent não lhe deixou tempo para responder e, por sua vez, abriu caminho em meio à multidão de parisienses animados que crescia, apesar da hora avançada. Chegou sem dificuldade perto do policial que se esforçava para acalmar o condutor, sem sucesso. Então começou a gritar alguns insultos que provocaram risadas na multidão. Atacou o pobre indivíduo que chorava sobre o carro destruído, esbofeteando-o até, arrastando-o para longe, seguido pelo policial, que o segurou pela manga da camisa para detê-lo.

Lalie compreendeu a manobra e correu para a rua Balard. Na esquina, uma caleche estava parada. O cocheiro saboreava a cena, divertindo-se, com lágrimas de tanto rir nos olhos. Em seguida os acontecimentos sucederam-se com grande rapidez. Os dois homens, aproveitando a distração muito oportuna, começaram a movimentar-se em meio à indiferença geral, enquanto o policial pegava o porrete e se preparava para espancar o escultor.

— Siga esse carro sem se fazer notar — disse Lalie ao cocheiro, a voz trêmula.

Ela logo desviou o olhar de Laurent, que se defendia com todas as suas forças. O cocheiro fustigou os cavalos e, uma vez diante de Laurent, saudou o escultor tirando o chapéu, como se saúda um palhaço no circo de sábado à tarde.

A caleche chegou por fim à ponte Mirabeau. Lalie forçava-se a olhar para frente, focalizando as luzes dos belos imóveis do XVIe *arrondissement*, que se deixavam vislumbrar ao longe. O ar de Paris não tinha mais o mesmo gosto de quando estava perto de Laurent, durante aquela corrida meio louca que logo acabaria. Eles seguiram diante da igreja da Sainte-Trinité.

Ela perdera Paul e agora Laurent abandonava-a na adversidade. Um único ser lhe falta e... Ela precisava reagir! Será que não poderia virar-se sozinha e, ao menos daquela vez, dispensar as iniciativas, os conselhos dos mais próximos? Agir aqui e agora, confiando em si própria?

O carro dos dois homens parou na rua La Fontaine em frente a um rico imóvel puro estilo *Art nouveau*. A fachada trazia uma vaga lembrança à romancista, via-se ali parada há muito tempo, mas sem mais detalhes.

— Espere — disse ao cocheiro — não se aproxime demais, fique aqui, na sombra...

Ela lançou um rápido olhar à fachada sul do edifício, muito estreita, e notou que havia apenas um apartamento por andar. Esperaria que a pessoa acendesse a luz no apartamento para descer da caleche e ler seu nome sobre o quadro, na entrada.

Mas não precisou esperar muito. À luz das lâmpadas elétricas, distinguiu perfeitamente o homem com cara de rato que apertou sem ânimo a mão do condutor. Lalie conhecia agora o nome da presa. Chamava-se Haineureux.

XII

Lalie seguia a toda velocidade para retornar à mansarda. Na praça, diante da ponte Mirabeau, a calma tinha voltado. Laurent provavelmente passaria a noite na delegacia do bairro. A jovem desejava que ele fosse solto no dia seguinte, sem, entretanto, crer nisso. No trajeto de retorno, louvou a iniciativa do parceiro. Se não tivesse se lançado sobre o pobre condutor como um bandido, ela não teria descoberto que o homem misterioso não era outro senão Haineureux, seu antigo amigo. Lalie tentava de todas as formas estabelecer o elo entre ele e o caso Cézanne. Certamente, o escritor admirava o pintor, devia ver nele um investimento financeiro seguro e rentável desde a exposição do ano anterior. Gabara-se, várias vezes seguidas, de possuir algumas telas do mestre de Aix-en-Provence, mas isso fazia dele um sequestrador, até mesmo um assassino? Enquanto a caleche a conduzia à rua Saint-Étienne-du-Mont, repreendia-se por tirar conclusões tão precipitadas. Como ligar Haineureux ao retrato de Zola? Como unir sua presença no jardim, naquela noite, e seu lugar na composição dos *Joueurs de cartes*, sua implicação no duplo assassinato do Petit Marmiton? Então era ele o homem com o cachimbo, que Francillon suspeitava ser o grande instigador?

Chegada à praça Sainte-Geneviève, Lalie pagou a corrida ao motorista, que agradeceu com uma pequena palavra de encorajamento quando deparou com o rosto sombrio da passageira.

— Você não deve preocupar-se, bela jovem — acrescentou um pouquinho constrangido. — Um perdido, dez encontrados...

Lalie sorriu à evocação daquele ditado popular, como se fosse apenas uma simples história de adultério. Certamente teria preferido encontrar-se no meio de um *vaudeville* rasteiro em vez de estar naquela intriga confusa. Agradeceu ao motorista pela velocidade e viu-o desaparecer na rua Clovis.

Lépisme, que aguardava o retorno do automóvel, lançou-se sobre Lalie, o ar vagamente inquieto.

— A pesca foi boa? — perguntou.

Depois, olhando à esquerda e à direita, acrescentou:

— Mas o que vocês fizeram com a minha Renault?

Lalie contou-lhe então as desventuras, não omitindo nenhum detalhe. Ela o fez com o coração apertado, penalizada, sobretudo, por causa do livreiro, assegurando-lhe que pagaria o conserto até o último centavo. Mas Lépisme logo protestou. Como queixar-se de um acidente em que ninguém ficou ferido? Sua mulher era rica o bastante para pagar pela lataria amassada. Aliás, já ria do ar embaraçado que assumiria para dizer a Argance que um vigarista viera para cima dele enquanto manobrava para estacionar. Lalie desmanchou-se em agradecimentos, procurando pedir licença o mais rápido possível, preocupada demais para compartilhar do riso do homem.

— Espere! Tenho um bilhete para você. Seu amigo Vollard passou por aqui à noite. E, já que Vabre o mandou pastar, como de hábito, eu o convidei ao meu prado.

Lalie guardou o envelope no bolso e, agradecendo mais uma vez ao livreiro, subiu enfim as escadas para refugiar-se no quarto.

Lá em cima, deixou-se cair sobre uma cadeira e leu as palavras do *marchand* de quadros, os olhos pesados de tristeza. Vollard lhe dizia que tinha lido as cartas escondidas no quarto de Paul. Não resistira ao seu apelo vibrante. Eram missivas de Cézanne ao filho relatando seus esforços diante do motivo, as longas seções em frente à montanha Sainte-Victoire. Vollard ficara tocado com o tom jovial do pintor, que não demonstrava mais a severidade costumeira em relação aos habitantes da cidade, aos amigos pintores e discípulos. Lera as frases de um Cézanne alegre, em pleno domínio da pintura, como se estivesse enfim reconciliado com o mundo e, sobretudo, consigo próprio.

Lalie, o olhar perdido nas cores da sua *Sainte-Victoire* pendurada na parede, perguntou-se por que Paul precisara esconder aquelas cartas não datadas. Uma questão suplementar... Mas quando enfim encontraria as respostas? Abriu completamente a janela. O homem de preto não estava mais sob o lampadário.

Haineureux! Teria sido ele que comandara a agressão? Que a mandara seguir havia três dias? Mas o que queria? Acreditava-a relacionada, em maior ou menor grau, à descoberta do quadro inédito? "Troca-se cabeça de criança pelo retrato do artista 1908." Haineureux detinha Paul? Desejaria utilizar o filho do pintor como moeda de troca pelo quadro do pai? Entretanto, era inconcebível e muito arriscado. Madinier, Durabot e o marionetista não abandonariam o quadro assim. E, sobretudo, que ideia estranha a de transmitir a mensagem através de um pequeno anúncio! Não, era preciso voltar ao essencial.

— Basta de perguntas! — explodiu Lalie, batendo o punho contra o parapeito.

Utilizar os jornais para divulgar uma mensagem cifrada era no mínimo estranho. Ela sabia que a cabeça de criança representava Paul. Mas e o retrato do artista? Tratava-se de Cézanne?

A jovem demorou-se por um instante sob o campanário da igreja, que se erigia à sua frente, sobre o domo do Panthéon. Tudo começara lá, com uma tela deposta numa guarita... Pegou o jornal do dia e abriu-o, notando que o anúncio cessara enfim de ser publicado. Em seu lugar havia outro, mais enigmático ainda, mas que não lhe concernia. "O botão floresceu. Não esperaremos o verão para cortar as flores." Ela fechou o jornal, sem nem mesmo prestar atenção à fotografia da sra. Brémond que aparecia na página 4.

Que outra solução entrevia-se a curto prazo a não ser procurar Francillon e Levroux, confessar-lhes tudo e dar-lhes o nome de Haineureux como o de um suspeito em potencial? Poderia ir à rua des Saussaies agora, sua perseguição não estaria mais ameaçada pela polícia. Obteria, assim, a libertação de Laurent e evitaria outro encontro desagradável com os quatro homens dos facões. Francillon iria felicitá-la pela iniciativa ou faria o papel do homem indiferente que não se espanta mais com nada?

A noite estava negra. Era a hora em que o comissário devia sentir-se à vontade, ele que tanto temia as cores e a luz. Estaria no escritório? Mas Lalie não atravessaria Paris àquela hora. Uma visita à delegacia do bairro bastaria para que encontrassem o chefe da primeira brigada móvel.

A romancista preparava-se para fechar a janela quando viu uma silhueta ladear furtivamente o muro da igreja, logo abaixo.

Ficou impressionada com aquela aparição que parecia ter penetrado o imóvel. Um suor gelado escorreu-lhe sobre a pele enquanto terminava de fechar a janela. Duas batidas potentes ressoaram contra a sua porta.

A polícia! Resta-lhe esta última alternativa, pois não poderia considerar a possibilidade de cair nas mãos daquele louco. Ah! Os tiras ficariam muito orgulhosos da apreensão da noite! E a corja nojenta da redação venderia o jornal do dia seguinte com uma manchete sem igual! Mas poderia aborrecer seu algoz e as represálias sobre o pobre Paul seriam terríveis! Paul, sequestrado por sua culpa! Paul, prisioneiro daquele monstro, e por quanto tempo ainda?

O homem atravessa os jardins do Luxemburgo à noite, orienta-se seguindo com os olhos os pequenos seixos das aleias que a lua faz brilhar como pérolas cultivadas. Resta apenas ela, a garota da qual tantas vezes lhe contaram os talentos e os méritos. Deixa atrás de si as grandes árvores sombrias e sobe a rua Soufflot, sem ao menos um olhar para o restaurante maldito, o Petit Marmiton. Vacila e perde o equilíbrio por um momento. A sede o incomoda como nunca antes, estica a língua horrivelmente, como um cachorro reclamando sua tigela num dia de sol forte. Os malditos lampadários desestabilizam-no, bate com a cabeça várias vezes. Uma mulher com roupa de gala para perto dele e inquieta-se com sua saúde. Ele não responde nada, continua seu caminho, passa diante da guarita onde depositou o quadro alguns dias atrás. Desta vez, lembra-se do endereço exato, sabe-o de cor, repetido com frequência ao sair do campo para regressar a Paris. Arrasta-se pelos últimos metros, está partido em dois, segurando o chapéu na mão com medo que ele role pelo chão.

E aquela escadaria insuportável que não termina nunca! O velho sobe degrau após degrau. Sente o palato e os lábios fenderem-se. O último andar é como um oásis no caminho do paraíso!

Deixa-se cair diante da porta e bate violentamente com o punho, por duas vezes.

— Abra — grita o homem num último alento. — Sou Paul Cézanne! Abra ou morrerei...

Parte Dois

XIII

O homem arranhava a madeira da porta com os dedos. Lalie permaneceu confusa por alguns instantes, depois se aproximou lentamente, com pequenos passos.

Colocou a orelha contra o lambri, esperando por uma nova frase, mas ouviu apenas um longo arquejo.

— Quem é você? — murmurou, sem saber ao certo se sua voz chegaria até o patamar.

Ninguém respondeu.

— Paul, é você?

Não era o timbre do companheiro, estava certa disso. Devia tomar uma decisão rápida. Abrir a porta ou deixá-la fechada, abandonando o desconhecido à sua sorte.

— Sim, Paul — murmurou —, Paul Cézanne, o pintor, o pai de seu amigo.

Estavam querendo pregar-lhe uma peça macabra para amedrontá-la? Cézanne ressuscitado dos mortos, seu fantasma barrando a porta de sua mansarda para que ela ficasse louca e se jogasse pela janela, num ataque de nervos...

Lalie pôs a mão na maçaneta e, num ímpeto, puxou-a e abriu a porta rapidamente, deparando com o corpo do velho vestido de preto, um chapéu-coco desajeitadamente colocado na cabeça. Arregalou os grandes olhos para ela, grandes olhos tristes, pedindo ajuda. A boca também estava aberta, como se tentasse aspirar um sopro de ar, mas sem sucesso, tal como um peixe pego com uma rede e tirado da água.

Lalie lembrou-se então de uma fotografia tirada por Émile Bernard que seu companheiro lhe mostrara um ano antes. Cézanne no ateliê, sentado sobre um tamborete minúsculo diante das *Grandes Baigneuses* (As grandes banhistas), a calça coberta por mil manchas a cabeça queimada pelo sol da Provença, os olhos sagazes, o crânio liso e a barbicha belamente talhada. Lágrimas encheram as pálpebras de Lalie. Ela sabia, percebia a importância daquele instante. Paul Cézanne, o grande artista, o mestre de Aix-en-Provence estava a seus pés, vivo. O homem, em sua grande debilidade preservava o olhar de genialidade. Os olhos não podiam traí-lo. Permaneciam sendo a ferramenta primária do pintor, o instrumento supremo antes mesmo da tela e do pincel.

Ela sorriu para ele e Cézanne compreendeu que acabava de convencê-la.

Não foi um trabalho fácil ajudar o velho a alongar-se sobre o leito exíguo, perto da janela. O artista continuava mudo. Olhava com assombro seu quadro pendurado na parede, perto da escrivaninha, perdendo-se nos meandros da Sainte-Victoire, sobre os caminhos que tinha abandonado há muito e que gostaria de reencontrar no dia seguinte. Paris, o Panthéon, Montmartre, os jardins do Luxemburgo talvez, mas nada era mais alto que sua montanha! E foi tomado por uma afeição particular pela velha tela, achando-a estranhamente bem-sucedida para uma composição de 1900. Se morresse naquela mansarda grotesca, no ar espesso e corrompido de Paris, ao menos teria revisto uma última vez sua montanha, suas cores e formas. Notou, sobretudo, a potência do verde que tanto lutara para conseguir, empregando todas as suas forças na batalha por aquela mistura improvável, nunca dominada, sempre recomeçando a obra, pronto a furar a tela, a queimá-la diante da impotência em casar as cores. Lembrava-se da cólera surda por causa da aliança contranatural entre o verde e o amarelo, que, entretanto, desejava, mas não conseguia expressar. E quantos combates imbecis travava quando via aquela paisagem sob o simples clarão da vela! A velhice tornara-o indulgente em relação à sua obra. Essa pintura, um êxito capaz de abalar o Louvre, sem dúvida alguma!

Lalie tinha saído para encher o jarro de água. Na volta, despejou um pouco do líquido numa caneca de terracota e ajudou o velho a bebê-lo com pequenos goles. Quis sustentar-lhe a cabeça para que não o derramasse, mas o pintor fez um movimento violento, dando ordem para que não o tocasse, agora que não estava mais no chão. Para mostrar que se sentia melhor, colocou ele próprio o chapéu poeirento sobre a mesa de cabeceira. Suas pernas e braços estavam terrivelmente inchados. Lalie observava a intumescência com inquietude.

— Minha diabete — murmurou. — Amanhã, será preciso procurar um médico. Compreenda, senhorita, não vamos incomodar ninguém no meio da noite por causa de um velhote como eu...

E seu olhar perdeu-se novamente na tela, no meio das rochas, perto da casa de campo cujas janelas verdes tinham atraído a cólera de Pontier, um tratante, conservador do museu Granet em Aix. Cézanne apresentara-lhe o quadro por acaso, num dia de tempestade. Como se alguém tivesse o direito de pintar um vidro totalmente verde!

— E como se alguém tivesse o direito de pintar mulheres com rostos cúbicos... Sim, sim, meu caro, um dia você pendurará este quadro. Em seu museu! Ah, isso sim, tolinho, e antes do que imagina! Pois eu ainda não estou morto, não! Ainda não!

Perdia-se em pensamentos, que enunciava com uma voz anasalada e cansada, como tocado pelas primícias de um delírio. Lalie começou a se dar conta da estranheza da situação depois que o efeito de surpresa foi em parte dissipado. Cézanne encontrava-se diante dela. Habituara-se a conviver com ele todas as noites, quando se debruçava sobre as folhas para compor sua obra. O espírito do pintor habitava-a e escrevia sobre o personagem, fazendo-o reviver seus grandes momentos, exaltando-se ao lhe dar vida no papel para seu próprio prazer e, como desejava vivamente, para o dos futuros leitores. Ligara-se a ele sem temer incomodá-lo, uma vez que estava morto. E eis que se encontrava diante dela, deitado em sua cama, os membros estremecendo de fadiga. Interrogou-se por um instante se não seria vítima de uma prodigiosa alucinação: Cézanne, uma miragem, seu espírito etéreo visitando aquela mansarda, atraído pelo manuscrito empilhado na escrivaninha, preocupado em corrigi-lo, em acrescentar seus próprios retoques para que não se apossassem dele mais uma vez, que não contassem mentiras e coisas inexatas a seu respeito, como aqueles escritorezinhos de espírito obtuso que viam nele o misantropo antes do artista, o homem com perturbações de caráter antes do pintor. Lalie, em seu romance, tentara conciliar as duas figuras. Julgava, com uma pontinha de pretensão que os escritores usam para afiar a pena, ter conseguido.

— Olhe, tenho fome — disse o pintor, que recuperava algumas entonações cantantes do sotaque do sul. — Quero queijo e nozes.

Ele recobrava a vida. O rosto, de uma palidez de mortalha, começava a ser agitado por tiques desagradáveis. Friccionava as pernas, pedindo alguma coisa simples para comer e um copo de vinho.

— Depois eu lhe farei um agrado, vou contar um pouco da minha história. Desculpe-me, mas não engoli nada de bom desde que cheguei a esta cidade miserável.

Lalie pediu-lhe que esperasse e foi até a casa de Laurent, de onde trouxe um pedaço de pão, um pote de queijo branco pela metade e uma garrafa de vinho tinto. O velho colocou o queijo no pão e Lalie observou-o regalar-se com aquela refeição frugal. Mordia custosamente a fatia de pão entre dois goles de vinho. Migalhas espalharam-se pela barba. A romancista avisou-o e ele deu uma pequena risada muito doce, cheia de contentamento.

— Sim, sim, eu como feito um porco, a sra. Brémond me dizia isso frequentemente... Ah, a pobre mulher!

E subitamente seu sorriso se apagou. O rosto petrificou-se num ricto de dor. Somente a boca permanecia agitada pelas contrações do lábio inferior.

— Brémond e meu querido Paul! Desaparecidos! Por minha culpa... Se uma desgraça acontecer a meu filho, não terei nada a fazer senão morrer.

Lalie aproximou-se dele para rearrumar o travesseiro que o mantinha sentado. Ela lembrou-lhe da promessa de contar a sua história, aquele um ano e meio de mentira durante o qual se dissimulara aos olhos de todos. Como? E, sobretudo, por quê? Embora pressentisse a causa daquela morte simulada, o isolamento supremo que desejava mais do que tudo nas últimas cartas, a jovem estava ávida por conhecer os subterfúgios. Sentiu uma vertigem ao pensar na explicação que o pintor se preparava para oferecer-lhe.

— Sabe onde está Paul, senhor Cézanne? — perguntou com a voz trêmula.

— Foi ele quem o levou! — gritou o mestre. — Para que eu volte! Para que eu caia novamente na sua rede e lhe diga onde escondo meus quadros!

Lalie, naquele momento, ficou tentada a perguntar quem era aquele "ele", mas decidiu mostrar-se paciente, não apressar o pai do companheiro e deixá-lo desenvolver a narrativa em seu próprio ritmo.

— Eu escapei de meu ateliê para depositar o quadro de Émile diante do Panthéon no dia da cerimônia. Veja você, foi uma idiotice de minha parte — sempre sou um pouco idiota quando se trata de amizade. Mas antes de deixar Aix para trás, e uma vez que hesitava em vir, tive o cuidado de esconder minhas pinturas...

Fez uma pausa, esvaziou o copo de um trago e, tremendo, estendeu-o a Lalie para que lhe servisse uma nova dose.

— Quarenta e seis telas, para ser preciso. Não é pouca coisa, praticamente não descansei em um ano e meio de trabalho. Quarenta e seis, e arduamente executadas dessa vez! Pode acreditar em mim, senhorita.

Uma pergunta queimava os lábios da jovem.

— O retrato de Zola, aqueles traços grossos, o guache espalhado com as mãos como nos primeiros trabalhos, é uma das suas obras... póstumas?

Mas o pintor não respondeu, esquivando-se à pergunta com um gesto brusco da mão. E, de repente, ela compreendeu o sentido do anúncio nos jornais. A "cabeça de criança" era mesmo a de Paul, seu filho, e o retrato do artista 1908 não era o de Zola, mas o Cézanne em pessoa. O sequestrador, o misterioso "ele", dirigira-se dessa forma ao pintor, pedindo-lhe que viesse em troca da libertação do filho.

— Lichtenberg, meu mecenas, meu algoz, não encontrou nada melhor a fazer do que sequestrar Paul para utilizá-lo como moeda de troca, e matou Marie para que não falasse.

Em seu nervosismo, um ataque de tosse rasgou-lhe a garganta. Continuou, entretanto, levado pelo desejo de dizer o máximo possível àquela brava jovem que seu filho tanto amava. Ela encontraria um meio de tirá-los dessa situação inextricável. A juventude permitia todas as esperanças.

— No início, entretanto, Lichtenberg era meu amigo. Foi ele que me convenceu a deixar a sociedade continuar o seu caminho sem mim, fazendo-me um discurso sedutor sobre os benefícios do isolamento. Creia-me, senhorita, sei o que é o isolamento! O Cézanne dos últimos anos é um verdadeiro ermitão... Mas aí, ele me falou de desaparecimento definitivo, de simular a minha morte para não ser mais perturbado, nunca mais! Pronto! Adeus burgueses da minha cidade desprovidos de gosto, e todos os seus fedelhos, ainda mais experientes que os fariseus ao lançar pedras. Apagados, os conservadores mal conservados, os eunucos das *bozards*[7] e toda a cambada de pintores de Paris, vadiando pelos salões a usar as palmilhas mais do que os pincéis! Minha vida era tão pavorosa! Tinha apenas minha pintura e meu filho. Lichtenberg encontrou as palavras certas. Propôs que eu me escondesse nos ateliês dispersos sobre a Sainte-Victoire e me desembaraçasse de toda contingência material para que me ocupasse apenas da arte. Era uma proposta louca, mas eu não tinha mais nada a esperar da sociedade. E, além disso, queria saber se meu amigo Zola estava certo quando dizia que na arte é preciso morrer para se ter razão...

— Mas quem sabia da sua existência?

— Lichtenberg, é claro, e alguns de seus capangas, além de Paul e Marie. Você é a quarta. A sra. Brémond não sabia de nada, mas devia desconfiar de alguma coisa. Compreenda, a tempestade insuportável que me pegou diante da Sainte-Victoire não estava prevista no programa. Aí eu quase fui de verdade! Minha acompanhante me ajudava e Marie teve que montar toda uma farsa para afastá-la por um dia, o tempo para que eu desaparecesse e enchessem o meu caixão com sacos de areia antes que meu filho e Hortense chegassem.

---

[7] Gíria que se refere às Belas Artes (*Beaux-Arts*). (N.T.)

Agora, sob o efeito da fadiga, um tique provocava seu nariz aquilino, somando-se ao que agitava a boca. Tentava dissimular o rosto envergonhado virando-se para a parede, mas uma dor de cabeça espantosa impediu-o, como se lhe furassem o crânio. Os olhos arregalaram-se, forçados pela dor.

Lalie inquietou-se. Notou que o pai de Paul estava com falta de ar e abriu a janela completamente. Mas a crise não cessava, piorava até. Ele apontou para os lençóis, o coração palpitava visivelmente, levantando-lhe a roupa.

— Guardanapos úmidos — balbuciou. — Na testa, nos olhos...

A jovem lançou-se de imediato sobre o patamar da escada. Tinha notado que Laurent possuía um enxoval impressionante, em que armazenava uns guardanapos de algodão no armário embutido. Pegou alguns sem muito cuidado por conta do castiçal que segurava com a mão pouco firme, deixando algumas peças caírem no chão. Mas foi um reflexo metálico que atraiu o seu olhar, por trás da pilha de roupa. Lalie estendeu o braço e seus dedos entraram em contato com o cano cromado de um revólver. Retirou a mão rapidamente, como se o metal da arma estivesse quente, e permaneceu atônita. Mas um lamento agudo chamou-a ao quarto.

Quando voltou, Cézanne estava estendido na cama, as pernas pendendo para o lado. Debatera-se. Sua respiração, ainda que agitada, tranquilizou a romancista. O pintor desmaiara de fadiga. Apesar do calor, pôs uma coberta sobre ele e ficou longos minutos de pé ao lado do velho. Seu olhar se dividia entre o rosto do mestre e o quadro na parede, sempre iluminado pelo simples clarão de uma vela.

Cézanne estava aqui, Cézanne o pintor, o homem com quem ela passava todas as noites, sempre numa perfeita comunhão de pensamento! Tinha tanto a lhe dizer, tanto a compartilhar. Ele não havia terminado a sua história, mas o faria no dia seguinte. Seria o momento de agir e partir à procura de Paul. Esgotada pelo cansaço, Lalie despencou na cama. Não teve força para sintetizar os pensamentos a propósito de Haineureux, não encontrando também uma explicação para a presença de um revólver nos pertences do escultor. Teria a mãe de Laurent escondido a arma nas bagagens para que ele pudesse fazer frente aos perigos da capital?

Não encontrou resposta alguma e dormiu, espantosamente sossegada. A brisa fresca das noites de primavera acariciava-lhe o rosto suavemente e trazia um perfume intenso de mimosa.

XIV

Francillon chegou à extremidade da ilha Saint-Louis enquanto o sol se levantava por trás da estação de Orléans, fazendo a grande vidraça brilhar como uma fogueira. O Sena, sob a ponte de l'Archevêché, ainda calmo na manhã tranquila, esperava que Paris enfim acordasse para acelerar seu curso. O comissário aguardava há uns quinze minutos o juiz de instrução Boisbrut, pacientemente, diante da entrada principal do necrotério. Levroux mantinha-se perto dele e lia, suspirando, o jornal da manhã. O juiz finalmente apareceu sobre o cais da prefeitura e, com suas pernas curtas, esforçava-se para chegar até eles o mais depressa possível. Escutaram-no arquejar da margem em diante. Com uma mão, segurava sua sempiterna sacola de couro da qual nunca se separava e que continha os mais preciosos documentos de instrução; com a outra, carregava um guarda-chuva azul quase tão grande quanto ele. Algumas gotas de chuva começaram a cair. Boisbrut parou bem no meio da ponte. Lutava com o guarda-chuva, tal como um gladiador na arena, sem conseguir abri-lo. Desistiu e acelerou ainda mais o passo, fazendo amplos gestos ao comissário.

— Olha só, está chovendo — disse Levroux.

As gotas engrossaram. Subitamente, ficaram tão abundantes que o jornal do jovem inspetor se rasgou com a chuvarada. No último momento, os dois policiais refugiaram-se sob o pórtico do instituto médico-legal, e o juiz alcançou-os enfim, ensopado até os ossos, o guarda-chuva miraculosamente seco.

— Esse troço! — enervou-se ele, sacudindo-o.

Estendeu uma mão flácida para os policiais e emendou:

— A propósito, onde vocês puseram o corpo de Brémond? Está em Marselha, suponho? Devo ordenar a autópsia?

Francillon repeliu a pergunta com um gesto. Experimentava uma aversão terrível por aquele jovem juiz pretensioso. Era o digno representante da juventude dourada, que conseguia altas funções graças apenas às relações dos pais, que se preocupava com a própria ambição, mas era incapaz de provar o que quer que fosse. Boisbrut tinha uma propensão sem limites a dar lições às pessoas que o cercavam, sem poupar nenhum de seus colaboradores, abordando todos os temas, mesmo os mais árduos, com sua simples alegria de dar exemplos.

O granizo batia agora na vidraça produzindo um ruído insuportável. Os três homens empurraram a porta para entrar no edifício. Um odor de carne lavada tomou-os de assalto. O juiz parou, sacudido por um vago mal-estar. Pôs uma mão sobre a parede, que ressumava umidade, para não cair.

— Que mau cheiro! — constatou bestamente. — E dizer que algumas pessoas vêm distrair-se aqui. É preciso que a natureza humana esteja perturbada...

Apesar da hora matinal, um público já se tinha formado junto à vidraça que separava os espectadores dos cadáveres. Havia estivadores que vinham distrair-se após uma noite árdua de trabalho, carregando e descarregando as chalupas, buscando aqui o espetáculo que os burgueses se concediam no teatro, à noite. Lá estavam também homens e mulheres idosos sem distinção, o rosto literalmente colado contra o vidro, atraídos por aquele quadro macabro, tal como num jogo de espelhos, e que se tranquilizavam por estarem ainda bem vivos diante dos montes de carne, os afogados de pele verde, os enforcados com o pescoço violeta, os queimados com braços e pernas acinzentadas. Uma cena atraía particularmente a atenção dos frequentadores, que, ao longo do tempo, iam tornando-se cada vez mais exigentes, até acharem por vezes o espetáculo insípido. Um médico, que usava um avental azul, ajudado por uma mulher com uma blusa vermelho sangue, remexia as entranhas de um cadáver de uma brancura leitosa.

Um homem com o rosto sulcado levantou o dedo para mostrar que se preparava para dizer alguma coisa importante. Fez-se silêncio e ele começou uma prelação a respeito dos embalsamadores dos faraós egípcios, caras incríveis, se queriam a sua opinião, capazes de proezas inimagináveis. Afastou-se do lugar para mostrar um corpo, a alguns passos dali.

— Vejam, aquele sujeito ali, o afogado à esquerda, cujas clavículas perfuram a pele... Com o tempo, os bichos roeram seus lábios, não resta nada abaixo do nariz, apenas o maxilar e os dentes. Parece que ri da nossa cara, é nojento! Ora, os egípcios teriam logo tratado de refazer-lhe o rosto e ele poderia ser beijado novamente, senhoras!

Diante daquela afirmação, as mulheres protestaram, estremecendo à evocação do beijo sinistro. Francillon abriu caminho através da multidão, dando grandes cotoveladas e bengaladas para afastar a gentalha. Aquela montoeira de cadáveres não tinha nenhuma influência sobre ele. Conhecera os ossários de Sedan durante a debandada, uma coisa bem mais sórdida do que aqueles poucos fulanos que acabaram de esfriar. Lá, com os camaradas nas planícies, havia carregado montes de corpos empilhados em carrinhos de mão ou carriolas, garotos de dezoito anos com rostos de anjo, rasgados por feridas horríveis como um sorriso de diabo. Assim, dirigia aos cadáveres do necrotério um olhar profissional, como um açougueiro que inspeciona o balcão de talho. Boisbrut seguia-o logo atrás, resmungando:

— É insensato, escandaloso! Essa visita era mesmo necessária, senhor comissário divisionário?

Mas o chefe da brigada móvel não reagiu novamente. Esforçava-se para ficar com a boca fechada e não dizer nada indelicado. Levroux, mais diplomático, retorquiu:

— Temos, enfim, uma pista a respeito dos assassinatos no Petit Marmiton. Divulgamos fotografias dos dois cadáveres à polícia secreta dos países vizinhos e tivemos duas respostas.

Entraram por um corredor sombrio, cujas paredes estavam cobertas de manchas repugnantes. Atrás deles, as vozes e os risos dos espectadores finalmente se atenuavam.

— A polícia de Berna respondeu-nos, assim como a de Stuttgart. Os oficiais pegaram o trem à noite e estão aqui. Você poderá ouvi-los.

Francillon por fim parou em frente a uma porta repugnante e bateu. Uma voz convidou-o a entrar. Os recém-chegados encontraram-se diante de três homens, primeiro, o legista, que os saudou respeitosamente, e os dois oficiais de polícia estrangeiros, que usavam os uniformes de seus países. Achavam-se de pé diante das macas onde se estendiam os cadáveres do homem e da jovem mulher encontrados no Petit Marmiton, cobertos com um lençol cinza. Distinguiam-se apenas as duas cabeças tumefeitas e deformadas à luz da lâmpada elétrica pendurada no teto, que oscilava ligeiramente. Os rostos, dos quais os ossos se projetavam de todas as partes, pontuavam-se de sombras, de acordo com a oscilação da luz. Levroux resmungou uma vaga saudação em alemão, enquanto Boisbrut deixou-se cair numa cadeira próxima à entrada, esgotado pelo espetáculo terrível dos proletários vindos em vilegiatura ao necrotério. Explodiu com o médico, agitando o guarda-chuva sobre os dois corpos, e ameaçou dirigir-se ao ministro para proibir as visitas.

— A esposa de Sua Excelência seria a primeira a ser punida com a medida — disse o médico, com um tom em que a perfídia disputava com a ironia. — A boa sociedade também vem à nossa casa, senhor juiz, ainda que mais tarde. Se o senhor voltar na hora do almoço, verá que os operários deixaram os lugares aos burgueses e que os lenços de linho substituíram os trapos de limpeza.

Francillon, que não articulara uma palavra desde a chegada, fez sinal para que os oficiais abrissem o dossiê que seguravam nas mãos. No interior, encontrou uma nota sobre cada um dos corpos. Pegou-as e observou-as sob a lâmpada. A luz crua irritava-o. Aquele lugar merecia ao menos uma vela.

Levroux leu em voz alta para que o juiz ouvisse.

— Tobias Sieg, quarenta e um anos, médico, nascido em Dusseldorf. Deixou a Alemanha em 1892 para um destino desconhecido. Fichado por atentado contra a moral e os bons costumes em 1891.

Boisbrut levantou-se para reunir-se a ele, visivelmente desconfortável, esforçando-se para ficar junto à parede e passar longe dos cadáveres.

— Huguette Bonfils, vinte e oito anos, sem profissão. Dada como desaparecida em 1905.

— Ah! Isso é uma descoberta! Estamos bem avançados!

O policial de Berna, que compreendia francês, tomou a palavra.

— Esta jovem é órfã, mas pude conversar bastante com a sua tia antes de vir a Paris. Ela não estava desgostosa demais, crendo-a morta há mais de três anos. Antes da desaparição, a sobrinha fazia trabalhos domésticos para sobreviver.

Francillon escutava apenas parcialmente. A claridade obcecava-o, sentia-a como uma verdadeira agressão e fez um esforço para não quebrar a lâmpada com uma forte bengalada.

— Tudo isso é muito bonito, mas temos outra coisa? Uma relação entre esses dois e Paris? Uma pista sobre a presença deles no salão do restaurante?

— Segundo a tia, Huguette não era especialmente apaixonada por pintura — disse o suíço, constrangido. — Uma relação com o filho ou a irmã de Cézanne parece improvável.

Levroux, que analisava as fichas, escondido atrás das finas lentes circundadas de ferro, permitiu-se uma afirmativa.

— Salvo se supusermos que fosse amante de Paul...

Francillon não refutou a ideia. Fixava o teto e aquela maldita lâmpada, que agia sobre ele como um pêndulo hipnótico, sacudida por algum tremor de terra subterrâneo. Teria esmagado-a entre as mãos se não tivesse medo de se queimar.

— Nós patinhamos — retorquiu Boisbrut, enquanto o policial alemão, que até o momento se contentara em alisar a longa barba, começou a dar sua versão dos fatos numa linguagem estranha, uma espécie de francês matizado de expressões germânicas.

O legista tentou uma tradução, aprendera algumas palavras quando fora estudante em Heidelberg.

— O cavaleiro nos informa que Herr Sieg deixou seu país alguns dias antes do comparecimento ao tribunal sobre um caso de sequestro.

Nenhum conhecido pôde dar informações sobre seu destino. Fala-se de um país longínquo na África, sem mais precisão.

— Ele era apreciador de arte? — perguntou Boisbrut, lançando um olhar sobre a cabeça do morto de que agora se evocava a vida.

O médico repetiu a pergunta, mas o oficial deu de ombros. Não sabia nada.

— Em suma — concluiu o jovem juiz — nossas duas vítimas têm em comum o fato de terem saído de seus respectivos países sem deixar endereço. Mas para ligá-las diretamente à família Cézanne, será preciso investigar mais.

— Talvez fizessem parte do círculo de conhecidos do sequestrador? — arriscou Levroux. — A reunião teria acabado mal. Nosso homem teria matado acidentalmente os dois acólitos... O que acha, comissário?

Nada. Francillon não achava nada. As sombras imundas que avançavam sobre a pele amarelecida dos cadáveres obnubilavam-no. O juiz Boisbrut, exasperado pelo silêncio, novamente tomou a palavra. Com aquela voz antiquada que tinha o bom gosto de não ressoar demais nos gabinetes ministeriais, explicou-se. Estava impaciente para que prendessem os culpados e fechassem aquele dossiê terrível que, não tinha vergonha de dizer, era singularmente nocivo à sua carreira. Desde que caíra em suas mãos, não entendia mais nada, e achava o caso terrivelmente bizarro. Atraía a atenção dos jornais, o que nunca era bom para um juiz, que não apenas deveria prestar contas à chancelaria, como também à opinião pública. Chamando à parte o oficial suíço, insurgiu-se contra a lentidão da brigada móvel, principalmente contra a iniciativa idiota de seu comandante de ir a Aix para ouvir as elucubrações de uma velha louca e doente, enquanto a ação se passava em Paris! Sim, Boisbrut revelou seu desapontamento diante de uma intriga como aquela, diante de todas aquelas histórias em torno de um artista morto e enterrado, nunca celebrado enquanto vivo, e do qual apenas umas poucas telas ornamentavam hoje os museus da França.

O juiz pôs-se então a invejar seu colega de turma, Frichard, que estava na pista de um bando de malfeitores que percorria os arredores de Melun de automóvel para realizar ataques à mão armada nas cidades, vilarejos e fazendas. Eis um caso digno! E, sobretudo, que perspectiva de belos louros para Frichard quando posar diante do automóvel fumegante e crivado de balas dos malfeitores, algemados ao seu lado!

Boisbrut terminou o discurso dando algumas ordens a Levroux, uma vez que Francillon não se dignava a prestar-lhe atenção. Insistia para que fossem estabelecidas relações entre o passado das duas vítimas, o mais rápido possível. Deu ordens num tom autoritário que fez com que o comissário saísse enfim de seu torpor. Mas ele permaneceu mudo. Agradeceu ao legista e aos dois oficiais estrangeiros com um breve aperto de mão, antes de sair da sala arrastando atrás de si o auxiliar e o juiz.

Lá fora, a chuva tinha parado. Os homens separaram-se sob o pórtico, enquanto um pedreiro em uniforme de trabalho, que tivera o alto do crânio arrancado por um tijolo, era carregado numa maca. Assim que avistaram um dos padioleiros, os espectadores acotovelaram-se para serem os primeiros a ver o recém-chegado. A multidão aglomerou-se na entrada, logo afastada pelos empregados do instituto, que formaram um corredor para deixar passar o corpo. Mas não seriam privados assim! Rapidamente, um movimento partiu em sentido contrário, e as pessoas achataram-se contra a vidraça, emitindo estranhos gemidos em meio a curiosos gritos de hurra.

XV

Lalie acordou com o barulho da rua. Embaixo do imóvel, um vendedor ambulante oferecia pequenos pães frescos. Perto dele, um garoto, talvez seu filho, batia com animação num tambor, repetindo sempre os mesmos ritmos. Crianças esfarrapadas, os bolsos desesperadamente vazios, giravam em torno do carrinho batizado "Corneto do Amor", tentando comover o comerciante. Lépisme, atraído pela agitação insólita, não hesitou nem um instante e deu uma moeda a cada um dos marotos. Lalie decidiu enfim fechar a janela para não perturbar o sono do pintor. Entretanto, apesar da imobilidade perfeita, Cézanne não mais dormia. Praguejou contra o vendedor, mandando-o ao diabo porque impedia as pessoas honestas de descansar.

— Compreenda, senhorita, um ermitão como eu não pode tolerar esse tipo de gente, esses vis tentadores que vêm desestabilizar-nos em nosso ascetismo. Ah, sim... brioches. Há quanto tempo não os como?

Lalie demorou-se sorrindo para o pintor. Seus olhos estavam abertos. Tinha uma expressão de gulodice e pensava nos doces, cujo perfume açucarado chegava agora até a mansarda. A noite apagara os estigmas da dor sobre seu rosto. Uma crise tinha passado, mas a seguinte nunca estava muito longe.

— Esses caras sabem o que fazer! Se eu fosse dotado assim para vender minha pintura...

Lalie desculpou-se por um instante e desceu para comprar um pacote de brioches. Aproveitou para pegar emprestado um pouco de café com o livreiro, que continuava com a distribuição de moedas. Quando voltou, o pintor esforçou-se para levantar. As pernas, mais inchadas ainda, impediam-no. Apoiava-se em vão nos braços.

— Pregado nesta cama! — resmungou. — E eu queria apenas dar uma olhada ali nas suas miniaturas.

Apontou para a parede em frente, olhando com gula o saco que Lalie trazia na mão.

— São reproduções de Delacroix.

— O mestre dos pintores, como Hugo é o de vocês, os literatos! E dizer que eu nem mesmo fui a Saint-Sulpice! Ouça-me um pouco, senhorita, acho que esta igreja está "na moda" demais, vá saber por quê!

Lalie observava o mestre de Aix engolir com deleite os brioches ainda quentes, enquanto ela brigava com o aparelho de fazer café. Ele lambia os dedos entre cada mordida, tendo um prazer real com aquela boa comida. Uma dúvida subitamente assaltou a jovem.

— Não é ruim para a sua diabete?

Cézanne engoliu mais um pedaço, os olhos cintilando de prazer.

— Eu lhe darei uma resposta de normando, à la Boudin[8]... Talvez, mas talvez não!

A romancista divertiu-se por sua vez, feliz pelo hóspede estar de tão bom humor. A situação não estava em nada mais clara do que na véspera, a intriga provavelmente menos complicada com o aparecimento do pintor, mas ainda faltava encontrar Paul. A máquina de café decidiu enfim fazer a infusão. Lalie tinha pressa de que o pintor terminasse a narrativa da véspera. Entretanto, não ousava apressá-lo, sentia-se muito pequena ao lado do grande homem. Ansiava ler para ele algumas passagens de seu manuscrito e receava a reação do mestre. Mas aquele homem, que devorava brioches em sua mansarda parisiense num dia de junho de 1908, era realmente Cézanne?

---

[8] Eugène Boudin (1824-1898), pintor considerado precursor do Impressionismo, nascido na Normandia. *Faire une réponse de Normand* é dar uma resposta ambígua, que não se decide por um lado ou por outro. (N.T)

Lalie afastou as dúvidas, embalada pela doçura das guloseimas. Cézanne começou a narrativa prometida, a sequência da inacreditável fuga iniciada na véspera.

— Posso contar-lhe tudo. Para o mundo inteiro, morri em Aix-en-Provence no dia 23 de outubro de 1906, às sete horas da manhã. Entretanto, nessa data e hora precisas, estava perto de Bibémus, diante do cavalete, a palheta na mão, misturando as cores para a próxima tela. Tudo saiu de uma proposta meio louca de Lichtenberg, que desejava oferecer-me calma e isolamento, as únicas coisas das quais sou digno. Organizamos a minha retirada junto com ele, minha irmã Marie e meu filho Paul. Você, senhorita, que provavelmente conhece as últimas cartas que enviei a meu filho, sabe que elas contêm em filigrana as instruções de meu desaparecimento?

Ele foi ao âmago da questão, deu todos os detalhes, apoiando-se mesmo sobre frases da correspondência que citava de cor, num ímpeto de veracidade.

No dia 15 de outubro de 1906, Cézanne envia uma carta comum ao filho, na qual lhe pede duas dúzias de pincéis, fala do tempo que está fazendo e conclui: "Devo avisar-lhe que recebi o cacau." Para Paul, é o sinal. O pai prepara-se para partir. Ele deve reter a mãe em Paris pelo tempo necessário para que sejam organizados os falsos funerais. Hortense não se dá mais com o marido. Se tudo correr bem, em dois dias um telegrama deve lhe avisar sobre o acidente vascular de seu pai, ator-mentado pela diabete, e cujo estado piora dia após dia. Lichtenberg está em Aix e acerta os últimos detalhes da fuga com um amigo médico, um alemão que trabalha na França, e que expedirá o falso atestado de óbito quando chegar o momento. Mas, no dia 15, eis que o pintor está preso numa tempestade. Realmente doente nos dias seguintes, à beira da morte, precisa de cuidado, e a fuga é retardada por alguns dias. É somente no dia 20 de outubro, quando Cézanne se restabelece da peri-gosa gripe, que Marie faz com que uma última carta chegue a Paul. Durante esse tempo, afasta a sra. Brémond, a fiel doméstica do pintor, que não deve estar a par do segredo. Seria preciso convencer a irmã de Cézanne a dar uma de Maquiavel ao mentir para a acompanhante, para a felicidade do irmão, a fim de fazê-la afastar-se de Aix. Marie inventa então uma falsa história de família. Um Brémond, que mora perto de Cassis, fora preso na véspera em um caso de fraude, e sua parenta era esperada para testemunhar a respeito da sua boa conduta. Para a história, a doméstica contaria, constrangida pelo rumor em torno da família, que ficara ao lado do pintor até o último suspiro.

Lalie lembrou-se de que o último telegrama recebido por Paul e Hortense, onde era anunciada a agonia do pintor, tinha sido assinado pela sra. Brémond.

Ela se levantou e pegou uma folha do manuscrito, onde leu: "Venham imediatamente todos os dois. Pai bem mal." Cézanne concordou.

— Veja bem, cara senhorita, a vantagem de um telegrama é que ele pode ser enviado por uma pessoa e assinado por outra. Foi Lichtenberg quem o enviou, e não minha fiel governanta, que sua alma descanse em paz. Hortense recebeu-o, mas o deixou negligentemente numa gaveta. Minha doce esposa devia partir para uma prova de vestuário. Paul poderia ficar tranquilo, ele que de início queria pôr a mãe a par dos acontecimentos. Partiram somente no dia seguinte. Marie, Lichtenberg, o médico e eu enchemos e depois fechamos o caixão sem o meu filho. Foi uma cerimônia muito curiosa, ocorrida no meu apartamento da rua Boulegon. Fui enterrado no dia 24 de outubro na catedral Saint-Sauveur, em Aix. Lembro-me de ter pintado, nesse dia, um retrato de Pontier, o diretor do Museu Granet, uma cabeça de cadáver para aquele coveiro das artes... Morrerá antes de mim!

Sobre a vida de ermitão em torno da Sainte-Victoire, o velho não se demorou. Seu protetor mandara construir quatro ateliês espaçosos, ocultos e inacessíveis, onde poderia pintar sem medo em companhia de uma criada, uma jovem suíça, e de Tobias, o médico, que cuidava de sua diabete muito melhor que os das redondezas. Injetava-lhe um medicamento novo, um extrato pancreático de virtudes fulgurantes que lhe permitia variar do ópio ao amoníaco. Lichtenberg e Paul vinham duas ou três vezes por mês para fazer a mudança, oferecendo-lhe a cada vez uma perspectiva nova sobre a bem-aventurada montanha. Viveu ali os mais belos momentos de sua existência, começava a pintar realmente, enfim livre de todos os aborrecimentos da vida em sociedade que lhe devoraram as forças.

— Sim, um artista deseja elevar-se o máximo possível intelectualmente, mas o homem deve permanecer obscuro.

Terminou a narrativa com sofrimento, delineando os últimos meses de recolhimento, quando Lichtenberg abandonou o hábito de mecenas para vestir o uniforme de carcereiro. Obcecado no mais alto grau pela arte do pintor, exigia mais telas, sempre mais, zangando-se quando Cézanne abandonava o cavalete em pleno dia. Eis por que o mestre fugira para Paris com a cumplicidade de Marie, de Paul, da criada suíça e do médico alemão. Desejava, há muito tempo, prestar uma última homenagem a Zola, seu velho camarada. Foi uma idiotice de sua parte, uma consideração besta, impulsiva. Mas não seria naquela idade que se remoeria!

Bateram à porta. Era Laurent. Murmurou várias vezes o nome da jovem e revelou que fora libertado cedo pela manhã, após uma verificação de seu registro criminal. O condutor agredido retirara a queixa. Cézanne fitava a porta com desconfiança, as mãos crispadas sobre o saco de brioches.

— A polícia? — balbuciou.

Então Lalie, em poucas palavras, acalmou-o, segurando-lhe o punho. Falou de um jovem corajoso e honesto, que a ajudava a encontrar Paul.

— Nunca mais confiarei nas pessoas! — exaltou-se o pintor, que se acabrunhou e foi para o leito. — Já fiz muito mal em crer no imbecil do Lichtenberg. Mas faça entrar o seu fidalgote provinciano!

Laurent, que escutara a voz desconhecida, hesitou um instante em ultrapassar a soleira da porta. Lalie sorria.

— Apresento-lhe Cézanne — disse.

O escultor permaneceu na entrada, os olhos fixados nos do fantasma sentado na cama, as pernas oscilantes. Não soube o que dizer, gaguejou uma vaga pergunta, depois se apoderou do braço da amiga.

— Chegou de noite — acrescentou Lalie. — Vou explicar.

O pintor continuava mudo, os olhos sempre mergulhados com muita intensidade nos do jovem. Desejava descobrir ali a verdade. Poderiam realmente confiar nele? Desde que vivia retirado do mundo, Cézanne não tivera nenhuma possibilidade de ler nos olhares, antigamente costumava deleitar-se com isso. Por essa razão, tomara a decisão de pintá-los. Nas quarenta e seis telas, contava em torno de trinta retratos de desconhecidos, de amigos, uma verdadeira galeria de personagens, uma espécie de comédia humana.

— A propósito, você recuperou o carro de Lépisme? — perguntou ela.

Laurent balançou a cabeça sem perder o pintor de vista.

— Você conseguiu continuar a perseguição? — balbuciou ele.

— Sim, era Haineureux. Mas falaremos de tudo isso mais tarde. Venha, você deve estar ávido como eu para escutar o sr. Cézanne...

— Não pode ser ele! — insurgiu-se Laurent. — Estão brincando conosco!

— Acalme-se, jovem. A senhorita tem razão.

O sotaque provençal estava mais distinto do que na véspera. A voz continuava muito arrastada, mas era visível algo como uma ponta de alegria. Cézanne hesitava em contar tudo diante de Laurent. Mas se Lalie lhe pedia! Era seu anjo da guarda no momento, como fora o de Paul, aquele malandrinho que, quando criança, perfurava nas telas do pai as janelas das casas de campo. Paul, sequestrado por sua causa! Paul, que deveriam encontrar rapidamente!

O coração palpitava novamente, e as pernas, as pernas! Elas nunca estiveram tão inchadas. Pesavam-lhe como dois pesos mortos, não experimentava mais nenhuma sensação quando as massageava. Os braços também ganhavam em volume e os punhos eram apenas dois grossos edemas.

— Os médicos não terão os mesmos remédios que Tobias, mas devo resolver-me a consultar um, e rápido. Você dirá que sou o seu avô.

Mas Laurent, que aos poucos começava a tranquilizar-se com as revelações do pintor, exclamou que de jeito nenhum, que não era possível mandar vir um médico do bairro, um charlatão que arriscaria fazê-lo morrer.

— E, além disso, iria surpreender-se, faria perguntas, avisaria a polícia, talvez...

O escultor ofereceu-se para procurar um amigo da família, um camarada do regimento de seu pai, médico de boa reputação e que clinicava perto da Bastilha. Poderiam contar com sua discrição. O caso ficou resolvido e Laurent saiu às pressas. Lalie ficou sozinha com o pintor e interrogou-o a respeito do olhar do jovem escultor. Cézanne não encontrou nada para responder. E se Laurent fosse um fiel escudeiro de Haineureux? E se, no lugar do médico, viesse acompanhado pelo mentor e seus comparsas para apoderar-se do pintor? A jovem foi arrebatada por um medo irracional que a fez estremecer. Fingiu manter a calma e foi à janela para tomar ar. Pendurada no parapeito, conteve-se para não desfalecer. Suspeitas subiam-lhe à cabeça como ondas de calor. Laurent, o falso escultor, que não produzira nada desde que se mudara. Laurent e seu ar de adolescente retardado, que enfrentou dois homens armados com facas. Laurent e sua gentileza, seu espírito de partilha, que escondia um revólver entre as roupas... Certamente, esforçou-se para não perder o automóvel de Haineureux, mas não seria para enganá-la? Amaldiçoava-se, vítima da imaginação de romancista que subitamente fazia rodopios.

Lalie permaneceu na janela por um longo momento, embora o pintor dormisse, vencido pela fadiga. Pensava nas últimas cartas de Cézanne que Paul lhe confiara. Lera-as várias vezes sem nunca duvidar que contivessem um código qualquer entre pai e filho. Adquiria consciência, pouco a pouco, de ser a atriz involuntária de uma das mais formidáveis mistificações da história da arte. Se aquele pequeno mundo soubesse que Cézanne, o grande Cézanne, o mestre respeitado, ainda estava vivo, que perspectiva de revolução! E todos os jovens pintores que discordavam apenas por sua causa: Picasso, que reclamava sua paternidade, Matisse, que extraíra do quadro das *Trois Baigneuses* a fé e a perseverança de artista...

Lalie, velando pelo pintor, continuava as digressões quando Laurent chegou pela rua de la Montagne-Sainte-Geneviève. Estava acompanhado por um homem pequeno e careca que corria como ele, uma mala na mão. Não era Haineureux. Censurou-se terrivelmente por ter duvidado dele.

O médico não fez nenhuma pergunta e contentou-se em examinar demoradamente o pintor, que o deixou fazê-lo com docilidade. Despiu-o e deitou-o na cama para auscultá-lo. Fechou a cara ao escutar o estetoscópio, testou os reflexos de Cézanne e observou-lhe as pupilas. Lalie olhava-o, angustiada, à espera do veredicto.

— É preciso levar este senhor ao hospital! — declarou o médico com um tom sentencioso.

Então, o mestre de Aix reanimou-se e recuperou o entusiasmo. Não, não e não, de jeito nenhum. Deviam encontrar Paul, e, além disso, não gostava de hospitais, que eram apenas asilos para moribundos com um nome disfarçado. Aliás, já estava bem melhor graças à injeção que o médico lhe dera. Mas Laurent insistiu. Sua recusa não era racional, poderia morrer em algumas horas, em alguns dias, no máximo.

— Levem-me então para Aix! Sinto falta do ar da montanha, sim! E aceito o risco de morrer, contanto que seja lá!

Rugia como um leão e reergueu-se no leito.

— Deem-me um papel e um lápis — disse ao médico —, vou desenhar alguma coisa para vocês, e veremos se não presto para nada, se sou um moribundo!

Uma vez que ninguém lhe trazia o que foi pedido, levantou-se suspirando e apoderou-se de uma folha do manuscrito de Lalie e de um lápis. Cézanne começou o trabalho, mas as mãos, estremecidas, não o seguiam mais. Assim que punha a ponta sobre a folha, essa partia ao acaso, deixando um traço sobre o papel branco. Tentou em vão disciplinar os dedos, mas as convulsões eram tão fortes que conseguiu traçar apenas uma garatuja atroz. Lalie, penalizada, aproximou-se dele para tomar-lhe a folha.

— Seja paciente — disse.

Ele não respondeu nada. Os olhos, fixados novamente sobre o quadro, começaram a brilhar.

O médico cochichou algumas palavras no ouvido do escultor.

— Vou administrar-lhe um leve sedativo. Assim, se tomarem a decisão de conduzi-lo ao Val-de-Grâce, não se oporá.

Cézanne deixou-se picar sem nem mesmo perceber, as mãos coladas sobre os joelhos para que não se mexessem mais. Lalie insistiu em vão em pagar o médico, que partiu logo em seguida. Laurent fez um sinal à jovem para que o acompanhasse ao quarto, a fim de deixar o pintor em paz.

— É inconcebível — disparou ele. — E entretanto... Todos esses acontecimentos em torno dele. Lichtenberg que liquida o médico particular, a criada e a irmã de Cézanne, e que lhe sequestra o filho para que revele o esconderijo das telas...

— Lichtenberg ou outro qualquer — disse Lalie. — Seria ele o condutor da Mercedes que transportava Haineureux? Devemos ir à polícia agora. Francillon prenderá Haineureux e nós enfim conheceremos o seu papel nessa história.

Laurent balançou a cabeça.

— Não é uma boa ideia. O juiz de instrução não expedirá um mandado contra o escritor. Não possuímos nenhuma prova, apenas um vago testemunho. Não, devemos avançar sozinhos ainda por algumas horas.

— Você está falando sério? E se ficarem sabendo que Cézanne está aqui? Eles virão, não estamos seguros aqui. Não será a zeladora que os impedirá de subir.

Laurent fez um gesto de descontentamento que irritou a companheira.

— A menos que você tenha coragem de defender o edifício brandindo o seu revólver!

Ela apontou o armário com um dedo acusador. Laurent, estupefato, pôs-se a balbuciar algumas palavras e explicou que sua mãe introduzira a arma entre as bagagens, preocupada em fornecer-lhe um meio de defesa naquela cidade em que se encontravam, segundo ela, todos os vadios da Terra. Era uma relíquia de família.

Lalie abaixou o braço, parcialmente convencida pela explicação. O escultor recuperou a vantagem.

— Uma ideia veio-me durante o caminho para a Bastilha. Temos uma carta na manga, um trunfo de mestre. Você conhece Haineureux, ele vai escutá-la se você marcar um encontro a propósito de seu livro. Por que não no final da tarde, num café, longe da casa dele? Durante sua ausência, aproveitaremos para visitar o apartamento e encontrar algumas provas para Francillon. O que acha?

Lalie achava aquela iniciativa arriscada, mas, antes de tudo, deviam avançar, e rápido. O sequestrador não hesitara em suprimir dois dos colaboradores, não demonstraria sentimentos por Paul Filho se não encontrasse as telas. Se Haineureux não for Lichtenberg, ao menos conheceremos sua verdadeira relação com essa história. Antes da escapada com Laurent, — ela pediria a Lépisme, ou, em último caso, à zeladora, para cuidar do pintor, indo visitá-lo com frequência para ver se nada lhe faltava.

— Você levará o seu revólver — disse Lalie como resposta.

Laurent aprovou e saiu para enviar um telegrama.

O falso encontro foi marcado para as dezoito horas num café do Quartier Latin.

XVI

Francillon, na obscuridade sem falha do escritório na rua de Saussaies, folheava os jornais do dia. Estavam todos espalhados diante dele. E todos, sem exceção, traziam como manchete o caso da tela inédita de Cézanne. O *Le Petit Parisien* e o *Le Pèlerin* publicavam até mesmo uma fotografia de Durabot e Madinier, que posavam orgulhosamente com a tela debaixo do braço. Hubert, o proprietário, mantinha-se à direita. Era visto apenas pela metade.

— Falem-me ainda da imparcialidade da imprensa! — resmungou o comissário.

Anunciavam a data e o lugar do leilão. Seria dali a dois dias em Drouot. E os dois energúmenos declaravam com jovialidade que seguramente alcançariam os setenta e cinco mil francos, no mínimo, se os americanos permanecessem ajuizados. Pois uma vez que os miliardários entrassem na dança, ignorar-se-ia o rumo que os acontecimentos poderiam tomar. Na entrevista concedida ao *Pèlerin*, o jornalista, a quem restava vagamente um pouquinho de profissionalismo, perguntou a porcentagem da venda que iria diretamente para o bolso dos dois funcionários. A resposta foi cortante. Não estava em questão tocar no mínimo centavo. Serviam de intermediários apenas por amor à arte.

O comissário preparava-se para jogar toda aquela papelada suja na lata de lixo quando Levroux entrou, sem bater.

— Bordenave está aí. Estamos esperando você para começar a identificação.

Francillon pegou a bengala e levantou-se. A investigação agora avançava. Havia várias frentes abertas e ele não se desesperava para concluí-la antes do leilão em Drouot. Naquela manhã, um de seus informantes contara-lhe uma incrível novidade a respeito do pintor. Assim, refugiara-se com dificuldade, não sabendo o que fazer diante da estranheza da situação. Refugiara-se nas trevas do escritório para refletir por alguns instantes e definir uma diretriz a propósito daquela pista séria, que ocuparia a segunda parte do dia. Enquanto esperava, um homem foi preso sob suspeita de estar no Petit Marmiton na noite do assassinato. Faria com que fosse identificado por Bordenave, o proprietário, e o confrontaria com o rapaz em serviço na noite da tragédia.

Francillon e Levroux seguiram por vários corredores e desceram uma escada para chegar a uma pequena sala vazia em que Bordenave, vestido com uma magnífica sobrecasaca acetinada, esperava-os em silêncio, cercado por dois policiais uniformizados.

— Ah! Senhor Comissário... Disseram-me que esse pesadelo logo terminaria, que os senhores prenderam o culpado. Apressemo-nos, o tempo urge, perco dinheiro a cada minuto, minha ruína está próxima.

Com um gesto, Francillon fez com que o suspeito fosse trazido à sala adjacente e pediu ao proprietário que olhasse através do vidro.

— É um espelho sem aço. O senhor não corre nenhum risco, ele não pode vê-lo.

Bordenave levou algum tempo analisando o rosto patibular do homem. Um bruto, grosseiramente talhado, sem nenhuma classe, que não devia ter um franco com ele.

— Não, decididamente não, não conheço esse energúmeno. Nunca o vi nem nunca ouvi falar deste sujeito! Mas quando os senhores vão colocar um ponto final nessa história? Não têm ideia da péssima publicidade para o meu estabelecimento. Era realmente necessário perturbar-me?

O servente foi trazido, um homem baixo, de rosto muito branco, que não ousava levantar a cabeça diante do patrão.

— Você o reconhece? — perguntou Francillon.

O outro não respondeu, a cabeça sempre abaixada. Esfregava a sola do sapato sobre o chão da sala.

— E então, vai responder, idiota? — enervou-se Bordenave.

— Sim, é ele — murmurou o garçom. — Eu o vi chegar alguns instantes depois de o senhor ter me mostrado o sujeito da fotografia.

— O filho de Cézanne — traduziu Levroux.

— Eu fumava um cigarro perto da porta de serviço que dá para a rua Gay-Lussac.

Francillon aprovou.

— Este homem se chama Rodolphe Judex. É um malfeitor bem conhecido de nossos serviços que trabalha para diversas personalidades da corja parisiense. Nós o interrogamos. Disse que foi abordado por um frequentador do seu estabelecimento, a fim de garantir o bom andamento da pequena reunião com mais dois colegas.

— Asseguro-lhe que nunca vi esse proletário — disse o dono do Petit Marmiton, mais do que nunca na defensiva. — Sou um homem respeitável, pago os meus impostos, e o senhor me trata como o último dos selvagens.

O comissário, tomado por um desejo furioso de pôr Bordenave em seu devido lugar, manteve, entretanto, a calma e prosseguiu:

— Nosso homem misterioso teria sido levado pessoalmente ao salão privado para discutir com os convivas, depois as coisas teriam rapidamente tomado o rumo errado. Judex disse não ter ouvido nada da conversa tumultuosa. Uma briga estourou entre nosso homem, o médico alemão, Paul Cézanne e os acólitos de Judex. Estes últimos, que têm o gatilho solto, atiraram por conta própria. Saldo: dois mortos e uma senhora em coma até agora. Felizmente, o filho do pintor não foi tocado, mas os três bandidos amordaçaram-no e puseram-no no automóvel do sr. X.

— Por que o senhor está me contando tudo isso, comissário? — perguntou Bordenave. — São os seus assuntos, e não os meus.

Francillon veio plantar-se diante do proprietário e fixou ardentemente seus pequenos olhos de lesma injetados de sangue.

— Tenho a impressão que não compreende a gravidade dos fatos que se desencadearam em sua taberna, caro senhor. Além do mais, parece que o organizador da reunião, que atualmente detém Paul Cézanne filho, é um frequentador do lugar. Acho escandaloso de sua parte abrir as portas da tasca aos quatro ventos quando o senhor não está presente em pessoa. Terá que responder por isso.

O comissário elevou o tom e bateu com a bengala contra o chão.

— Farei com que o senhor engula a soberba de pequeno-burguês novo-rico, o sorriso satisfeito de homem abastado quando na verdade não vale mais que Judex. Ele, vagabundeando na escuridão das ruelas com uma longa faca, o senhor, na luz dos salões com uma conta! Não percebe a gravidade da situação? Cézanne, o pintor? A França observa-nos, senhor. Sim, certamente, para um homem que nutre tanto interesse pela pintura como o senhor, como atesta a quantidade de crostas que sujam as suas paredes, Cézanne se tornaria uma personalidade assim que pintasse uma nota!

Fez uma pausa diante do olhar descontrolado de Bordenave.

— Levroux, avise Boisbrut que colocarei esse estalajadeiro atrás das grades durante o dia. Motivo: recusa em colaborar com a brigada. Leve-o e ponha-o na mesma cela que Judex. Poderão discutir seus pontos de vista a respeito da maldita polícia.

Bordenave vacilou enquanto o empurravam para fora da sala. Assim terminava o mistério dos jogadores de carta. Tudo foi uma encenação involuntária, aquelas cartas espalhadas pela sala eram fruto do acaso, e não de um espírito alucinado que quisera atrair a atenção da polícia para a famosa tela do mestre de Aix.

Francillon preparava-se para voltar ao escritório quando parou de repente.

— Espere, não leve Judex imediatamente. Levroux, deixe os agentes conduzirem Bordenave e traga-me nossa convidada. Talvez ela já o tenha entrevisto em sua cidade...

Alguns minutos depois, o auxiliar do comissário voltou à sala, acompanhado por uma velha senhora que usava um longo vestido com colarinho, como se vê nos campos franceses. Tinha puxado os cabelos brancos para cima formando um coque que encimava o rosto estriado de rugas. Apesar da idade, guardava um aspecto dos mais maliciosos.

— A senhora conhece esse homem?

Rodolphe Judex suspirava, sozinho atrás do grande espelho cuja particularidade conhecia. Levantou-se para dar alguns passos, a fim de desenferrujar as pernas.

— Espere — disse a velha senhora. — Sim, ele me diz algo. Vagamente... Aquela pequena cicatriz sob o olho direito... Oh, comissário, se eu pudesse enfim ajudá-lo a encontrar o meu pequeno Paul. Sim, lembro-me deste homem. Acho que o vi rodar perto de Aix em torno do domicílio de meu mestre, alguns dias antes de sua morte.

Um clarão de triunfo passou pelo olhar de Francillon.

— Agradeço-lhe, senhora Brémond. O inspetor Levroux vai acompanhá-la ao seu hotel.

XVII

O céu estava cinzento. Um trovão retumbava ao longe, perto de Boulogne, ameaçando aproximar-se da capital. Lalie e Laurent esperavam no jardim La Fontaine, refugiados sob um grande salgueiro. Haineureux não estava em casa. Nenhuma luminosidade atravessava as janelas do apartamento, no segundo andar. O autor deveria estar a caminho do Quartier Latin para encontrar Lalie. A jovem virou a cabeça mecanicamente, como se tentasse enxergar o interior de sua mansarda, a muitos quilômetros de distância. Pensava em Cézanne. O pintor dormia no momento em que partiram. Teria acordado? Lépisme saiu para levar a mulher para passear, ela teve que confiar sua guarda à sra. Vabre. A zeladora cuidaria bem dele, tal como prometera?

— Está na hora — murmurou Laurent.

Lalie agarrou o braço do companheiro. Estava angustiada com a ideia de penetrar o covil do antigo mentor.

— Tem certeza de que podemos arrombar a porta com a agulha de crochê?

— Você quer encontrar Paul, sim ou não?

Ela iniciou uma frase que um relâmpago cortou pelo meio. A tempestade estava diante deles. O bosque seria a primeira vítima, antes que viesse despedaçar os tetos de Paris.

— Siga-me — disse Laurent.

Atravessaram a rua, curvados, envoltos em largas gabardinas pretas que Lépisme lhes emprestara. Penetraram o imóvel, e, na sequência, sem revelar a menor hesitação, subiram a escada. O espesso tapete vermelho abafava o ruído dos passos. Logo alcançaram o segundo andar, a placa de cobre com reflexos de ouro gravada com o nome de Haineureux e a pesada porta de madeira esculpida. Bastaram alguns segundos para que Laurent analisasse a fechadura. Tirou uma pinça do bolso e começou o trabalho, o ouvido colado contra o mecanismo, espreitando o mais ínfimo estalo que o assegurasse de seu êxito. Lalie observava-o, ofegante, quase inquieta por ver o companheiro tão hábil no manejo do instrumento.

Subitamente, a chapa da fechadura produziu um ruído e a porta entreabriu-se. Um vento frio, quase sepulcral, lançou-se sobre o patamar e deslizou pelo rosto de Lalie. Um ar viciado de solidão escapava daquele apartamento, como se toda a misantropia do personagem agisse como um fermento e liberasse suas exalações para o exterior.

Laurent preparava-se para entrar enquanto Lalie ainda hesitava. Um medo irracional a retinha. Vivia aquela intrusão como uma verdadeira violação. Ao penetrar o apartamento do escritor, aquele apartamento do qual ele nunca saía, ela não violava apenas a intimidade de um homem, mas o homem por inteiro. Esse pensamento transtornou-a. Laurent sacudiu-a, o olhar cheio de recriminações.

— Acabou de bancar a menininha? Venha, não temos muito tempo!

O céu desabou pela janela que ficava em frente a eles, deixando escapar um raio branco. As lâmpadas elétricas cintilaram confusamente sobre o patamar, depois se apagaram. A tempestade chegava a Paris. Lalie não podia afastar os olhos do revólver que se avolumava sob a gabardina do escultor. Laurent avançou com precaução pelo corredor central, assegurando-se de que não havia ninguém no apartamento. Reinava um silêncio tumular, antes que a chuva viesse crepitar contra o grande vidro da sala. A arrumação era de uma sobriedade exemplar. Os jovens notaram que nenhuma das peças, com exceção da sala, tinha janelas. O corredor dava passagem para vários quartos obscuros, como cubos baços. No fundo de um deles, encontraram uma mesa baixa, em cima da qual havia um crânio humano e um candelabro. Ao lado, um livro estava aberto perto de uma rosa prestes a murchar. Aquele seria o ateliê de Haineureux? Seria naquele ambiente mórbido que o escritor concebia os folhetins?

Lalie pensou ter ouvido um barulho na sala e aproximou-se do companheiro. Ela tremia, Laurent tranquilizou-a, segurando-lhe a mão. Nas paredes, Haineureux instalara várias prateleiras, ainda que os livros ocupassem os ambientes de cima a baixo. Lalie notou a presença das obras completas de Zola, autor, entretanto, considerado maldito, e de Balzac, de Sand, de Maupassant, todos nomes execrados pelo romancista, que não via nenhuma tábua de salvação para a literatura que não fosse a sua. Mas os outros volumes, quinhentos talvez, eram os seus. Possuía ao menos uns dez de cada, em várias coleções ou formatos.

Como encontrar um índice ali? E, aliás, o que procuravam realmente? Paul não estava preso naquele apartamento. E então? Um papel, uma carta que envolvesse Haineureux no sequestro?

Restava-lhes explorar a sala, uma peça grande em que a luz fraca do dia desenhava sombras, como cabeças de gárgulas sobre o assoalho encerado. Lalie entrou e parou de repente. Aqui, nada de livros nas paredes, mas quadros. Quadros de Cézanne. Uma dezena de telas, algumas *Sainte-Victoire*, claro, uma paisagem de Auvers ao lado de um Pissarro, um retrato do artista com uma boina, uma *Baigneuse* e algumas naturezas-mortas. Em suma, um pequeno museu, um condensado da obra do artista que resumia seu percurso, as mudanças picturais, sua própria vida. E cada uma delas soberbamente emoldurada, respeitando as cores. Nenhuma daquelas molduras rococó que mais maculavam a obra do que lhe davam valor.

— Não são magníficas?

A voz vinha de algum lugar diante dela.

Haineureux então apareceu. Ele avançou e o contorno de sua cabeça confundiu-se com os das gárgulas sobre o solo. Depois deu um passo que o colocou sob a luz dos relâmpagos. Tinha um revólver na mão, apontado para o ventre de Lalie. Laurent mantinha-se atrás, prestes a tirar o revólver do coldre.

— Inútil tentar uma manobra digna de um dos seus fracos romances. Diga a seu amante para deslizar gentilmente a arma até aqui ou aperto o gatilho e furo o seu estômago.

Como Laurent hesitava, acrescentou com a vozinha pérfida:

— Legítima defesa. Direi que você veio com ele para me matar, por rancor, porque faço de tudo para que não publique mais, porque é invejosa, e eu sou rico e você, pobre. Acharei uma pletora de razões.

Laurent decidiu-se, enfim. Tirou a arma do casaco e jogou-a aos pés do romancista, que logo a pegou. Depois se aproximou da companheira e segurou-a pela cintura para confortá-la. Haineureux estava sozinho. Sobre uma pequena mesa baixa, notaram a presença de dois copos ainda cheios e de uma garrafa de uísque.

— Fazer-me acreditar nessa história de encontro fantasma depois daquela emboscada na rua du Sommerard! Ah, a juventude é ousada!

Ele riu consigo mesmo. De vez em quando, sua língua saía de entre os lábios. Parecia uma víbora prestes a morder. Laurent disparou.

— O que você fazia naquele encontro? Lichtenberg era seu motorista?

Dessa vez, o autor deu uma risada mais franca.

— Lichtenberg! Ah! Mas Lichtenberg não tem mais consistência que um personagem saído de um romance de sua amante!

Indicou Lalie com um pequeno movimento desdenhoso do queixo. A jovem, que estava confusa até então, fechou os punhos.

— Então é você — disse ela. — Lichtenberg e você são a mesma pessoa. Onde está Paul?

— Pequena tola! Acha que sou responsável pela carnificina no restaurante? Pelos homens de preto que a seguiam de dia e a espiavam de noite? Que mantenho cativo o seu companheiro num de meus quartos?

Laurent deu um passo à frente. Lá fora, a chuva desabava. As gotas batiam nos vidros com uma violência inesperada.

— Não se aproxime! — silvou Haineureux, brandindo o revólver mais alto ainda. — Não duvide nem um instante de minha determinação. Estou em estado de legítima defesa, compreende? A justiça considerará, com razão, que as vidas de vocês não valem nem mesmo um processo.

— Já houve bastantes mortos — cortou-o Laurent. — Quem é Lichtenberg? Onde está Paul Cézanne?

— Meu caro senhor, nunca há bastantes mortos nessas circunstâncias quando tanto poder e dinheiro estão em jogo. Veja bem, meu olhar de romancista me livraria de pensar que me encontro aqui numa situação incômoda. Num romance, quando o final está próximo, é de bom-tom fazer com que a justiça triunfe. Certamente, o romancista demiurgo teria também o direito de suprimir vocês dois, de fazer com que o sujeito mau triunfe uma vez. Não é muito comercial, o editor protestaria necessariamente. Vocês poderiam então escapar graças a uma pirueta, um enésimo gesto teatral que faria o leitor estremecer. Um relâmpago, por exemplo, que me cegaria no momento em que lhes apontasse a arma.

Lalie forçava-se a não escutar aquelas elucubrações.

— Onde está Paul? — perguntou. — Você o retém porque estava pronto a trocá-lo pelo pai. Se você não é Lichtenberg, é seu cúmplice, pois só ele sabia.

Haineureux pareceu perturbado durante alguns segundos. Compreendeu que aquela intrometida e o amante conheciam a verdade sobre Cézanne, que nada ignoravam a respeito das manobras em torno de sua morte. Laurent o observou. Agarrou-se a isso para o segundo ataque.

— Por que eu responderia? O que tenho a ganhar com isso?

— Pôr um fim a tudo isso — disse o escultor. — Explicar-nos tudo para que a justiça lhe conceda sua clemência e, sobretudo, não arriscar outras vidas.

— Antes irei pôr fim àquelas dos dois enxeridos que são vocês! O que pensam? Sou apenas uma humilde engrenagem da grande máquina. Quando vocês souberem quem orquestra tudo isso, à sombra, protegido atrás do nome idiota de Lichtenberg, compreenderão por que não se pode pôr fim a nada! Cézanne deverá voltar para junto dele e indicar-lhe o lugar onde esconde os quadros!

Haineureux, excitado pelo rumo que o diálogo havia tomado, ficou ainda mais ameaçador.

— Estou gastando a minha saliva. É hora de terminar.

O escritor apertou a pistola até fazer as falanges estalarem.

— Não atire ou Paul Cézanne morrerá! — disparou Laurent.

Fez-se um grande silêncio. Lá fora, a chuva acalmou-se subitamente. Um raio de sol iluminava timidamente o imóvel em frente.

— Somos os únicos a saber onde ele está atualmente. Está muito fraco. Se nos matar, ele morrerá no esconderijo, e você terá perdido tudo.

Haineureux, sempre com o revólver em punho, hesitou.

— Onde ele está? Nós o procuramos desde a sua chegada a Paris. Como é possível encontrar um morto em Paris? Ele escapou com a ajuda do médico e da criada sem avisar ao filho e à irmã.

Dirigiu-se a Lalie.

— Ele foi para a sua casa? Não, claro que não. Nós o teríamos visto. Os homens que a seguiam teriam feito um relatório nesse sentido.

— Quem é Lichtenberg? — perguntou Laurent novamente.

Haineureux deu alguns passos sem, todavia, aproximar-se muito do escultor. Laurent estava em condições de desestabilizá-lo com um gancho. O mentor apontava para a testa da romancista, a mão tremia.

— Onde ele está? Você vai falar? Onde está Paul Cézanne?

Ele protegia o rosto com a mão livre para não ser atingido pelo sol, que reaparecera.

— Vocês perderam logo de início ao colocarem os pés na minha casa. Esse combate é desigual. De que lhes serve lutar? Vocês querem morrer como heróis ou viver como adultos responsáveis? Tragam-nos o pintor e lhes devolveremos o filho. Ele está em Aix, são e salvo.

Lalie compreendeu a tentativa de desestabilização de seu cúmplice e, por sua vez, encorajou-a.

— É Lichtenberg quem o mantém cativo? Lichtenberg mora em Aix?

A mão de Haineureux tremia intensamente. A segurança abandonava-o tão nitidamente quanto a luz expulsava as nuvens cinzentas no céu.

— Sim, em Aix... Em Aix, em sua...

Um estampido partiu a frase em duas, que terminou com um gorgolejo. A primeira bala estraçalhara a garganta do escritor. A segunda atingiu-o bem no meio da testa. Desabou sobre o chão, mudo para sem-

pre. Um filete vermelho escapava da ferida e corria ao longo das boche-
chas. Parecia que chorava. Uma terceira explosão foi ouvida; Laurent
jogou a companheira no chão. Na queda, Haineureux largara o revólver.
Lalie, por instinto, apoderou-se dele. O assassino escondia-se na peça
do fundo, que se comunicava com o salão. Estava convencida, era
Lichtenberg.

Levantaram-se com dificuldade e escutaram o homem lançar-se pela
escada de serviço antes de desaparecer. Uma dezena de policiais irrom-
peu na peça. Francillon seguia-os claudicando, uma mão no ar para
proteger-se da luz.

— Rápido! A escada de serviço! — gritou Laurent.

Apontou para a peça no fundo. Três homens logo correram para lá.

— Nenhum gesto, senhorita — disse o comissário. — Ponha o revólver no chão e explique-nos por que esse cadáver jaz a seus pés...

XVIII

Aterrorizada, Lalie desviou os olhos do rosto petrificado do antigo mentor.

— Solte a arma, senhorita — repetiu Francillon.

Laurent parecia contente com a sua chegada e o sorriso no canto da boca incomodou muito a jovem. Ele aproximou-se do comissário e deu-lhe um abraço. Ela não compreendeu o gesto no momento exato, depois uma ideia fulgurante atravessou-lhe o espírito. Laurent, que chegou no dia seguinte à descoberta do quadro... Laurent, o rosto de adolescente e as mãos de homem, dizendo não saber dirigir e sendo capaz de conduzir uma perseguição de automóvel...

— Bom trabalho, inspetor. Mas o outro escapou. Lalie, apresento-lhe Laurent Mazaire, um de meus melhores homens.

Laurent aproximou-se, constrangido. Lalie estava perplexa diante daquela revelação. Brincaram com ela. Enganavam-na desde o início dos acontecimentos, nenhum dos protagonistas jogava limpo com ela, a começar por Paul, seu companheiro, que lhe ocultara que o pai ainda estava vivo.

Lalie fitava Haineureux. Tinham-no coberto com um pano. Um filete de sangue continuava a escapar do corpo e acabava seu curso no interstício de duas ripas do assoalho.

Francillon lançou-se numa vaga explicação que ela não escutou.

— Desde o início da investigação, tinha a intuição que tudo giraria em torno de você. Lembre-se da nossa primeira entrevista na sede da minha brigada. Eu a aguardava e você veio por iniciativa própria. Ainda não sabia se era vítima ou culpada, assim, tomei a decisão de enviar-lhe Laurent. Para sua segurança... e para minha tranquilidade de espírito.

— Ele lhe contou sobre Cézanne?

O comissário assentiu com a cabeça.

— Hoje de manhã Laurent foi à rua des Saussaies. Conversamos rapidamente sobre isso enquanto nosso médico, o Dr. Brion, preparava a maleta. Foi ele que examinou o sr. Cézanne.

O cadáver foi deposto numa maca enquanto oficiais da perícia agiam sobre os copos de uísque e tiravam as impressões digitais. Outros observavam o impacto das balas perdidas na parede, atrás de Lalie.

— Tomei a decisão de um confronto com o seu antigo mentor — continuou Francillon, decididamente satisfeito. — Ficou a cargo do inspetor Mazaire convencê-la, o que fez com o brilho habitual.

Esgotada, Lalie deixou-se cair numa grande poltrona estofada.

— Mas se você cercou o imóvel, como é que Lichtenberg, ou qualquer que seja seu nome, conseguiu escapar?

Com essa pergunta, Francillon perdeu o sorriso. Deu um passo e alcançou a parte sombria do salão, longe das telas do mestre.

— Um erro de minha parte, uma preparação feita às pressas. Não verifiquei o registro predial. Mas nada está perdido. Iremos a Aix com o sr. Cézanne e encontraremos nosso homem.

Laurent, que permanecera mudo até então, ousou uma frase.

— Encontraremos Paul. Eu prometo.

— Paul... — disse Lalie num suspiro.

Paul! O que restava de suas ligações agora que haviam se enganado mutuamente? Por que não lhe confiara o segredo que compartilhava com o pai, a ela que amava tanto o pintor, que dispunha apenas da imaginação e dos sonhos para aproximar-se dele? E, de seu lado, por que se lançara tão rapidamente nos braços de Laurent? Claro, continuaria a busca ao lado do pintor, tinha tanto a compartilhar com ele. Continuaria, mas o que aconteceria com o seu companheiro, se é que seria encontrado são e salvo?

Ela foi conduzida à sua residência na rua Saint-Étienne-du-Mont na viatura do comissário. Não viu nada da Paris crepuscular que desfilava em torno dela. Subiu as escadas num estado quase hipnótico. Francillon e Laurent seguiam-na, acompanhados de uma senhora idosa. Cézanne estava sentado perto da janela numa cadeira de vime, um bloco de papel em branco sobre os joelhos. Espontaneamente, o comissário tirou o chapéu para saudar o mestre. Francillon revia o Paul da Academia suíça, o jovem de bigode preto e olhar orgulhoso, e as lembranças afluíram. Virou-se para a parede de modo que não lhe notassem a emoção. Mas o pintor só tinha olhos para a velha senhora que se atirou em sua direção, desvairada, os olhos turvos de lágrimas. Festejaram o reencontro. Cézanne abraçava a sra. Brémond.

Laurent aproximou-se de Lalie e sussurrou-lhe uma breve explicação.

— A defenestração... Foi ideia de Francillon. Simular a morte da sra. Brémond era a melhor forma de protegê-la e, ao mesmo tempo, de semear a dúvida no espírito de Lichtenberg.

Lalie o fez calar com um gesto seco.

— Veja, mestre — disse Francillon, a voz perturbada pela emoção — você não é o único a voltar de entre os mortos.

— Mas quem é o senhor para me chamar assim de "mestre"? — gritou Cézanne, que, sob o efeito de uma cólera súbita, empurrou a sra. Brémond contra a balaustrada.

Francillon apresentou-se como policial, deixando conscientemente de falar do pintor que fora na juventude e que, como Cézanne, estudara na Academia suíça. Sua voz ficou fraca, quase inaudível. Triturava o chapéu entre os dedos, parecendo um garoto diante do preceptor. Cézanne, o rosto enfurecido, desempenhava perfeitamente o seu papel, erguia as sobrancelhas para manifestar sua desaprovação, preparando-se mesmo, por que não, para pôr Francillon de castigo com um único gesto.

— O que faz aqui, policial? É preciso ir a Aix, agora que a polícia me encontrou, ir a Aix, prender aquele porco e encontrar Paul!

Laurent mostrou-lhe uma fotografia de Haineureux.

— É Lichtenberg? — perguntou ao pintor.

— Ah, não! Claro que não, senhor inspetor que banca o artista e engana as belas moças! — gritou Cézanne.

Deu uma piscada de olho para Lalie, mas ela não teve nem mesmo a menor vontade de sorrir.

— Meu Deus, como aquele homem é feio! Ah! Uma verdadeira bucha de canhão! Tentei desenhar o louco outra vez, mas decididamente não consigo. Rabiscos, manchas, ah, isso sim! Mas uma cabeça bem delineada, não conte com isso!

E arrancou uma folha branca do bloco para lançá-la pela janela aberta. A zeladora, rapidamente atraída pela mania de arrumação, entrou furiosa no apartamento e exasperou-se contra aquele que acreditava ser o avô de Lalie. Que ideia a de hospedar um velho besta mal-educado como aquele! Designava o objeto de seu opróbrio sem apontá-lo. O pintor explodiu então num dilúvio de palavras e expressões do sul, do norte, do leste e do oeste! Foi um combate desigual, vencido antecipadamente, como um duelo de pistolas em dois turnos, no qual a zeladora não pôde recarregar a arma pela segunda vez. Sem uma única grosseria, ele ganhou a partida. A sra. Vabre, sufocada por tanta presunção, ficou boquiaberta. Não conseguia fazer nada. A cada vez que um insulto lhe vinha aos lábios, Cézanne antecipava-se. Habituada às obscenidades de uma vida de excessos e possuidora de traços de espírito grosseiros, cheios de audácia, a antiga camareira do ator ficou desarmada diante das réplicas cortantes do velho doente. Retirou-se, envergonhada, e fechou a porta, pedindo desculpas pelo transtorno.

Cézanne, satisfeito, tomou o seu mundinho como testemunha.

— É a terceira vez que ponho essa ordinária no seu devido lugar! Não é uma mulher dessa espécie que vai me dar lições de vida. Compreendam, já sofri demais.

Após o entreato, Francillon retomou o seu papel de mestre de cerimônias.

— Aceitaria, mestre, acompanhar-nos a Aix?

— Se você parar de me chamar de "mestre" e se comprometer a não dizer nada a meu respeito, nem mesmo a Vollard ou a Hortense, estarei do seu lado. Sinto falta do ar da Provença e poderia ajudar-lhe a localizar meus últimos ateliês.

O pintor fez uma pausa, suspirou e dirigiu-se à sra. Brémond.

— Como está Marie?

Contaram·lhe as últimas ocorrências, sobretudo positivas. Sua irmã abrira os olhos de tarde. Além disso, a governanta anunciou que ficaria ao lado dela para acompanhá-la durante a recuperação. Decidiram pegar o trem da noite para estar em Aix logo na manhã seguinte.

Parte três

XIX

O trem vindo de Paris chegou a Aix de manhã bem cedo. À luz de um sol ainda hesitante, a cidade já oferecia o delicado camafeu de sua pedra loura e dos telhados rosa.

Foram reservados quartos num hotel do centro, perto do Palácio da Justiça. A viagem fora penosa para o pintor. Brion vinha a cada duas horas e injetava-lhe uma solução, a fim de evitar que sofresse em demasia. Todavia, Cézanne voltou a sorrir tão logo pisou na plataforma da estação.

— Compreendam — disse ele com um sotaque mais acentuado ainda —, quando estou nesta cidade, parece-me que poderia estar melhor em outro lugar. Mas não há nada a fazer! Ela me engoliu! Quando se nasce aqui, é uma condenação, os outros lugares não lhe dizem nada.

A pequena delegação da brigada móvel foi acolhida por seu homólogo de Marselha, assim como pelo comandante da polícia local. Apesar da pouca movimentação àquela hora da manhã, preferiram esconder o pintor com rapidez. Se a presença de Cézanne em Aix fosse descoberta, o rumor se inflamaria como um rastilho e a informação chegaria a Paris antes do fim do dia. A captura de Lichtenberg necessitava daquela medida. Em concordância com os colegas, Francillon decidiu que instalariam o quartel-geral no hotel des Chaudronniers. Ele e Lalie evocaram o inacreditável retorno do mestre de Aix, que dormia profundamente no compartimento ao lado. Eles não dormiram durante a viagem, mas não sentiam nenhum cansaço. Tinham pressa de enfrentar o sequestrador de

Paul, decididos a privarem-se do sono enquanto o outro não apodreces-se numa cela da delegacia... Todos, é preciso prender todos, e que nenhum dos cúmplices escape. Fechar corretamente essa página da história e deixar Cézanne livre, enfim livre, viver seus últimos instantes.

No veículo que os conduzia à residência, Cézanne, rodeado por Lalie e o comissário, não parava de falar de tanto entusiasmo.

— Ah! Essa maldita cidade! Acredita-se que seja dominada pelo campanário de Saint-Sauveur, mas é a Sainte-Victoire que a esmaga com todo o seu esplendor! Minha velha cidade, meu berço, meu túmulo... Por que você nunca me amou? Eu deveria ter nascido quando você era a residência dos condes da Provença, a cidade resplandecente na qual os artistas eram atraídos pela sociedade refinada? Naquela época, os burgueses ainda tinham um pouco de gosto! Mas hoje, em Plassans, os nobres se escondem no quartier Saint-Marc, perto dos plebeus, no bairro moderno, enquanto os operários morrem no bairro velho.

Sobre a alameda Mirabeau, o pintor interrompeu seu relato histórico para elogiar as cores e as linhas de construção daquele túnel de vegetação que penetrava a cidade. Parecia que voltava de uma viagem longa de vários anos, pelas Índias ou pela África Central. Estranhamente, Francillon achou aquela cidade luminosa muito agradável. Ao contrário de Paris, o sol tinha ali direito de cidadania e tingia formidavelmente as ruelas.

— Antes da minha morte, eu ainda não a tinha pintado, imaginem! É fato! Uma maldita aquarela, creiam-me! A fachada da chapelaria do pai, executada de memória. Vou lhes mostrá-la mais adiante.

Sorriu, estendendo o braço para fora da caleche que deslizava a toda, como se quisesse abraçar um plátano ou mergulhar os braços congestionados numa das belas fontes da cidade.

— Vejam, o café Clément, um refúgio de burgueses onde eu ia conspirar de tempos em tempos com meu amigo Larguier. Foi ali que Lichtenberg me abordou pela primeira vez. Nunca me saudavam, ninguém me reconhecia, enquanto ele, o estrangeiro, sabia falar da minha pintura com muita perspicácia.

Francillon pediu-lhe que continuasse o relato.

— Convidou-me para ir a seu palácio na Suíça — disse Cézanne, alisando com malícia a pequena barbicha. — Ah, eu lhe disse que não me aventuraria a isso. Compreendam, o homem me agradava, mas, como Rembrandt, detesto viajar.

O veículo deixou a alameda e virou na rua Fabrot.

— Hortense organizou uma viagem para Friburgo algum tempo depois, por volta de 1890, e aproveitei para escapar por três dias e encontrá-lo em Genebra. Nessa época, já tinha a ideia louca de me fazer desaparecer. Mas eu, bestamente, dizia-lhe que o sucesso ainda poderia acontecer, que acabariam pendurando as minhas telas no Louvre e no Luxemburgo! Oh, era uma ideia ousada. Ele vinha a Aix com frequência, várias vezes por ano. Dormia no meu ateliê, sobre a palha. Depois, acabou me convencendo...

Lalie confessou ter se interrogado a respeito daqueles três dias de ausência do pintor. Hortense e seu filho, inquietos, simplesmente receberam uma carta dele postada em Genebra, anunciando-lhes que os esperava, sem fornecer a menor explicação.

— Sim, três belos dias, senhorita. Lichtenberg é um bandido, mas ele ama e compreende a minha pintura. Conversava ainda com mais sinceridade que Gasquet ou Bernard, meus dois confidentes, e não procurava fazer com que se falasse dele ao falar de mim! Talvez seja também um pouco pintor... Três dias na casa de campo no lago Léman, três dias de caminhadas naquele lugar que ainda sonho pintar. Ah, ele bem que propôs que me instalasse lá, mas, compreendam, não poderia ver a minha Sainte-Victoire da janela. Os Alpes cortavam-me a vista!

Chegaram ao hotel. Francillon decidiu que o pintor entraria pela entrada de serviço para que os empregados não notassem a chegada de um velho ao estabelecimento. Nenhuma precaução era supérflua. Instalaram Cézanne num grande quarto com vista para o Palácio da Justiça e o campanário da igreja da Madeleine. O pintor debruçou-se na janela apesar das injunções de Francillon.

— Deixe-me em paz, policial! Estou em casa.

E como Lalie se aproximava, apontou-lhe um prédio do qual se percebia o teto, atrás do edifício público.

— A casa do pobre Achille Emperaire. Mais um de quem os burgueses imundos se vingaram. Ah, bem que devem ter festejado o dia de sua morte nos salões amarelos da cidade!

Fez um gesto terrível antes de se deixar cair na cama, como se abatido por um monstro invisível. Deixaram-no em paz por alguns instantes.

Na peça ao lado, Francillon, Laurent e Levroux decidiram o andamento da investigação. Deviam atacar com rapidez e firmeza. O comandante Rengade assegurou-lhes a total colaboração de seus homens. O dia seria ocupado pela inspeção de quatro ateliês de Cézanne espalhados em torno da Sainte-Victoire. Aguardavam que o pintor estivesse descansado para pedir-lhe informações precisas.

— Estive com o sr. Boisbrut, o juiz, antes de minha partida — disse Francillon. Ele nos encontrará amanhã. Enquanto esperamos, temos carta branca para conduzirmos as buscas.

— Visto que os ateliês certamente estarão desocupados a essa hora — acrescentou Laurent.

Ficou igualmente decidido que levariam Lalie. O pintor parecia apreciar a jovem e mostrava-se mais eloquente em sua presença. Mas o Dr. Brion fez uma reserva quanto à resistência de Cézanne. Propôs conduzi-lo ao ateliê mais próximo. Rengade estendeu um grande mapa da região sobre o solo.

— O sr. Cézanne terá apenas que nos apontar os lugares.

Francillon notou que em nenhum momento o comandante da polícia tinha experimentado a menor emoção diante do pintor. Para ele, o retorno de além-túmulo era apenas mais uma piada daquele artista fracassado.

O pintor não desejava conceder-se uma pausa de forma alguma. Deviam encontrar Paul, e rápido. Sem hesitar, mostrou os quatro ateliês no mapa, dois a oeste da montanha, um ao norte e o último a leste. Lalie espantou-se, pois Cézanne sempre pintara o lado oeste da Sainte-Victoire. A resposta foi lacônica.

— Agora que praticamente já encontrei a minha fórmula, posso permitir-me alguns gracejos...

O primeiro ateliê situava-se no lugar conhecido como Les Terres Rouges, após Le Tholonet. O segundo perto da pedreira de Bibémus, no Marin, uma aldeia minúscula. Tratava-se de dois lugares que ofereciam uma vista habitual da montanha. Depois, Cézanne detalhou sua terceira residência, no caminho para Vauvenargues, atrás da aldeia da Repentance, um nome apropriado.[9] Enfim, pousou o indicador bem a leste, em Claps, nos limites da forêt du puits d'Auzon, situada na perpendicular exata ao pico des Mouches, o que lhe permitira estruturar como nunca as telas pintadas desde a sua retirada.

Em cada lugar, Lichtenberg comprara uma casa isolada ou fizera construir uma. Contava com dois quartos e uma grande peça para o pintor, assim como um jardim escondido dos olhares vindos de fora, onde podia abrir o cavalete sem medo de ser surpreendido. Lá, ninguém nunca o perturbava. Seu médico particular, Tobias, e sua criada, Huguette, sabiam ser discretos e respeitavam sua solidão. Os dois eram marido e mulher e compartilhavam um gosto exagerado pela leitura.

— Vocês podem fazer uma busca nos ateliês, mas não encontrarão nada — concluiu Cézanne. — Lichtenberg possui uma grande quinta nos arredores de Aix. Nunca me levou lá. Se não é o seu nome verdadeiro, como vocês parecem crer, então será bem difícil encontrar-lhe a residência. O interior é vasto, escarpado. É como buscar um prazer no *Jardim* de Bosch!

— Convocaremos os tabeliães da cidade! — disse Francillon.

O mestre deu de ombros. Entretanto, aceitou acompanhá-los ao ateliê mais próximo, no Marin. Sentia falta das cores de Bibémus.

— Meus olhos lamentam terem ficado tanto tempo privados delas — alegrava-se no veículo. — A névoa de Paris teria acabado cegando-os.

Francillon não concordava de modo algum com aquela análise. Ele, que não suportava a luz, preferia o norte ao sul. Entretanto, uma evolução sensível se operava nele desde a chegada a Aix. Do contato com Cézanne, aquele mago das cores, apreendia os pequenos prazeres que elas podiam levar às paisagens. Ao sair do hotel, apenas alguns minutos

---

[9] Trata-se de um jogo de palavras, já que *repentance* significa arrependimento. (N.T.)

depois, deu-se conta de que se deleitava com o reflexo dos raios de sol na água da fonte dos Prêcheurs.

Saíram da cidade. Pediram ao pintor que lhes indicasse com precisão a bifurcação para a aldeia do Marin. Algumas centenas de metros antes da pedreira, Cézanne fez um gesto.

— É aqui, o pequeno caminho pedregoso...

O veículo sacudia terrivelmente enquanto se aproximavam das duas casas com os postigos fechados. Laurent pediu ao cocheiro que parasse.

— Não, não, mais adiante, à direita — corrigiu Cézanne. — Pedras, ainda...

Os cavalos tiveram muita dificuldade para descer um declive abrupto, que se abria sobre uma pedreira pontuada por arbustos e pinheiros. E estes se misturaram, numa alegre anarquia, aos grandes rochedos ocres, mesclando suas cores com brilho. Atrás, a polícia se esforçava para manter o ritmo. Uma casa estava plantada no meio da imensidão, minúscula.

— São as primícias de Bibémus — disse o pintor.

Ajudaram-no a descer. Ele correu até a proximidade do ateliê. Lalie permaneceu imóvel. Diante dela, o cume da Sainte-Victoire recortava-se contra o céu azul. No primeiro plano, uma fileira de pinheiros-mansos, logo após a pedreira, oferecia toda a profundidade daquela paisagem admirável.

— Que perspectiva, hein? De um lado a minha montanha, e do outro... Do outro estes belos rochedos que me poupam a visão desta maldita cidade.

O comandante Rengade pediu que seus homens arrombassem a porta da pequena casa. Não encontraram nada no interior. No ateliê, reproduções de Rubens e Delacroix decoravam as paredes aqui e acolá. Mas os policiais não descobriram nenhum documento, nenhum indício a explorar. Cézanne explicou que os homens de Lichtenberg esvaziavam os ambientes escrupulosamente antes de mudar de residência.

Subitamente, desinteressado por aquela agitação em torno de si, pegou Lalie pela manga para que o acompanhasse ao encontro da montanha. Anos antes, o pintor alugara uma pequena cabana perto dali e executara várias telas de Bibémus.

— Quanta dificuldade para encontrar aquela tonalidade amarela na minha palheta! Você teve a oportunidade de ver a tela do jovem Picasso, seu *Bordel d'Avignon?*

Lalie balançou a cabeça, quase envergonhada.

— Ele não quer mostrá-la, mas acabará num museu. Oh, não na França, pode ter certeza disso, nosso país está esclerosado demais! Falo-lhe disso por conta da cabeça da mulher, na parte inferior à direita, a forma cúbica de seu rosto e a cor particular deixada pela varíola, bem... é Bibémus! Sou eu!

Deu alguns passos para o lado. Parecia que dançava de alegria.

— Sou eu! Ah, reparei na primeira olhada!

Com os olhos úmidos, veio segurar o braço de Lalie, que, por sua vez, foi tomada por uma emoção cuja razão não conseguia entender. Atrás, Francillon gritou para que voltassem, que não se afastassem.

— Você compreendeu o motivo da Sainte-Victoire, não é? — disse Cézanne à jovem. — Paul me confiou que sim. Essa montanha é, enfim, Émile e eu que dominamos Aix. É a representação de nossas duas potências criativas esmagando com todas as suas forças a mediocridade das pessoas da cidade. Lichtenberg também compreendera. Você sabe que aqui, ao pé da montanha, antes do homem, só havia o mar? Ah, o que nós desejávamos, Émile e eu, durante as nossas excursões e os banhos no campo era que o mar engolisse tudo com o seu furor! Imagine por um instante um cataclismo semelhante, e o que restaria daí... Nada! Nada! Apenas a montanha e minhas telas da Sainte-Victoire!

Seu rosto tornou a ficar grave, sério. Toda a excitação passou.

— Émile conseguiu mostrar-lhes. Mas eu... Talvez um dia... Quando estiver morto...

Voltou a si, extenuado, como se esmagado por uma fadiga súbita, depois, sem uma palavra, instalou-se na caleche. Francillon veio ao encontro de Lalie.

— O cocheiro vai levá-los de volta — disse. — Levroux vai acompanhá-los. Fique tranquila, faça com que Cézanne descanse, ele não está em condições de continuar as buscas.

Eles retornaram. O pintor não disse uma única palavra durante o trajeto de retorno, fechado num silêncio triste.

*

A noite agora tinha caído sobre a cidade e um vento quente soprava nas ruas. Francillon voltou das quatro buscas com as mãos abanando. Tinha grandes esperanças na entrevista do dia seguinte com os tabeliães, aos quais foi pedido que trouxessem os registros. Quando o comissário informou ao pintor que as buscas não tinham dado em nada, ele se contentou em elevar os ombros. Cézanne desmoronara após o retorno, dormira oito horas seguidas. Brion notou algumas palpitações inabituais quando ele despertou e lhe fez engolir umas cápsulas.

— Paul não está longe, mas onde? — disse Cézanne, olhando pela janela o céu azul-escuro do anoitecer.

Lalie seguiu o seu olhar pelo céu fervilhante de estrelas. As nuvens condensaram-se em torno da lua, ameaçando cobri-la a qualquer momento. Por que o mestre de Aix nunca pintara a Sainte-Victoire de noite? Que quadro teria composto com a majestosa montanha aureolada por aqueles pirilampos de ouro! A Sainte-Victoire como uma mulher, as nuvens servindo de cabelos e as estrelas em volta como adereços. Sim, algo para rivalizar com Van Gogh e sua cidade minúscula, sob o vórtice da noite estrelada.

Com a insistência do comissário, Cézanne participou do jantar. Não era necessário que ceasse na sala comum, assim, mandaram a refeição ser levada para os quartos. No fundo, aquele homem, que o pintor apelidara pejorativamente de o guarda, atraía sua simpatia sem que soubesse verdadeiramente por quê. O jantar foi bem frugal. Queijo, frios, nozes e maçãs de sobremesa, acompanhados por um vinho simples da região.

Depois da refeição, excitado pelo álcool, Francillon, que nunca bebia, confessou a Cézanne os seus estudos na Academia suíça. Apresentou-se como um pintor fracassado, cujo pouco talento que a natureza quisera lhe dar tinha sido desperdiçado com a guerra. Francillon estava em maré de confissões, expondo-se deliberadamente diante dos inspetores, que não o reconheceram naquele dia. Teorizou sobre suas ideias da juventude, seu gosto pelas pinturas sombrias, lúgubres, atribuindo, ao mesmo tempo, grande importância às primeiras telas de Cézanne. *L'Enlèvement* (O rapto), *Le Festin* (A orgia), *Le Meurtre* (O assassinato), consideradas pela maior parte das pessoas como rascunhos da obra do mestre, eram obras-primas aos olhos do comissário. Era preciso ver ali a verdadeira maturidade do artista. Que se danassem as *Sainte-Victoire* e as últimas aquarelas abstratas de Cézanne! Francillon reclamava a verdade em arte, a vida, a verdadeira, e não elucubrações de poetas! Que deixassem isso aos literatos!

Cézanne inflamou-se por sua vez. Não tinha o direito de mudar as cores de uma paisagem? Ingres acrescentava vértebras às suas Odaliscas! Será que o Estado francês lhe interditaria o acesso aos museus durante séculos porque refizera Poussin a partir do modelo, porque compunha, na tradição do mestre francês, paisagens livres de personagens e cenas mitológicas apenas para manter a potência da natureza? Seria isso proibido agora, no início do século, quando a juventude desenhava apenas formas? Em pintura, não se deve proibir nada, é preciso seguir seu próprio caminho e acreditar. Aliás, reprovou o comissário por ter negado repentinamente a sua vocação ao fim da guerra. O chefe da brigada pintava em negro cenas sombrias e sangrentas? Pouco importa... Seriam necessários pintores como Francillon, que teriam oferecido uma contrapartida aos impressionistas, e assim se evitaria dar destaque a um grupo, certamente talentoso, mas que sempre permaneceu no estágio experimental e nunca chegou a encontrar a estrutura própria das coisas. Em suma, com uma clareza impressionante, Cézanne acusou o antigo aluno da Academia suíça de não ter criado a escola que se teria confrontado aos impressionistas, Pissarro, Monet e todos os outros. E aproveitou para refazer sua diatribe a propósito do poder oficial que Francillon representava com todo o seu brilho em torno daquela mesa. Eis por que ele nunca diria onde estavam escondidas as telas inéditas. Para que terminem no portão de um museu e só vejam a luz uma vez a cada dez anos nos inventários? Ah, não, obrigado! Ainda preferia que as queimassem.

Quando Lalie lhe perguntou o que desejava fazer, Cézanne esboçou um gesto evasivo. Nada no momento, apenas esperar o grande dia quando a posteridade seria alcançada e quando suas telas seriam expostas no Louvre, diante de *L'Enterrement à Ornans*, de Courbet, à luz do grande dia...

Diante daquele dilúvio de argumentos, o comissário encolhia-se na cadeira, envergonhado. Culpava-se por ter provocado a ira do mestre e enrubesceu como um garotinho flagrado com a mão mergulhada num pote de doces. Balbuciou algumas ideias a respeito das cores e disse que, após a volta em torno da montanha, começava a compreender o estilo tardio do mestre.

Cézanne, para recobrar a calma, devorou uma maçã em três mordidas.

— No fundo, você não é tão cretino quanto parece.

Lalie riu com prazer. Mas os olhares insistentes de Laurent, desde o início do jantar, constrangiam-na. Cézanne, cujos pequenos olhos astutos não paravam nunca de bisbilhotar, deu-se conta disso. Aborreceu-se novamente e pediu que deixassem sua jovem amiga em paz. Já se mostrava muito corajosa por estar ali, no meio daqueles homens sujos que falavam apenas deles próprios...

As pessoas dispersaram-se depois de terem esvaziado uma segunda garrafa de vinho. O vento, sempre quente, trazia pela janela o barulho das fontes de Aix-en-Provence. Lalie despediu-se de Cézanne enquanto ele começava a relaxar no leito. Encontrava-se em Aix, com ele, nos mesmos lugares que evocava no romance. Experimentava ainda alguma dificuldade para acreditar naquilo tudo. Entretanto, era uma realidade. Naquela manhã, ela caminhava pelas pedreiras de Bibémus, agarrada ao braço do pintor, que lhe revelava propósitos que nunca teria ousado imaginar em sua obra. Aquela viagem não era uma cena escrita com papel e tinta, mas a realidade de uma aventura singular da qual era manifestamente a heroína.

XX

Os tabeliães foram convocados ao nascer do dia e todos chegaram ao salão do hotel no mesmo momento. Foi um desfile de ternos sóbrios e chapéus pretos; carregavam um pesado livro de registros debaixo do braço. O hoteleiro contou oito deles. Serviu uma xícara de café e algumas torradas enquanto aguardavam a chegada de Francillon e de Rengade, mas ninguém tocou no café da manhã. Aquela convocação matinal pegara de surpresa os tabeliães. Alguns até confirmavam não terem fechado o olho durante a noite.

— Investiguei o registro por inteiro na cama, apenas com a luz de uma vela para não perturbar a patroa — disse um homem com o físico de um empregado de fazenda cuja camisa branca saía aqui e ali da calça. — Não, decididamente, não encontrei nada de irregular.

— É uma humilhação nos fazerem vir aqui a essa hora! — acrescentou outro com a voz alta e aguda. — Vocês verão, será por alguma questão de bons costumes, algo sobre a criança ilegítima de um alto funcionário da subprefeitura...

Os colegas concordaram resmungando. Sim, não era de forma alguma uma manhã para estarem enfurnados no salão de um hotel. Lá fora, a primavera deliciosa hesitava em retirar-se para dar lugar ao verão. Em Aix, mesmo os burocratas, habituados a viver na poeira dos escritórios, adoravam atravessar o campo para aspirar os perfumes das plantas aromáticas e para afogar os olhos nas cores das charnecas.

Rengade chegou e o silêncio fez-se enfim. O comandante da polícia era um homem respeitado, assim, ninguém ousava protestar realmente contra aquela reunião. Os notáveis escutaram ajuizadamente a apresentação de Francillon e a exposição do problema. Em nenhum momento o nome do pintor foi pronunciado.

— Pedimos que consultem seus arquivos a respeito de um certo Lichtenberg — concluiu Rengade.

Mas não era necessário, ninguém nunca lavrara um ato para alguém com aquele nome prussiano, um nome difícil de pronunciar, se queriam a opinião dos tabeliães.

— Com um patronímico como esse, eu o olharia duas vezes antes de assinar! — disse o homem de físico encorpado.

Os colegas felicitaram-no. Para uma simples pesquisa de nome, o serviço postal teria bastado. E eis todo um rebuliço! Os tabeliães, que não viam nenhuma urgência na situação, pediram detalhes sucessivos.

Francillon pediu silêncio.

— Trata-se de um caso de sequestro. Esse homem comprou quatro casas e alguns terrenos em torno de Aix, cujos endereços vocês encontrarão no papel que meu auxiliar vai lhes distribuir.

Obediente, Levroux passou com seu corpo longilíneo por entre as mesas.

— Ele também é proprietário de uma grande casa de campo que procuramos — continuou o comissário divisionário. — Peço-lhes que reavaliem essas informações com a ajuda dos escreventes. Considerem isso como a prioridade do dia. É possível que as transações datem de uma dezena de anos, talvez de uma quinzena. Em todo caso, investiguem os arquivos de seus respectivos antepassados.

— Mas esse Lichtenberg ainda está de posse da vítima no momento?

— Sim — respondeu Rengade. — Mas esqueçam o nome. Busquem os endereços. O homem é poderoso, astuto. Acreditamos que ele tenha se dirigido a um tabelião diferente para cada uma das transações utilizando nomes falsos distintos.

— Mas nós verificamos escrupulosamente a exatidão das informações fornecidas pelos clientes! — insurgiu-se novamente o da voz de falsete.

— O homem é suíço — afirmou Francillon. — Suíço e rico. Talvez tenha conseguido documentos falsos a fim de poder conduzir as compras imobiliárias.

— É um trabalho colossal! Não classificamos os nossos dossiês por endereço, mas por nome.

Francillon desconsiderou a observação com um gesto. Nenhuma hesitação era possível, já que a vida de um homem estava em jogo. Aliás, não era um serviço que a polícia pedia aos tabeliães, apenas uma investigação formal ordenada pelo juiz de instrução Boisbrut. Assim, Rengade dispersou a reunião dos notáveis e marcou outro encontro para a noite, às seis horas. O juiz estaria entre eles se o trem vindo de Paris não tivesse nenhum atraso.

— Mas não esperem nem um segundo se vocês identificarem o nosso homem antes da hora marcada — insistiu Francillon. — Deixaremos um policial de plantão no hotel.

Obtiveram apenas resmungos como resposta.

Assim que o pintor soube, ao acordar, que nada tinha avançado e que continuavam sem notícias de seu filho, praguejou longamente contra a polícia. Francillon levou uma boa ensaboadela.

— Compreenda — confessou Cézanne —, sei que Lichtenberg não é um assassino, não vai matar Paul. Em relação a Tobias e Huguette, não foi ele, não, não posso acreditar nisso. Uma falta de habilidade de um de seus capangas, certamente. Não é um assassino. Preocupo-me por mim... Não existe outra saída para Lichtenberg que não seja o meu sequestro. Toda essa história para se apossar de meus últimos trabalhos...

Por conta disso, Francillon decidiu confiar a guarda de Cézanne a um grupo de quatro policiais, que seria supervisionado por Laurent. Para ele, estava fora de questão perder seu tempo, como na véspera, a correr pelo campo atrás dos rastros de Lichtenberg. O pintor desejava ir com Lalie ao ateliê de Lauves no fim da manhã. O lugar deveria estar abandonado há um tempo.

— Desde o dia da minha morte — acrescentou o pintor com um sorriso.

Lalie e Cézanne embarcaram então em duas caleches. Seus seguranças tinham por ordem permanecer nos limites do terreno sem nunca tirar os olhos deles. Lalie conheceu a prefeitura e a catedral Saint-Sauveur. A correria da véspera não lhe deixara tempo nem para caminhar a pé pela cidade, desvendando os lugares dos quais falava alegremente no seu romance. Prometeu consagrar-lhe um dia inteiro de braços dados com Paul, quando fosse libertado.

A caleche saiu da cidade pelo norte e continuou o seu caminho. Os cavalos diminuíram a velocidade enquanto, mais adiante, o canal do Verdon se fazia perceber, atrás de um terreno plantado com figueiras e oliveiras.

— É aqui! — disse o pintor, apontando para uma casa de um andar com a fachada bege e grandes janelas vermelhas.

O veículo ainda estava em movimento quando ele saltou sobre o estribo.

— Havia uma cabana quando comprei o terreno, um pouco como aquela de Bibémus. Eu me sentia muito sufocado, então mandei destruíla e um pedreiro construiu essa outra.

O caminho de terra que tomaram estava banhado de sol.

— Eis o meu ateliê. Aí, ninguém entra além de mim. Mas já que você é amiga, iremos juntos.

Com má vontade, Lalie pediu a Laurent que a deixasse só com o pintor uma vez que a porta fosse transposta. O policial aprovou com um gesto e, ao olhá-lo, a jovem não pôde impedir-se de pensar em suas mãos, que passearam ao longo de seu corpo, mãos perturbadoras, que agora achava grosseiras e desajeitadas.

— Você ainda não o perdoou, hein? — disse Cézanne à jovem.

A fechadura estava quebrada, tiveram apenas que empurrar a porta de madeira apodrecida para penetrar o jardim. Cézanne logo se entusiasmou. Ostentava um grande sorriso, todos os traços da doença abandonaram seu corpo de ancião. Reencontrava seu "Paradou", o lugar de onde sua fórmula tinha surgido. Pôs-se a cantarolar uma velha canção infantil, enquanto uma toutinegra parecia acompanhá-lo ao longe.

— *A pintura a óleo é mais complicada,*
Mas é bem mais bonita que a pintura a água...

Lalie achou a cena encantadora. Ela reencontrou Cézanne perto das figueiras, apalpando frutos quase maduros.

— Sim, é difícil perdoar, sou um pouco como você. Assim, a propósito de meu bom Émile, estraguei a minha vida a reprovar-lhe as atitudes de pequeno-burguês. Para ele, eu não era mais uma companhia desejável, com minha aparência de mendigo e as cóleras súbitas. Na alta sociedade ninguém se enfurece. Não se rasga uma tela que está sendo pintada diante da fina flor dos editores parisienses... Sobretudo quando representa a sra. Alexandrine Zola servindo o chá.

Ele contou a história, ocorrida em Médan, de um amigo de Émile que criticara a execução de um traço no retrato que tinha composto, e seu súbito furor, o arrebatamento diante da boa sociedade reunida em torno do célebre escritor.

Lalie parou, e o pintor, que continuava alegre, veio em sua direção, os olhos risonhos.

— No fundo, a sua zanga não tem nada a ver com a publicação d'*A obra* — disse ela. — Os que dizem isso...

— ...não entenderam nada! — cortou Cézanne. — Eu destoava no meio, pense bem, um animal como eu que se obstina a pintar quadros que ninguém quer, que corre atrás do sucesso que escorre sempre das suas mãos. Mas *A obra*, que romance fascinante, apesar de tudo. Ah, Zola faz com que os pintores falem como escritores e descreve os quadros com palavras de autor e não de artista. Mas há belas cenas nesse livro, e o fim, o enterro, que final, por Deus! De resto, *A obra* faz parte das obras que me seguiram no exílio, assim como os poemas de Baudelaire e a novela de Balzac com Poussin, Porbus e Frenhofer.

Lalie escutava, maravilhada. Em seu livro, ainda hesitava a respeito do sentido a dar à briga entre o pintor e o escritor, amigos de infância. Paul poderia querer mal ao homem que o tinha encorajado a pintar, aos 20 anos, quando devia lutar contra um pai vingativo? Ao homem que tão frequentemente lhe dera do que viver quando esse mesmo pai, indignado com o nascimento fora do casamento de seu filho Paul, cortara o sustento do artista? Todo esse reconhecimento desfeito por causa de um livro?

— Mas Claude Lantier, o personagem principal d'*A obra*, o pintor que rasga as telas e que, não conseguindo achar a sua fórmula, acaba por se enforcar... O retrato não é lisonjeiro porque esse Lantier é você, não?

— Eu, você, Émile, nós! Nós, os criadores sempre insatisfeitos, sempre em busca da nossa fórmula...

Ele pediu que Lalie o seguisse um pouco mais para a direita. A Sainte-Victoire destacava-se no horizonte, aquele grande bloco branco com matizes cinzentos e, a seus pés, a charneca tímida que não ousava aproximar-se de seus flancos. A inclinação era bem menos abrupta à esquerda do cume. Depois, a queda.

— Ei-la, pelo oeste, como sempre a pintei.

Permaneceram um longo momento naquela contemplação, cúmplices, depois o pintor retomou o fio dos pensamentos.

— No livro, Lantier não teve coragem, eis tudo. Deveria ter persistido, como eu fiz. Acreditar sempre. Eu comecei a pintar aquilo com que sonhava aos cinquenta anos. Não tive professor, a revelação aconteceu no fim da vida. Entenda bem, o artista deve fazer a sua obra como o escargô faz a sua baba, pacientemente.

Lalie deteve-se novamente, trêmula, diante daquela discussão que não era outra coisa senão o postulado de seu livro, a própria arquitetura de seus pensamentos de romancista. Todos os jovens artistas que reclamavam a herança daquele pai espiritual admiravam simplesmente a obra pictural, ou antes, a força desmesurada, a fé que o pintor sempre tivera apesar dos apupos, das piadas, das pedras? Aquilo não era um testemunho que poderia levar o jovem artista desconhecido a persistir? Ter razão contra o mundo também podia conduzir à genialidade. Que lição aquela força criadora que, apesar das decepções inevitáveis da vida, nunca se extinguira.

— Quanto a mim, ninguém gostava realmente das minhas telas. Morri desacreditado. Se meu pai não tivesse tido a preocupação de me deixar uma renda, eu teria morrido com a boca aberta na esquina de uma rua de Aix, junto aos mendigos.

A discussão expulsou o bom humor do olhar do mestre. Ele soluçou, depois retomou a palavra, disposto a atacar.

— Que meu exemplo sirva para os outros, que eles saibam que um velho leão do meu tipo, escondido no covil dia e noite apenas com a fé e os pincéis, pode mover montanhas.

Seu rosto crispou-se e ele cerrou os punhos ao mostrar a cidade, ao longe, da qual se avistava apenas o campanário dos lugares sagrados em meio a um céu sem nuvens.

— Fizeram o artista nascer em mim no dia em que morri, os imbecis!

Ele começou a gritar tão alto que, ao redor, os ramos das oliveiras agitaram-se sob o efeito daquela cólera prodigiosa.

— Os outros não entenderam nada, nada! Acusar-me de ser a causa da ruptura com Émile, como se ele não tivesse a sua parcela de responsabilidade! Mas o que eles sabem da nossa amizade? Fofocas escutadas nos cafés, no Guerbois, principalmente? Infâmias que os invejosos contavam a nosso respeito? Disseram-me até, durante um de seus últimos dias de permanência em Aix, que ele não me procurara com medo de que o encontrassem em companhia de um fracassado! Mas tudo isso não é nada, nada, nada... Não falaram com ele nas veredas das montanhas, lá em cima, perto das fontes... Não conheceram o verdadeiro Zola, o adolescente... Sim, fascinantes discussões que entabulávamos na época, e muito superiores às nossas conversas de adultos. Ele se conformou, a glória dominou-o por inteiro, quanto a mim, o Panthéon pode me esperar por todo o sempre.

Voltaram ao ateliê. Cézanne parou bem perto da parede — junto da qual, à direita, crescia um grande buquê de lavanda e alguns pés de orégano — para abraçá-la com o olhar. Depois forçou uma porta, quebrou um vidro como se fosse um ladrão e entrou. Tudo estava no lugar. Não voltara lá desde a véspera da tempestade que quase o matara. Lalie seguiu-o, consciente de viver um momento privilegiado, de ser uma espécie de eleita encarregada pelo pintor de escrever o último codicilo em seu testamento.

A peça, de pé-direito alto, ocupava todo o térreo. Sobre a grande prateleira que cobria a parede em toda a sua largura, ela encontrou algumas naturezas-mortas habilmente alinhadas, depois, perto da escada destinada às grandes telas das *Baigneuses*, não distante de um crucifixo, um Amor em gesso, que se assemelhava ao de Laurent. Algumas telas virgens estavam jogadas no chão sob a cômoda, perto de cadeiras de vime mal empalhadas. Cézanne correu as cortinas. A poeira fez com que tossisse.

— Veja, aqui, minha oliveira. Plantei-a algum tempo depois de ter chegado.

Saiu com rapidez e foi em direção ao pé da árvore solitária, isolada das companheiras, mas mais bela e robusta que elas. Adivinhava-se a seiva intensa e pulsante sob a casca. Então Cézanne atirou-se em torno do tronco, como se enlaçasse o pescoço de uma mulher adorada, e beijou-o, fazendo os lábios estalarem contra a pele rugosa da árvore.

— Quantas vezes a tomei como testemunha da maldade dos homens? Quantas vezes ela me ajudou nos momentos difíceis, como na morte de Émile?

Lágrimas vieram-lhe aos olhos. Enxugou-as com a gola do casaco, irritando-se por chorar assim diante de uma mulher.

— O retrato do seu amigo que você depositou em frente ao Panthéon foi pintado no exílio?

Ele olhou-a nos olhos. A torrente não se esgotava.

Então lhe contou tudo num impulso repentino, como se buscasse compartilhar suas palavras há muito, sem nunca ter encontrado a alma cúmplice que pudesse compreendê-las.

Foi num dia de setembro de 1902, por volta do meio-dia. Pintava naquele jardim uma casa de campo que ainda era perceptível ao pé da montanha. Obstinava-se há pelo menos duas semanas com os contrastes entre o casebre e a Sainte-Victoire quando o seu jardineiro chegou e, num murmúrio, informou-o que Émile acabara de morrer. Uma asfixia, uma história besta sobre um fogareiro desregulado. Cézanne, que levou um longo momento até compreender o drama, caiu num sofrimento medonho e expulsou o jardineiro a pontapés. O quê? Émile? Morto sem que se tivessem reconciliado da briga idiota? O pintor abandonou a tela e desmontou o cavalete aos gritos. Insultou o sol, o jardim, o mundo num longo urro, acusando-os de terem levado o seu camarada cedo demais. Voltou ao ateliê, e seu furor ainda transbordava. Apoderou-se de uma cadeira, quebrou-a com um golpe firme contra o chão e projetou-a em direção à prateleira, estraçalhando jarros e garrafas de porcelana.

Émile! Morto! Foi sem deixar endereço! Todas as forças o abandonaram e ele ficou prostrado no meio do ateliê, os membros doloridos, como se tivesse acabado de cair. Os olhos não deixavam a porta da peça.

Entre dois soluços, não desanimou. Esperava ver Émile atravessar a soleira do ateliê, vir visitá-lo enfim como camarada antes de partir para a grande viagem. Émile vindo saudá-lo em Lauves, no seu humilde lugar de criação, como Paul fora a Médan visitar o escritório rococó do autor. Cézanne secou as lágrimas e esperou gravemente, sentado numa cadeira, os braços cruzados. A cada estalo das vigas, a cada sopro do vento ao longo das telhas, ele se levantava, o coração galopante, prestes a lançar-se nos braços do amigo. Mas ninguém veio.

Então saiu, e uma vez que o cavalete quebrado jazia no solo, pegou um novo na reserva, o de estrutura fina que utilizava no início. A montanha permanecia imóvel diante dele, indiferente. Berrou a novidade, mas ela não pareceu experimentar a menor emoção. Então teve uma revelação. Aquele pequeno motivo, ao longe, numa das veredas, era Émile que o esperava. Um motivo que logo desaparecia para reaparecer mais longe, à direita. Émile esperava sobre um seixo que seu amigo viesse. Cada movimento sobre a montanha era uma manifestação do escritor, como a brisa que fazia as oliveiras estremecerem, como o caminhante solitário que ladeava as altas rochas, como o reflexo cambiante do sol contra um charco.

Cézanne apanhou a tela jogada no chão e fez mais alguns traços na sua Sainte-Victoire. Conhecia perfeitamente o seu cume e as inclinações. Depois a borrou de preto para que vestisse o luto, aquela meretriz insensível que pouco se importava com a morte de um de seus heróis. Espalhou a pasta espessa com os dedos como na época em que pintava perto de Émile, nos primeiros dias em Paris. Mas aquilo não o agradou em nada, e conteve-se para não dar um grande soco no meio da tela. Afastou-se, berrando, cego pela efervescência de água salgada nos olhos. Nada mudara desde a manhã. O céu estaria menos azul? A erva, menos verde? As árvores, menos retas? Será que o Viorne abrandaria o seu curso porque o artista morrera? E os sinos? Os sinos de Saint-Sauveur, da Madeleine, de Saint-Jean-de-Malte, de Saint-Jean-Baptiste não deveriam soar pelos ares sem nunca parar, saudando a morte da criança prodígio? A calma da natureza ressoava em seus ouvidos como um verdadeiro insulto. Assim, pôs a tela debaixo do braço, entrou no ateliê, fechou a porta e correu as cortinas. Preparava-se para voltar a pintar quando um raio de luz sob a porta o insultou. Apanhou alguns trapos e, com o rosto desfigurado pela cólera, enfiou-os raivosamente no vão para vedar o espaço.

Voltou, enfim, ao cavalete. Uma massa negra, disforme, cujos grumos acentuavam o relevo, estendia-se sobre o quadro. A cólera abandonou-o subitamente. Uma ideia lhe veio à cabeça. Com o indicador, espalhou a tinta para clareá-la. Depois, no cume, começou um trabalho de grande precisão com uma mistura de preto e branco preparada sobre a paleta. Sempre com os dedos, fez uma forma oval, depois a perfurou com dois pequenos olhos guarnecidos de óculos, vagamente executados, posteriormente afinados com as unhas. Com os olhos grudados na tela, fez uma barba e um bigode, de traços grossos, que burilou dando pequenos toques secos com as falanges. Permaneceu de pé durante cinco horas na obscuridade e no silêncio para pintar o Zola na maturidade, aquele cujo rosto vira apenas nas péssimas fotografias dos jornais. A montanha original transformara-se em vestimenta, deixando, no meio, aparecer uma camisa branca. E acima, como um sol, executara o rosto do camarada, sobretudo aquela grande fronte genial, da qual surgiu uma das maiores obras literárias do século.

Eis toda a história do quadro de Zola encontrado diante do Panthéon... A homenagem de Paul Cézanne, seu único amigo verdadeiro, aquele cujas lágrimas afinaram a pasta de tinta e clarearam as cores.

A narrativa esgotara o pintor, e Lalie teve que segurá-lo para que não desabasse.

— Criei aquele quadro para testemunhar-lhe minha amizade indefectível no momento da transferência das cinzas — balbuciou ele. — Ninguém conhecia a sua existência, nem mesmo Paul ou Vollard. E, sobretudo, Lichtenberg. Que afronta para ele, o meu retrato... Compreenda, Lalie, acho que você teria feito melhor se tivesse mantido um olho naquela tela caída nas mãos do maldito marionetista. Lichtenberg não deixará a ocasião passar em branco. Certamente ganhará o leilão e é o quadro que vai nos conduzir a ele.

Terminada a frase, teve um ataque. Lalie, divisando Laurent ao longe, chamou-o. O pintor acabava de perder a consciência.

XXI

O juiz de instrução Ernest Boisbrut, confortavelmente instalado em seu compartimento de primeira classe, começava a achar que o tempo não passava. O trem parara na estação de Meyrargues, última etapa antes da chegada a Aix-en-Provence, prevista para as dezenove horas e treze minutos. Havia deixado Paris pela manhã, depois da conclusão do leilão grotesco do quadro inédito de Cézanne, organizado no Hotel Drouot. Madinier e Durabot, velando por seus interesses, haviam cercado o leiloeiro durante a cerimônia. O quadro tinha sido adjudicado por cem mil francos, uma soma colossal. Vollard, o *marchand* habitual do pintor de Aix, deixara a sala louco de raiva, no meio da representação. Dizia que zombavam dos verdadeiros apreciadores e que as regras de bom-senso de uma venda pública não haviam sido respeitadas em nada naquele caso. Cem mil francos por um retrato não datado! Os porteiros tiveram que lhe pedir para baixar o tom.

— Se os preços dos Cézanne sobem tão rápido, eis-me sentado sobre o tesouro do Banco da França! — esganiçava-se ele, enquanto o punham pela porta afora.

O comprador não se encontrava na sala e não se sabia nada a seu respeito. Um emissário encarregava-se de levantar o braço para fazer com que fracassassem as tentativas de um rico colecionador americano, o favorito Oliver Metcalf, que parou em noventa e cinco mil francos. Esgotado, o mecenas olhava em volta para assegurar-se de que o diabo em pessoa não fazia os lances subirem. Durante toda a cerimônia, Boisbrut observou com o rabo de olho o marionetista Hubert, vestido com um *smoking* feito sob medida, como se fosse à estreia de uma ópera. Em nenhum momento Hubert mostrou-se inquieto, e quando o número terrível foi pronunciado pelo leiloeiro após a última batida do martelo, não esboçou nem mesmo um tremor nas sobrancelhas e contentou-se em apertar as mãos dos dois funcionários, extasiado diante de todas as lâmpadas de magnésio que crepitavam em torno deles. O quadro foi logo embarcado, e os curiosos, vindos aos montes, dispersaram-se pelos cafés dos grandes bulevares.

O juiz teve o tempo exato de subir numa caleche para ir à estação de Lyon. Estava convencido de que o quadro não ficaria na França e que o comprador final, por trás do emissário, deveria ser um rico industrial da América do Norte, como Metcalf. Ao adquirir aquela peça de sua escolha, asseguraria uma tremenda publicidade para sua coleção particular. Sim, a pintura já deveria estar em Havre, a bordo do próximo transatlântico com partida para Nova York.

Boisbrut endireitou-se na banqueta para não adormecer a alguns minutos da chegada. Ninguém o encontrara em seu compartimento ao longo de toda a viagem, e, sorte espantosa, os vizinhos souberam ser discretos. Nenhuma elevação de voz, nenhum grito de criança ou mastigação incessante que o impedissem de ler ou adormecer.

Bateram na porta e o fiscal mostrou o rosto.

— Aix em quinze minutos — cantou com o sotaque da cidade.

O juiz agradeceu com um gesto e deixou o olhar passear pela paisagem, que desfilava muito lentamente, para seu gosto. Ao fundo, avistava a montanha Sainte-Victoire na assombrosa luz do sol. O fiscal bateu na porta seguinte e proferiu a mesma frase ao pequeno homem vestido de preto que, impacientemente, batia com o pé desde a partida do trem.

— Quinze minutos, caro senhor, ah, mas que pressa de sua parte! É uma mulher que o espera na estação, não é verdade?

Mas o homem fez um gesto irritado e enxotou o fiscal com um latido seco, furioso por virem perturbá-lo em sua solidão. Pela centésima vez desde o embarque, levantou-se a fim de certificar-se de que o pacote continuava no lugar, acima dele. Cem mil francos! Transportava uma obra de arte que valia o preço de um castelo! Mais alguns instantes e o calvário chegaria ao fim... Era a primeira missão importante que seu patrão lhe confiara. Que responsabilidade sobre as suas frágeis costas a de transportar aquela tela preciosa, ele que normalmente fazia apenas a contabilidade das propriedades de seu empregador e nunca saía da Provença!

O trem passou sobre a ponte que dominava o Touloubre fazendo um grande barulho. Deveria entregar o quadro na estação, o mestre estaria lá pessoalmente e iria felicitá-lo. O trem entrou apitando nos subúrbios da cidade. Em Saint-Mirte, diminuiu consideravelmente a velocidade. O homem de preto respeitou escrupulosamente as instruções. Disseram-lhe, nos cinco minutos que antecedem a parada do trem, que deveria esperar quatro minutos antes de descer. Então ele contou até duzentos e quarenta a partir do momento em que as rodas estacaram, o pacote apertado contra si, antes de se levantar e descer enfim, arquejante, as costas geladas pelo medo de um último imprevisto que faria a missão fracassar, tão próxima, entretanto, da conclusão. Enquanto esperava na passarela agora deserta, o chefe da estação assobiou, e o trem logo partiu em direção a Marselha, a parada final.

— Aí está você — disse uma voz atrás dele.

Sobressaltou-se. O patrão encontrava-se pessoalmente à sombra do grande letreiro que anunciava o nome da cidade. O homem de preto reconheceu-o pelo odor de fumaça que emanava de seu cachimbo, um tabaco raro de Sumatra, de uma riqueza aromática desconhecida na Europa. Sua cabeça permanecia invisível. O viajante estendeu-lhe o quadro, os braços trêmulos.

— Bom trabalho — disse, tentando sorrir, os traços do rosto crispados. — Está ótimo. Você pode voltar para casa agora. E não saia de lá antes de amanhã à noite.

Depois o homem do cachimbo desapareceu da estação, tomando uma portinhola lateral. Acabava de recuperar a tela e preparava-se agora para recuperar o pintor. Atrás do seu veículo seguiam dois outros. Tomaram a direção do hotel des Chaudronniers, onde a polícia mantinha Cézanne escondido. Deviam raptá-lo o mais rápido possível, senão, apesar de todas as precauções que ele tinha tomado, seu rastro seria encontrado. E se o homem idoso, apesar de fatigado, tivesse conseguido esboçar o seu retrato num pedaço de papel? O sequestro impunha-se, mesmo àquela hora arriscada, em pleno dia. E mesmo que o filho de Cézanne não soubesse nada, o homem tinha pressa de pôr as mãos sobre as telas que o mestre pintara em seu tranquilo recolhimento. Que confusão se todas as telas caíssem na escarcela da polícia e, depois, do Estado, nas mãos sujas de um Durabot ou de um Madinier. Mas não havia nenhum risco. Cézanne não confiara o segredo ao próprio filho, não iria traí-lo em prol do infame Francillon!

O Palácio da Justiça erguia-se verticalmente em frente a eles. O condutor abaixou-se para anunciar-lhe a aproximação do alvo.

— Faça como nós decidimos — disse o homem. — Estacione na parte de trás. Meus homens sairão com ele pela cozinha do hotel.

Que belo final dali a alguns instantes quando estiver com o pintor em sua grande vivenda, oculta do olhar de todos, construída na mais perfeita clandestinidade e projetada sobre o lago Bimont, de frente para a Sainte-Victoire! A polícia nunca iria encontrá-los, o advogado estava preparado para agir imediatamente. Sua grande fortuna permitira-lhe orquestrar todas as manobras dos últimos dias sem que, em nenhum momento, seu nome se misturasse de forma alguma àquela história. E tudo se passara relativamente bem, exceto pelos assassinatos imbecis e grotescos no Petit Marmiton. Claro, Judex, o assassino, estava preso àquela altura, mas os dois nunca trataram de nada diretamente um com o outro. Aliás, pessoalmente, teve apenas que eliminar uma pessoa: o imbecil do Haineureux, aquele covarde, que estava quase contando o segredo. A polícia podia até cercar a casa de campo. Tendo o melhor advogado da França, de quem desde já contratara os serviços, estaria livre em dois dias, bem a tempo de anunciar as datas de sua primeira exposição.

A caleche parou por fim. Ele deu uma olhada para trás e entreviu uma dezena de homens encapuzados, que entraram no hotel. Apesar de estar tranquilo, não pôde impedir o coração de disparar. Dois minutos transcorreram, intermináveis. O cocheiro falava com os cavalos, mas o homem o mandou calar-se. Felicitou-se. Como estava orgulhoso de sua última invenção, a de ter simulado o seu fracasso no leilão do quadro de Cézanne.

Dois homens saíram do hotel. Seguravam Paul Cézanne — que batia os pés, o rosto vermelho, congestionado — firmemente pelos braços. Depuseram-no com muita precaução sobre a banqueta, diante do homem, que logo lhe retirou a mordaça. O pintor respirava com dificuldade, a ponto de fazer os pulmões explodirem.

— Desculpe-me, mestre, mas foi preciso.

Balbuciou sob a emoção daquele encontro que esperava há muito. Açoitaram as bestas, a caleche lançou-se com dureza sobre o pavimento. E Cézanne, cara a cara com o interlocutor, arregalou os olhos antes de saltar-lhe na garganta para estrangulá-lo.

— Lichtenberg, assassino, celerado, bandido!

Os capangas do homem contiveram o pintor e empurraram-no contra a banqueta.

— Não se preocupe com os pseudônimos — disse ele, ajustando o nó da gravata. — De agora em diante, Paul, chame-me Metcalf. Oliver Metcalf.

XXII

Francillon espumava de raiva. Laurent, enquanto aplicava uma compressa sobre o rosto ferido, repetia-lhe as circunstâncias do sequestro do pintor. A cena durou apenas alguns segundos no quarto de Cézanne. Lalie estava em franca conversa com ele, e os policiais encontravam-se na peça ao lado, em alerta. Num piscar de olhos, dois homens neutralizaram a romancista com um golpe violento sobre o crânio e amordaçaram o pintor antes de descerem com ele às pressas. Tudo isso num silêncio de catedral. Embaixo, na cozinha e na recepção, foram encontrados cinco empregados abatidos. Espantado com aquele silêncio repentino, Laurent saiu a tempo de ver uma silhueta lançar-se pela escada. Mas, em sua precipitação e espanto, caiu para trás e despencou de costas pelos degraus, antes de aterrissar contra a balaustrada, deslocando o maxilar.

O pior foi a chegada do juiz Boisbrut alguns segundos após o sequestro, enquanto Francillon, Levroux e Rengade também voltavam de uma tarde perdida a percorrer o campo. Era tarde demais para mandar seguir os veículos, assim, as forças da ordem encontravam-se desamparadas, pois ninguém no hotel era capaz de fornecer a menor pista.

Lalie, que aos poucos recobrava os sentidos, revivia devagar a cena da captura. Sua memória não lhe poupava nenhum detalhe, sobretudo o rosto horrorizado do pintor, levantado do chão por aqueles homens de preto que o retiravam do quarto. Tudo se passou muito rápido. Eram profissionais, sem a menor dúvida.

— Mas nós parecemos o quê? — disse Francillon, que não conseguia controlar o ódio.

Quando o chefe da brigada não gritava, Boisbrut substituía-o e corria por todo o hotel em busca de um indício, tal como um cachorro louco que não encontra sua bola de brinquedo. O juiz investia contra o hoteleiro, o comandante da polícia e Francillon sucessivamente, tratando-os com raiva e desprezo, estendendo-se sobre os desdobramentos do caso. Temia, sobretudo, a repercussão junto aos jornalistas. Seu nome lançado ao pasto da procuradoria-geral parisiense, seu nome sujo para sempre por causa daquela reviravolta escandalosa... Boisbrut, de quem se zombaria agora nos corredores do Palácio, o único juiz de instrução da França capaz de deixar que um morto, enterrado há dois anos, fosse roubado de um quarto de hotel!

— Cale-se — replicou Francillon fora de si. — Nada virá a público a partir do momento em que retomarmos as rédeas do caso. Cézanne está morto, então o seu sequestro não pode ser revelado.

Não teve tempo de dizer mais nada devido à chegada dos tabeliães, sempre munidos de seus pesados registros. Estavam de tal forma ocupados em discutir inutilmente que não notaram a atmosfera tensa no hotel.

Francillon fez com que sentassem, mas um elemento ainda o perturbava. Chamou o hoteleiro, que se deleitava junto com os empregados diante de uma garrafa de vinho.

— Luz — pediu ele —, está escuro aqui, enquanto lá fora o sol queima a pele. É insuportável, faça alguma coisa.

E uma vez que o gerente lhe explicou que não podia fazer nada, que a disposição da peça era aquela mesma, foi tomado por um furor terrível, apontando para os vidros com reflexos pálidos e insultando aquela sala que nenhum adepto da magia negra iria querer nem mesmo como refúgio. Os tabeliães, contritos, não diziam nada e observavam a briga, apertando os registros contra o peito, com medo de que o policial batesse no pobre coitado. Tiveram que abrir completamente as portas para que se acalmasse, mesmo que isso não trouxesse um pouco mais de luz para o recinto. Os homens da lei leram então seus relatórios. As transações imobiliárias concernentes aos quatro ateliês tinham sido feitas segundo um quadro regulamentar rigoroso. Os terrenos pertenciam a pessoas do lugar, mandatários que em seguida alugavam o bem gratuitamente ao famoso Lichtenberg. Em nenhum momento o nome do suíço aparecia nos registros. Assim, não podiam acusá-lo de nada.

Francillon logo distribuiu ordens e pediu que Laurent, Levroux e dois outros policiais anotassem o endereço daquelas pessoas.

— Pobres camponeses — disse um tabelião —, alguns nem falam francês, você não vai conseguir nada com eles. Nunca viram o mestre do crime que vocês procuram, tal qual o Vautrin da Comédia Humana, de Balzac.

O comissário não levou em conta aquela observação. Iriam vê-los pessoalmente, antes que a noite caísse, e se encarregariam, se não compreendessem nada da língua, de ensinar-lhes! Mesmo contra a sua vontade, Boisbrut agradeceu vivamente aos tabeliães, perdendo-se em miudezas. Entre notáveis, uma mão lava a outra. E rapidamente deixaram o local, felizes por não terem sido retidos mais tempo naquela investigação estúpida.

No quarto do pintor, Lalie não conseguia ficar parada. Seu instinto recomendara-lhe remexer nas coisas de Cézanne. Encontrou, ocultas no fundo de uma das gavetas da cômoda, algumas folhas sobre as quais o pintor tentara desenhar o sequestrador. Numa delas, a jovem acreditou reconhecer um rosto, o de Oliver Metcalf. Não tinha certeza, mas o nariz e as orelhas, seu alinhamento, a estrutura do rosto lembravam-lhe vivamente os do colecionador americano. Não, impossível, procuravam um suíço...

Os pensamentos entrechocavam-se em sua cabeça ainda atordoada pela violência do golpe. Na parte de trás do crânio, sentia um galo cantar. Ela arranjou um jeito de sorrir. Não era possível dizer que se tratava do galo de uma vitória santa qualquer. Um suíço... Mas Metcalf não vivera longos anos em Genebra antes de chegar a Paris? Não dirigia uma fundação de arte contemporânea sediada em sua grande vivenda à beira do lago Léman? Lalie saiu do quarto e desceu rapidamente a escada brandindo o retrato acima dela, tal como um estandarte. Caiu nos braços de Laurent e contou-lhe tudo, com a voz suficientemente alta para que todos a ouvissem.

— É preciso procurar uma grande vivenda, perto de um lago, talvez, como em Genebra — concluiu. — Uma residência imensa, construída na clandestinidade.

Terminou com um suspiro, e foi a vez de Boisbrut triunfar. Acabavam de enviar-lhe um telegrama proveniente de seu escritório, em Paris.

— Madinier e Durabot confessaram! Oliver Metcalf fingiu perder a tela de manhã, mas a comprou às escondidas. Ele é o único comprador.

Diante das insinuações da imprensa e do escândalo nascente, os dois altos funcionários reconheceram seus erros e tramoias com o rico americano. Diziam-se vítimas de um complô urdido por aquela vil figura que, uma vez feita a transação, queria voltar a opinião pública contra eles. Aliás, para provar sua probidade, Durabot tentara enforcar-se no Louvre, no final da tarde. Mas, com o peso do conservador, a viga do escritório não resistiu e o teto desabou, sepultando-o sob um montículo de velhos quadros esquecidos.

Os acontecimentos precipitavam-se. A reunião das provas apontava para um único homem: Oliver Metcalf. Faltava apenas encontrar o seu covil e desentocá-lo.

*

O inspetor Laurent Mazaire ficou encarregado de encontrar os Granoux, uma família de rendeiros que vivia no pequeno vilarejo da Repentance, ao norte da montanha, próximo do segundo ateliê de Cézanne. Oferecera-se para ficar no hotel e assegurar a vigilância de Lalie, mas a atuação lastimável no início da noite prejudicou-o. Queria ter, enfim, uma discussão séria com a romancista, que se esquivava desde que conhecera sua verdadeira identidade. Ele fazia questão de assegurar-lhe que se afastaria, com o coração partido, é claro, assim que encontrassem Paul. Adiaria a confissão para mais tarde, depois lhe contaria a verdade. O gosto pela escultura, a infância perto de Châteauroux, tudo isso era verdade. Simplesmente deixara de lhe dizer que era policial.

Laurent levara consigo dois policiais para ir ao vilarejo. Estavam no meio de junho e os dias esticavam-se longamente. Já passava das oito horas da noite e o sol continuava a banhar o campo com sua luz. Os Granoux adquiriram o ateliê há três anos, oficialmente, graças a uma herança, mas de fato graças a uma doação de Oliver Metcalf, que se beneficiava tacitamente de um direito de fruição.

Laurent seguiu um caminho de terra até o vilarejo e parou sem dificuldades perto de uma fazendola. O ateliê não era visível da porteira, ainda era preciso subir por um pequeno caminho até chegar a ele. Galinhas ciscavam no terreiro em torno de um cachorro adormecido, as patas dobradas sobre a cara. O animal nem ao menos levantara o focinho com a chegada do carro. Uma cabeça grande e masculina apareceu numa janela. A porta abriu-se e um homem forte, como talhado numa pedra de Bibémus, com cerca de 30 anos, veio ao encontro do inspetor. Laurent logo se apresentou.

— Senhor Granoux?

O provençal balançou a cabeça e insistiu para que entrassem na casa.

— Não tenho muito tempo — respondeu-lhe Laurent.

Mas Granoux não desistia. Fazia muito calor ali e, além disso, estava na hora do anisete[10]. Beberiam, então.

— Conhece a pessoa que comprou o ateliê para você?

O camponês logo protestou, dizendo que já tinha contado tudo ao senhor Jaume, o tabelião, e que não sabia de nada. Além do mais, declarou que não se mancomunava com os homens muito ricos que não valiam nada. Só da terra era possível viver de modo saudável, e a terra nunca enriquecera ninguém em Aix. Serviu para si outro aperitivo.

— Aqui, não metemos a colher na sopa dos vizinhos.

Houve uma grande agitação no andar de cima com gritos de crianças, e o pai deu uns berros para terminar com o tumulto.

— Eu gostaria muito de lhe ajudar — prosseguiu —, não quero problemas. Diga-me...

---

[10] Licor à base de anis. (N.T.)

E como Laurent não encontrava nada para dizer, o camponês encheu os copos novamente. Pela janela, o inspetor observou os dois policiais brincarem com o cachorro. Lançavam-lhe uma vara que o animal trazia orgulhosamente entre os dentes, levantando uma nuvem de poeira ocre na passagem.

— Buscamos a residência de seu benfeitor — continuou. — Poderia tratar-se de uma grande vivenda situada perto de um lago.

— Ah! Não há lagos na região, com exceção do lago Bimont, perto daqui... Mas as margens são inacessíveis. É possível chegar a ele partindo de Tholonet ou de Saint-Marc-Jaumegarde, mas é um lugar selvagem demais para construir o que quer que seja. Mesmo uma cabana.

— O dinheiro torna realizáveis muitos projetos que não o são...

— Nenhuma empresa da região jamais participou da edificação de uma casa de campo nas margens do Bimont. Nós saberíamos. Entretanto, ele pode ter mandado trazer os italianos.

Enquanto o silêncio instalava-se, rigorosamente pontuado por alguns latidos de cachorro, um garoto de apenas cinco anos insinuou-se pela abertura da porta.

— Eu sei onde ele mora, o bilionário — disse. — Eu e Pépé, quando íamos caminhar lá em cima, víamos a sua casa.

Laurent acomodou o copo e veio agachar-se perto do garoto.

— E como é a casa?

O pequeno abriu totalmente os braços e acrescentou:

— Enorme, na verdade, e transparente, com grandes vidraças por todos os lados que nos cegavam quando o sol batia forte.

Atrás, o pai erguia os ombros.

— Você é como o seu avô; não vai parar com as asneiras? Este senhor é um policial que veio de Paris. Você quer que ele o leve e o ponha na prisão por suas mentiras?

Então o garoto cruzou os braços contra o peito magoado.

— Mas é verdade, sim. Eu a vi, mesmo que Pépé tenha dito para eu ficar calado porque isso nos traria problemas. Mas agora que Pépé morreu, ele não se importa mais com os problemas.

— E você ia por onde com o seu avô?

— Subíamos pelos Aliberts, um caminho duro, mesmo que saíssemos de manhã para chegar no topo. Depois, almoçávamos e continuávamos pelos Sages. Era aí que víamos a casa de vez em quando...

Laurent virou-se para Granoux, o ânimo exaltado.

— Você tem um mapa da região?

— Não, mas vejo aonde Silvère quer chegar. Ele a via provavelmente do cume dos Sages. A vivenda deve situar-se sobre o Condus. É o monte do outro lado do lago, inacessível pela estrada. Mas é conhecido por ser deserto.

— E isso lhe parece possível, quer dizer, que ninguém mais tenha percebido a vivenda?

— É preciso ter tempo disponível para ir passear lá onde o avô dele ia, e nós, nós não temos muito tempo a perder.

Laurent fez Granoux repetir todos aqueles nomes na frente dos policiais, rapazes do local, que aprovaram.

— Não há acesso pela estrada, salvo por uma trilha muito estreita — esclareceu um deles, que não estava menos espantado com a revelação do garoto. O que precisa ficar claro é que não é um lago com margens construídas, mas um lugar selvagem, pontuado por falésias.

Laurent agradeceu a Silvère apertando-lhe a mão, como se faz entre homens, e despediu-se de Granoux. Depois pediu aos acompanhantes que o conduzissem ao pé da trilha que subia para o Condus.

O dia, agora, declinava. Eles tiveram um pouco de dificuldade para encontrar o início do caminho, ligeiramente recuado da via. O inspetor pediu para um dos dois homens ficar no veículo. O outro subiria com ele. O mais magro ofereceu-se para a caminhada e partiram.

— Se a noite nos pegar, estaremos fritos — inquietou-se o policial. — A lua não estará cheia o suficiente para clarear a trilha.

Mas Laurent deu mostras de otimismo.

— Veremos mais facilmente as luzes da vivenda no escuro. É quase certo que ele tenha instalado um gerador elétrico.

Começaram a subir. A terra seca do caminho não deixava nenhuma marca aparecer. Um último bando de andorinhas passou acima deles enquanto a luz se extinguia cada vez mais rápido e, ao redor, as pétalas das flores tingiam-se de preto.

— Papoulas negras, eis um problema — murmurou o policial, cujo rosto já estava banhado de suor.

Continuaram subindo, mais ou menos sessenta metros de altura, segundo as estimativas de Laurent. No cume, foram acolhidos pelos ulos de um mocho que começava sua jornada. O lago, imenso, visto do mirante, destacava-se embaixo, sob a esmagadora dominação da Sainte-Victoire. A água não se revolvia, estagnada e silenciosa. Ali, a trilha supostamente acabava, mas plantas aromáticas esmagadas há pouco entre os cascalhos indicavam uma passagem recente. Embrenharam-se no mato, inquietos. A trilha começava a descer e era preciso avançar com atenção por entre os rochedos e arbustos. Em vários momentos Laurent teve que parar para não bater num tronco ou embaraçar os pés num tufo de zimbro ou de alecrim. Seu companheiro de caminhada passava pelas mesmas dificuldades. Ouvia-o resmungar a propósito daquela escapadela noturna. Era o itinerário de dois exploradores perdidos numa charneca selvagem e sombria, dois pequenos seres no meio de uma natureza que não parecia nem mesmo notá-los. E progrediam bem ou mal, buscando a melhor via, o caminho firme, o chão que não se esquivava sob os pés. A terra sem cor não lhes deixava nenhuma indicação. Pareciam dois seres em alguma floresta desconhecida, da qual não há nenhum mapa, que buscavam um templo esquecido, caminhando ao longo daquele caminho glorioso que talvez não conduzisse a lugar algum. E se o garoto tivesse fanfarronado, se tivesse inventado aquela história apenas para se mostrar interessante?

Mas Silvère dizia a verdade. Alguns metros mais abaixo, descobriram uma clareira sobre uma rocha salpicada de arbustos, e, abaixo, uma casa gigantesca de arquitetura futurista que avançava sobre o lago e terminava num alpendre com imensos painéis de vidro. Parecia um empilhamento de cubos claros encaixados uns nos outros numa anarquia jovial, saídos diretamente do espírito de um geômetra louco. Aquela visão fez com que Laurent se lembrasse de uma série de quadros de Cézanne, como a vista do *Château noir* (*Castelo negro*), e, sobretudo, outra tela, com um céu de um violeta misterioso como o daquela noite.

Uma luz fraca emanava do alpendre e de algumas janelas abertas nas pedras da fachada oeste. O lugar era habitado. Metcalf devia manter ali as duas vítimas. Dois homens patrulhavam em torno da quinta, na direção da inclinação da trilha onde Laurent permanecia com o acólito, ambos escondidos atrás da ramagem espessa de uma azinheira. O americano tomara as devidas precauções.

XXIII

O relógio do salão logo daria as doze badaladas da meia-noite. Metcalf estava sentado no escritório. Paul Cézanne pai e filho encontravam-se diante dele, instalados sobre um canapé, com os movimentos livres. No fundo da peça, escondidos atrás de uma cortina, dois homens vigiavam. O americano lançou-se contra o encosto da cadeira, saboreando aquele momento de plenitude e deleitando-se com as esplêndidas linhas arquitetônicas de sua residência. Dois anos inteiros foram necessários para a edificação da casa de Metcalf sobre o lago Bimont. Um jovem arquiteto suíço de ideias vanguardistas, rejeitado pelos colegas, desenhara as plantas em conjunto com um construtor piemontês. Era um projeto louco, uma espécie de castelo moderno feito de vidro, muito luminoso, com uma vista fascinante da Sainte-Victoire. Uma dezena de peças extremamente despojadas, quartos, salões, escritórios com muros de pedra, decorados com as telas do mestre. Metcalf já havia posto ali a sua coleção impressionista. Mas a atração principal do local era seguramente o alpendre com paredes de vidro que avançava impunemente sobre o lago. Tratava-se de uma proeza arquitetônica desmesurada. Metcalf sorriu pensando nos projetos que tinha encomendado a Frank Lloyd Wright. A obra anterior de seu compatriota estava muito aquém do seu talento. Ah! Wright podia vangloriar-se das famosas *Maisons dans la Prairie* (Casas na pradaria), mas o jovem suíço inventara um conceito ainda mais inovador, o da casa sobre o lago! Das margens em volta, via-se apenas o alpendre, nada da casa, que um paisagista dissimulara habilmente atrás de uma cortina de vegetação. Metcalf dispunha no momento de uma residência na medida exata das suas necessidades. Sua ideia era simples: em breve deixaria Paris para instalar-se na Provença... Penduraria os quadros de Cézanne no alpendre, os antigos e os novos, e passaria os dias a contemplá-los à luz do belo sol do sul.

A décima segunda badalada acabava de soar. Metcalf foi ao encontro dos dois convidados e dirigiu-se ao filho do pintor.

— Diga a seu pai que nós tratamos você com as maiores deferências.

O filho de Cézanne não respondeu nada. Era um homem que aparentava ter em torno de quarenta anos, em boa forma, com a cabeça redonda quase calva, como o pai na sua idade. Tinha pequenos olhos vivos, inteligentes e astutos. Olhos de *marchand* de quadros, como o pintor gostava de brincar. Depois daqueles dias no cativeiro, Paul Filho não parecia nem um pouco cansado.

— Mesmo que você o tivesse nomeado rei da Papouasie, teria ultrapassado os seus direitos — irritou-se Cézanne. — E minha irmã, Marie, encontrada à beira da morte, todo esse desencadeamento de violência ao meu redor.

Metcalf esquivou-se à observação com um sorriso. Desde o sequestro bem-sucedido do pintor, não continha a alegria. Naquela noite, apossar-se-ia enfim dos quadros inéditos, de todos. O retrato de Zola, sublime, de resto, já repousava num cavalete na extremidade do alpendre, de frente para o lago Bimont.

— Repito-lhe que a reunião no Petit Marmiton tinha como único objetivo acertar os detalhes de seu desaparecimento. Eu não estava presente, mas está provado, e eu lastimo muito, que Sieg, o seu médico, revoltou-se violentamente durante a discussão. Iniciou-se uma briga, o resto você já sabe...

— Seus guarda-costas são assassinos! — gritou Cézanne, batendo com o punho no braço do canapé.

— Concordamos nesse ponto, mestre. O maldito Judex está apodrecendo agora nos cárceres da polícia. Espero que o Estado lhe ofereça as honras do cadafalso. Mantemos Paul aqui desde o dia cinco de junho.

E uma vez que você não respondeu ao nosso pequeno anúncio, uma vez que preferiu atirar-se nos braços da companheira de seu filho, foi preciso que o sequestrássemos também.

O pintor fez um gesto de desgosto antes de virar-se para Paul.

— E você, meu filho, por que sempre me escondeu a verdadeira identidade de Lichtenberg? Fiquei sabendo que ele não é suíço, mas americano. Então você sabia e nunca me disse nada?

Paul deu de ombros.

— Para quê? Em que isso teria feito diferença para você? Eu o deixei pintar, como sempre, poupando-lhe os detalhes de organização.

Nenhuma recriminação atravessava a voz do filho.

— Sim, nós o deixamos pintar, mestre, e agora chegou a minha hora de receber a justa recompensa por todos os serviços prestados. Não se engane. Não desejo de forma alguma roubar as suas telas, mas apenas pegá-las emprestadas por algumas semanas.

E então explicou ao pintor sua intenção. Enfim descortinara em detalhes os princípios da grande retrospectiva Cézanne que preparava para o início do mês de julho. Projetava um evento de repercussão mundial, em que o talento do mestre de Aix explodiria finalmente aos olhos de todos.

— Ao mesmo tempo que seu poder — disse Paul Filho, com escárnio. — É uma lição que você deseja infligir aos conservadores, aos leiloeiros, a esse microcosmo que nunca o reconheceu, você, o banqueiro sem educação, o financista inculto!

Mas Metcalf não encontrou nada para responder, pois tudo aquilo era verdade. Levantou-se, entrou no alpendre com chão de vidro e avançou sobre o lago Bimont, como se caminhasse sobre a água. A natureza fazia-lhe frente, sobretudo a Sainte-Victoire. Que paixão experimentava por ela. O amigo Cézanne o ensinara a entendê-la.

— Sim, uma ideia grandiosa, permita-me dizer-lhe... Sessenta das suas obras-primas, mestre, instaladas nos cavaletes em plena natureza, no próprio lugar em que você as pintou.

Estendeu o braço em direção ao horizonte, indicando um lugar à direita da montanha.

— Lá, lá onde você caminhava, garoto, com Zola, perto da barragem romana... Uma extensão plana que pontuarei com cavaletes com as suas *Sainte-Victoire* e paisagens, e os admiradores subirão por uma pequena trilha atrás do castelo Thonolet, descobrirão aquele lugar mágico, preservado, o escrínio sonhado para expor sua obra...

Cézanne escutava em silêncio, deixando-se seduzir por aquela ideia extravagante, definitivamente ousada! Sim, afinal, que exposição seria aquela! Os museus sempre rejeitaram o pintor, e agora lhes mostraria, àqueles burocratas, que Cézanne não tinha necessidade de paredes, que suas telas, em definitivo, detestavam a poeira, que se os conservadores recusassem sua pintura, a natureza a acolheria eternamente.

— E se cair uma tempestade? — perguntou o filho.

O prosaísmo de Paul exasperou o pai. O pintor levantou-se e foi encontrar Metcalf no alpendre, hesitando, todavia, a dar seu primeiro passo sobre aquele chão transparente.

— Que a tempestade lave as minhas telas! Que as limpe porque é o seu direito! Pouco me importo, farei outras, mais belas ainda... Tenho a vida inteira pela frente...

As primícias da vitória fizeram o americano vibrar. Cézanne não parava mais, a voz ganhava eloquência. Imaginava-se, amanhã, em meio aos cavaletes, recebendo para vernissage todos os grandes historiadores de arte, os diretores dos mais prestigiosos museus, todos os colecionadores ricos, tanto como os inimigos adquiridos ao longo do tempo. Tal como Bossuet, com seu grupinho do Louvre, passaria um sermão no povinho que veio ver, enfim, ao pé da Sainte-Victoire, o que até então haviam recusado olhar.

— Mas para isso, Paul, preciso das novas pinturas, das aquarelas recentes. É preciso dar um grande golpe e lhes mostrar tudo. Tudo, compreende?

— Comece então expondo as telas pintadas enquanto eu estava vivo.

O filho uniu-se a eles.

— Metcalf, sua ideia talvez seja sedutora, mas você não conseguirá realizá-la. A polícia deve estar atrás de você no momento e acabará encontrando a sua vivenda.

— Vocês continuarão a ser meus convidados até o último dia da exposição — insistiu o colecionador, que não escutava mais ninguém além dele próprio.

Cézanne também parecia perdido em pensamentos. Meditava diante do retrato de Zola, as mãos unidas sobre o peito. Resmungava palavras vagas entre os lábios ressecados.

— Que vergonha, enfim, que Émile tenha caído nas mãos daquele marionetista. E dizer que o Estado nem mesmo foi o comprador do retrato.

Metcalf reagiu com cólera.

— Madinier, Durabot, dois personagens horríveis preocupados apenas com os próprios interesses. Depois de tê-los manipulado, vou denunciá-los, humilhá-los, quebrá-los ao meio. Sim, pagarão por sua pobreza de espírito, mestre. Sinto um ódio sem limites por essas pessoas medíocres.

— Não seja vingativo em demasia. A você, pelo menos, a sociedade trouxe algumas satisfações, um certo prestígio no primeiro trabalho, o dinheiro como pagamento. Quanto a mim... Você não tem o direito de ser rancoroso e misantropo a tal ponto, deixe isso aos artistas incompreendidos, aos gênios desconhecidos. Deixe-me essa prerrogativa.

Parecia o capricho de uma criança privada do brinquedo preferido. Mas Metcalf logo se excedeu, levado por aquela súbita discussão com o seu ídolo.

— Interessar-se pelos criadores também é ser artista. Eu era o único a estar presente quando ninguém estava. Sou o precursor, o verdadeiro descobridor do seu talento. Vollard, volúvel! Os livros de história não devem registrar a presença desse tratante, mas o do verdadeiro apreciador, Metcalf! Essa exposição é também o meio de fazer triunfar o nome do esteta sobre o do comerciante.

Abraçou com o olhar a peça inundada pelo doce reflexo da lua, e sobretudo os rostos quase fantasmagóricos dos dois interlocutores sob a luz estranha.

— Assim, Paul, diga-me então onde estão escondidos os quadros. Prometo devolver-lhes em seguida, quero-os apenas por algumas semanas, você tem a minha palavra.

Mas o pintor não teve tempo de responder. Um tiro veio da parte de trás da casa. Os dois capangas, escondidos atrás da cortina, irromperam no salão com um revólver na mão. Metcalf interrogou-os com o olhar.

— A casa está cercada — disse um deles, arquejando. — O que devemos fazer, senhor?

XXIV

Dois segundos. O americano concedeu-se dois segundos de reflexão antes de tomar uma decisão, como era de hábito. Sua prática na bolsa, sua psicologia de corretor treinara-o a isso. Cézanne não sabia o que fazer e permanecia imóvel no salão. Lá fora, um segundo tiro soou, depois uma rápida rajada de vento o sucedeu.

— Dê-me o seu relógio de bolso, mestre.

O pintor permaneceu imóvel, não compreendeu aquele pedido disparatado. O filho pegou-o pelo braço.

— Venha, vamos sair! A brincadeira já durou bastante!

Mas Metcalf, por sua vez, agarrou o pintor, que se encontrou no meio de uma luta de poderes. O colecionador e Paul brigavam pelo futuro do artista.

— Seu relógio, rápido — repetiu Metcalf. — Ao menos você não vai cair uma segunda vez nas mãos sujas da polícia.

Virou-se para os capangas. Lia-se nos seus olhos uma determinação terrível.

— Ponha fogo num dos quartos do fundo. O senhor vai lhe dar o relógio e você vai jogá-lo nas chamas.

Intensificou a dominação sobre Cézanne, apertando-lhe os braços até quase quebrá-los.

— Reflita, mestre... A casa pega fogo, seu relógio é encontrado nos escombros, acreditarão que foi engolido pelas chamas enquanto um de meus homens se encarrega de abrigá-lo. Eu me rendo, estarei livre daqui a dois dias, e você volta para me encontrar. Você bem pode morrer uma segunda vez.

— Já chega das suas tramoias! E deixe meu pai!

Metcalf aproximou-se do filho, impassível, assentando-lhe um soco fulminante na nuca. Depois segurou o retrato de Zola contra si.

— Assassino! — rugiu o pintor.

Uma dor aguda dilacerou-lhe a cabeça, o coração começou a bater aos saltos. A doença assaltou-lhe novamente. Uma careta desfigurava agora o rosto de Metcalf. Parecia, sob a palidez lunar, um monstro imaginário, um lobisomem surgido de uma gravura da Idade Média em água-forte.

— Não temos mais que alguns segundos... Tome uma decisão em sua alma e consciência, mas saiba que o caso se tornará público, saberão que você está vivo e a estátua de comendador que sua obra terminou elevando tão alto será manchada para sempre por essa revelação. O incêndio é a sua salvação. O mistério lhe convém, Paul.

Desde então, os clarões alaranjados do incêndio já lambiam as paredes do corredor que dava passagem para os quartos.

*

Apesar da deficiência física, Francillon não quis ceder o comando da operação a Rengade. Estava fora de questão que outro, que não ele, dirigisse o assalto à casa de Metcalf. Elaboraram o plano juntos, Rengade emprestou uma dezena de seus homens, mas ficou decidido que o chefe da brigada móvel dirigiria as operações no local. Lalie insistiu para acompanhar os homens, prometendo manter-se recuada e não se meter na ação. O comissário hesitou por um longo tempo. Ainda que soubesse que a romancista era voluntariosa e cheia de iniciativas, finalmente concordou, sob o pretexto de que sua presença ao lado de Cézanne e do filho seria reconfortante. Partiram, então, na noite negra, depois de estarem certos de que a vivenda em questão não constava em nenhum mapa. Os voluntários, Levroux à frente, vestiram um uniforme escuro para a ocasião.

Os veículos pararam na parte de baixo da trilha, sobre a estrada da Repentance. Eles subiram com rapidez, cada um com uma pequena lanterna. Aquela procissão de homens de preto que escalava o monte sob a lua ganhava contornos esotéricos. Parecia um cortejo de fogos-fátuos serpenteando através da natureza adormecida. A colina parecia um grande cemitério salpicado de tumbas. A sombra das rochas, que se estendia sobre o solo em grandes massas sombrias e indistintas, ganhava uma aparência de pedras tumulares. De vez em quando, uma árvore vibrava sob o efeito do vento brando, parecendo um corpo ressuscitado, um cadáver que carregava as lanternas dos homens a seus pés como escarpins dourados.

Francillon enfrentava grandes dificuldades, e Lalie ajudou-o com frequência a transpor as rochas escorregadias nas quais sua bengala não conseguia se firmar. Por várias vezes, praguejou contra aquele céu de carbono, contra aquele manto que o impedia de ver bem, de conduzir tudo sob a luz. Chegando à quinta, ordenou aos homens que apagassem as lanternas. A clareira abria-se diante deles.

— Precisamos neutralizar os guardas ao redor antes de entrarmos na casa — insistiu Francillon.

Laurent conduziu um pequeno grupo pela direita, Levroux, pela esquerda. Mas os homens de Metcalf, habituados com a escuridão e familiarizados com os cantos e recantos do lugar, detectaram a presença dos policiais. Um deles mirou num dos guardas com a arma, depois atirou.

Francillon ouviu o tiro e, com um gesto instintivo, derrubou Lalie no chão.

— À direita! — gritou Laurent.

Vários disparos seguiram-se, depois o silêncio se fez novamente.

— Para uma chegada discreta, será preciso recuar um pouco — disse Francillon. — Venham.

Penetraram mais à frente. Os contornos do alpendre desenharam-se sob a lua sem que pudessem, todavia, distinguir-lhe o interior. O comissário pediu para Lalie esconder-se atrás de um arbusto, pois acabara de perceber o brilho de um revólver na abertura de uma janela, perto do lugar em que se encontravam. Metcalf preparava-se para o ataque?

Seria louco o bastante para enfrentar-lhes enquanto a razão dizia para render-se?

A arma desapareceu. Mais adiante, a voz de Levroux anunciou que a clareira estava segura. Lalie fixou o olhar no alpendre, aquele singular cubo de vidro construído acima da água. Ela notou duas silhuetas lado a lado e um corpo no chão. Sua inquietude aumentou. Mas Francillon estava concentrado num outro elemento perturbador. Percebeu o bafejo característico de uma ligeira corrente de ar, vindo da janela em frente. Depois uma labareda escapou lá de dentro. Metcalf punha fogo na casa. Que gesto absurdo! Procurava, através daquele meio, apagar as provas de sua presença na Provença?

— Levroux! Mazaire! — berrou o comissário.

Os dois auxiliares acorreram em meio às trevas.

— Precisamos entrar e localizar o pai e o filho. Atenção, a casa está pegando fogo na parte de trás. Digam a seus homens para não atirar, quero prisioneiros, não cadáveres!

*

Cézanne hesitava. Tudo se passava rápido demais para ele. Via as chamas dançando pelas paredes, e o calor do fogo, que ganhava o corredor, entrava em baforadas pela imensa peça envidraçada.

— Ordeno que Paul seja retirado — balbuciou. — Que o protejam.

Metcalf, que continuava segurando o retrato de Zola como um Santo Graal, tranquilizou-o.

— Seu relógio, Paul, é preciso atirá-lo.

O idoso, perturbado, desamparado, os olhos fixos no filho estendido no chão, levou a mão ao bolso. Metcalf ajudou-o a arrancar o objeto da corrente e lançou-o longe, na fornalha.

— Agora, vamos sair — disse. — Vou render-me e você vai se esconder enquanto espera.

Guiava o pintor em direção a uma porta lateral ainda poupada pelo incêndio quando a voz do inspetor Mazaire cobriu o intenso crepitar do fogo.

— Não se mova, Metcalf. Você não vai refazer aqui o golpe da escada de serviço. Ponha o quadro no chão e vire-se para mim.

Laurent apontou o revólver para o americano, as duas mãos fechadas em torno da coronha enquanto o tapete se inflamava a seus pés.

— A temperatura está um pouco baixa, não acha? — respondeu o rico colecionador, acompanhando o dito espirituoso de uma pequena mesura.

Depositou o quadro de Cézanne no chão, não ousando virar-se. Cézanne teria atravessado a porta? Estaria entre as mãos dos homens que o conduziriam a um caminho secreto para escondê-lo?

— Onde está Cézanne?

— O filho está aqui — disse Metcalf, apontando para o corpo inconsciente de Paul, no chão. — Apresse-se.

O fogo chegava à entrada da varanda. Se o vidro não corria o risco de inflamar-se, era possível temer, entretanto, um aquecimento considerável que poria em risco a estrutura da construção. Laurent deu ordem aos guardas para que retirassem Paul e levassem-no para perto de Lalie e de Francillon, na clareira.

— E o pintor?

Continuava a manter Metcalf sob a ameaça de sua arma e, de súbito, viu que o rosto do interlocutor se liquefazia literalmente.

— Em seu quarto — gaguejava o mecenas —, estava descansando...

E fez amplos gestos em direção ao corredor, onde o calor se tornava intolerável. Até pediu socorro, gritando que o fogo levaria o seu amigo. Atento à performance trágica, não viu que a tela a seus pés começava a inflamar-se. O rosto de Zola, devorado pouco a pouco pelas chamas, desapareceu. Em apenas alguns segundos, todo o trabalho do artista foi reduzido a um punhado de cinzas. Laurent chegou perto dele e segurou-o firmemente pela gola do casaco para fazê-lo sair. Transpuseram a soleira. Cézanne encontrava-se imóvel no meio daquela peça ainda poupada pelo incêndio. O olhar perdido, não esboçou o menor gesto, nem mesmo pareceu notar a chegada dos dois homens. Com raiva, Metcalf cerrou os punhos até quase quebrar as falanges. Tudo lhe escapava. Cézanne, o quadro... Quanto tempo perdido! Sua exposição malograda! E o mistério Cézanne revelado, talvez...

Francillon, imerso no meio da clareira, dirigia as operações. Paul, desmaiado, estava a salvo, e ele sentiu uma náusea ao avistar Laurent, que vinha em sua direção com Metcalf de um lado e Cézanne do outro.

— Ainda há alguém no interior? — perguntou o comissário. — Detivemos cinco de seus homens aqui, Metcalf. Quantos eram?

O americano não respondeu. Permaneceu com os braços pendurados, olhando a bela casa arder.

— É uma pena... — murmurou o pintor.

Metcalf não escutava mais. Seus olhos seguiam as chamas, que se elevavam agora acima das azinheiras, acima mesmo dos grandes pinheiros-mansos. Entretanto, o tom de Cézanne intrigou-o.

— O que é uma pena, mestre? Minha casa pegando fogo... Ah! Construirei uma nova.

— Não, pensava mesmo nas minhas quarenta e poucas telas, escondidas no teto falso do depósito pelos bons e cuidadosos Tobias e Huguette. Sempre buscamos muito longe o que está muito perto...

Virou-se para Metcalf e olhou-o atentamente, como se lhe lançasse um desafio.

— Ah! Pintarei outras novas — acrescentou.

Mas Metcalf, num gesto insensato, incapaz de controlar a loucura, correu a toda velocidade para a casa em chamas. O rosto alucinado, procurou uma entrada poupada pelo incêndio e lançou-se nela. A polícia foi pega desprevenida pela súbita fuga do americano. Francillon foi quem reagiu mais rápido. Arremessou-se atrás do colecionador, suportando a dor infame da perna para salvar aquele homem. Queria-o vivo. Mas chegada a sua vez de penetrar a fornalha com aquele impulso audacioso súbito e imbecil, uma corrente de ar lançou uma forte faísca no rosto do comissário, tal como um cometa desarticulado, e ele caiu no chão, soltando a bengala, as mãos sobre o rosto para proteger-se.

Francillon levantou-se, a cabeça coberta de fuligem, e foi juntar-se ao pequeno grupo que, fascinado, olhava o fogo que não conseguia destruir o alpendre. Cézanne aproximara-se de Lalie e olhava sucessivamente para a casa e para o lago Bimont, cujas águas refletiam as cores vivas do incêndio.

As crepitações do fogo ressoavam na clareira. Lalie inquietava-se com a possível propagação do incêndio na vegetação ao redor, mas um policial tranquilizou-a, lembrando a ausência total de vento e os amplos espaços abertos em torno da casa.

Um grito aterrorizante ecoou então, e eles viram Metcalf, as mãos vazias, a roupa em chamas, lançar-se no alpendre dando cotoveladas, como se quisesse afastar as chamas do caminho. Buscava ali o único refúgio, sua arca naquele inferno. Mas sob a dominação do fogo, a estrutura cedeu de um momento para o outro, e as telhas desabaram numa massa indistinta sobre o cubo de vidro superaquecido, quebrando-o instantaneamente. O americano recebeu aquela chuva de vidro que não apagou o incêndio de suas roupas. Um último clamor escapou-lhe da garganta enquanto o chão de vidro cedeu, reduzido a mil estilhaços, precipitando-lhe a queda no lago.

Francillon, aterrorizado por aquela visão de pesadelo, não conseguia afastar os olhos do incêndio. Observou a combustão final, todas aquelas cores sublimes, as tintas vívidas que desprezara por toda a vida, desdenhando-as como um bêbado desdenha seu vinho. Sentia um prazer louco, extático, diante da dança *vulcanesca*, aquela mistura de chamas carmim e alaranjada. Que o sol viesse castigá-lo, aqui e agora! Sim, Cézanne tem razão, a cor, a cor, apenas ela é verdadeira! A cor é a vida! E, por sua vez, unindo-se ao pintor na contemplação, estudou aquela miríade de reflexos sobre a água calma do lago, que nada podia fazer contra aquele fogo miserável. Diante deles, a casa exalava as últimas baforadas do incêndio, e o hálito quente das chamas parou de soprar assim que digeriu o último bocado.

De manhãzinha, na hora em que a charneca embranquecia, restava na clareira apenas um alinhamento de pedras pretas, a carcaça de uma casa gigantesca, alguns arbustos calcinados e um relógio meio fundido que permanecia lá, entre os escombros.

XXV

Na alta sociedade, foi tomada a decisão de abafar aquele caso constrangedor. Para os jornais, o rico colecionador americano Oliver Metcalf morrera no incêndio de sua casa durante o sono.

O público nunca tomou conhecimento da ressurreição do mestre de Aix-en-Provence. Após o incêndio, permaneceu com o filho e Lalie numa pequena casa das redondezas. Sua irmã Marie, acompanhada da fiel sra. Brémond, veio convalescer em sua companhia. Cézanne logo voltou aos pincéis, malgrado a extrema fadiga. O médico da primeira brigada móvel emitiu um prognóstico reservado sobre a sua saúde.

Apesar dos esforços, Lalie não conseguia terminar a monografia sobre o pintor. Colocou-a de lado e partiu para outra obra, a história de dois irmãos que se lançam numa luta desenfreada no castelo dos pais, um romance psicológico que acontecia longe da Provença e do meio da pintura. Ela tentou, por várias vezes seguidas, convencer-se do vínculo com Paul, mas fora em vão. O tempo decompôs a relação e a amizade substituiu o amor, muito naturalmente. Para a jovem, o inspetor Mazaire não estava mais em questão. Laurent bem que tentara revê-la, até mesmo indo a Aix no seu dia de folga para surpreendê-la. Mas a romancista, mergulhada na composição da nova obra, mostrou-se inflexível. Recusou-se a vê-lo e não respondeu a nenhuma de suas cartas de explicação. Há enganos que não são perdoáveis.

Um mês depois, numa tarde quente de julho, Cézanne desabou diante da tela enquanto pintava sua montanha no lugar mesmo em que Metcalf queria instalar a grande retrospectiva. O coração parou de bater, e Lalie, que lia perto dele, não pôde fazer nada. Não teve nem tempo de lamentar-se, pois logo começou um temporal fazendo resvalar sobre as encostas da Sainte-Victoire volumosas torrentes de água e lama. A montanha chorava o seu poeta. O artista morrera pintando, como era seu desejo.

Enterraram-no na noite seguinte, sob uma lua clara e redonda, no cemitério de Aix-en-Provence. A sepultura já estava gravada com seu nome, a data não foi corrigida. Paul não mandou vir o padre, simplesmente inumaram o pintor, como sempre desejara, preservando o mistério daquele homem. Francillon soluçou durante toda a cerimônia. Mandara fazer um buquê de flores variadas com cores quentes e os perfumes da Provença, que depositou no caixão do antigo camarada.

Lalie apertou com força o braço do companheiro e, enquanto os homens da brigada desciam o caixão, recitava os versos de Vigny que o pintor tanto amava.

"Senhor, tu me fizeste poderoso e solitário, deixe-me dormir o sono da terra."

Em 2006, cem anos após a morte "oficial" do pintor, ainda não se sabe o que aconteceu com as quarenta e seis telas pintadas por Cézanne, de outubro de 1906 a junho de 1908. Será que foram queimadas no incêndio da casa de Metcalf? Mas é muito provável que ainda existam, escondidas em algum lugar num celeiro, numa caverna ou num poço nos arredores de Aix-en-Provence. Esperam pacientemente o dia em que enfim serão expostas à bela luz do sul.